Bibliografische Information der Deutschen Nationalbibliothek: Die Deutsche Nationalbibliothek verzeichnet diese Publikation in der Deutschen Nationalbibliografie; detaillierte bibliografische Daten sind im Internet über http://dnb.dnb.de abrufbar.

ISBN: 978-3-744-87067-2
© 2017, Corina Lendfers,
      Bahnhofstrasse 88
      D-88682 Salem
      www.corinalendfers.com

Korrektorat: Karin Bättig
Covergestaltung: Corina Lendfers
Bildvorlage Cover: © lumen-digital - fotolia.com
Foto Autorin: Miriam Lendfers
Herstellung und Verlag: BoD – Books on Demand, Norderstedt.

Corina Lendfers

Barfuss im Schnee

1

Tina dreht sich um. Alexander sitzt am Küchentisch, groß und schlank, den Kopf in die Hände gestützt, und starrt auf die weißgrau marmorierte Tischplatte. Sein kurz geschnittenes, dunkelblondes Haar wirkt stumpf, und die hellen Bartstoppeln, die sich vom Ohransatz über die markanten Kieferknochen zum Kinn ziehen, sind mindestens drei Tage alt.

Sie muss fort von hier. Sie weiß nicht wohin, aber sie kann unmöglich in dieser Wohnung bleiben. Sie ist zu schwach, um mit Alexanders Trauer klarzukommen, die sich vor ihr öffnet wie ein großes, schwarzes Loch, in das sie hineinzustürzen droht. Ihr eigener Schmerz engt bereits zu sehr ihre Brust ein, lähmt ihre Muskeln und erschwert das Denken. Sie muss fort aus dieser Wohnung, in der alles an die glücklichen Wochen der Schwangerschaft erinnert, die so abrupt ihr trauriges Ende gefunden hat.

Vor zwei Wochen ist Tina nach Portugal geflogen, um vor der Geburt noch einmal Zeit für sich alleine zu haben. Was dann geschehen ist in der kleinen Bucht in der Algarve, in der sie ihr Zelt aufgeschlagen hat, um der Natur und der Kraft des Meeres ganz nahe zu sein, kann sie selbst noch nicht richtig fassen. Sie hat ihr Kind verloren, im siebten Monat einer Schwangerschaft, die unproblematischer und bilderbuchmäßiger nicht hätte sein können.

Mechanisch lenkt sie ihre Schritte an Alexander vorbei aus der Küche. Im Korridor steht ihre Reisetasche, unausgepackt mit den Kleidern des Urlaubs.

Beim Blick in den Spiegel erschrickt sie. Blondes Haar in kraftlosen Strähnen über der Schulter, zwei kleine Falten schräg über den Augenbrauen, geschwungenen Lippen, auf die sie immer ein wenig stolz gewesen ist, nicht mehr als ein schmaler Strich. Unter der Sonnenbräune wirkt die Haut grau.

Rasch wendet sie sich ab und ergreift die Reisetasche. Sie wirft sich eine Jacke über die Schulter und öffnet die Tür.

„Wohin gehst du?" Alexander hebt den Kopf. Seine Stimme klingt belegt. Unruhig hat er seine Finger geknetet, und seine Füße haben unter dem Tisch gescharrt.

Ihre Schultern zucken. „Ich weiß nicht."

Sie betritt das Treppenhaus und zieht die Tür hinter sich zu.

Ziellos irrt Tina durch die Straßen. Der breite Träger ihrer Reisetasche rutscht von der Schulter, sie zerrt ihn wieder hinauf. Die Sonne ist hinter den Häusern von Münchens Innenstadt verschwunden, sie fröstelt in ihrem kurzen Shirt und der luftigen Pluderhose. Passanten hasten an ihr vorbei, sie nimmt sie als verschwommene Schemen wahr. Immer wieder wischt sie Tränen fort, die über ihre Wangen strömen.

Plötzlich stolpert sie und fängt sich gerade noch, bevor sie der Länge nach auf dem Asphalt aufschlägt. Verwirrt blickt sie sich um. Neben ihr, an der Wand eines großen Einkaufszentrums, kauert ein Bettler. Sein linkes Bein, das in einer zerschlissenen Jeans steckt, ist ausgestreckt. Das muss es sein, worüber sie gestolpert ist.

„'tschuldigung", murmelt sie, fährt sich mit der Hand übers Gesicht und kramt in ihrer Reisetasche nach dem Geldbeutel. Das einzige Kleingeld darin ist eine 2-Euro-Münze. Sie lässt sie in die kleine Kartonschachtel im Schoss des Bettlers fallen.

„Danke." Seine Stimme klingt tief und überraschend voll.

Tina schaut den Mann genauer an. Auf seinem Kopf sitzt schief eine graue Wollmütze, darunter lugen lange, weiße Haare hervor. Das ovale Gesicht ist sauber und über und über mit kleinen Falten durchzogen. Kluge Augen lächeln sie an.

Wie mein Großvater.

Und plötzlich weiß sie, wohin sie gehen wird. Die Benommenheit, die seit ihrer Rückkehr nach München von ihr Besitz ergriffen hat, löst sich auf, und sie fühlt sich, als ob ein wenig Leben in ihren Körper zurückkehren würde. Sie spürt die Kälte, die auf ihrer Haut liegt und langsam in ihre Muskeln dringt, sie hört den ununterbrochenen Geräuschteppich der Autos und Menschen und sie fühlt Hunger.

Sie ergreift erneut ihren Geldbeutel und drückt dem verblüfften Mann einen 10-Euro-Schein in die Hand. „Sie haben mir sehr geholfen. Danke."

Der Bettler umfasst ihre Hand mit groben Fingern und drückt sie. Sie entzieht sich dieser unerwarteten Geste. Hastig dreht sie sich um.

Sie steht in der Nähe des Hauptbahnhofs. Sie rückt den Träger ihrer Tasche zurecht und lässt sich im Menschenstrom zur Bahnunterführung schieben. Während sie die Fahrpläne studiert wird ihr klar, dass sie es heute nicht mehr weiter als bis Klais oder höchstens Elmau schaffen wird.

Ihre Großeltern leben in einer Blockhütte auf einer Alm am Fuße des Wettersteingebirges in den bayerischen Alpen. Es ist zwanzig Minuten vor sechs, und die Dämmerung wird jetzt, Ende September, gegen sieben Uhr hereinbrechen. Den Aufstieg zur Alm im Dunkeln traut sich Tina nicht zu, obwohl sie den Weg während ihrer ganzen Schulzeit in den Sommerferien unzählige Male gegangen ist. Auch nachts.

Aber heute ist es anders. Ihr Unterleib schmerzt und sie fühlt sich erschöpft und matt. Sie weiß nicht, wie viel Blut sie verloren hat in der kleinen Bucht in der Nähe von Budens, dem 1500-Seelen-Dorf an der Südküste der Algarve, aber sie spürt, dass ihre Energie noch nicht zurückgekehrt ist. Trotzdem entschließt sie sich, die Bahn nach Klais zu nehmen. Mit einem Tomaten-Mozzarella-Baguette und einer kleinen Flasche Wasser steigt sie in den überfüllten Wagen.

Ruckend hält der Bus. Tina wuchtet ihre Tasche auf den Elmauer Gehsteig und blickt sich um. Das letzte Tageslicht schwindet, die Umrisse der spärlich gesäten Häuser schimmern weich im schwachen Licht der Straßenlaternen. Eine Frau mit Hund hastet an ihr vorbei und zerrt an der Leine, als der Vierbeiner dicht bei Tina sein Bein heben will. Neben ihr hält ein roter Mini Cooper, und eine junge Frau steigt auf der Beifahrerseite ein. Als das Klappern der zufallenden Autotür verhallt und sich die Abgaswolke verflüchtigt, kehrt Stille ein auf dem kleinen Dorfplatz.

Endstation. Weiter kommt Tina heute nicht. Ratlos blickt sie sich um. Sie hat keine Ahnung, ob es hier eine Herberge gibt, aber eigentlich ist es egal. Sie würde sie sowieso nicht aufsuchen. Sie will allein sein, und der Gedanke an fremde Menschen, mit denen sie Höflichkeitsfloskeln austauschen müsste, ist ihr unerträglich. Zudem fühlt sie sich außerstande, selbst so banale Dinge wie eine Anmeldung an einer Rezeption vorzunehmen. Das Leben ist mit einem Mal so unendlich viel anstrengender geworden.

Mit wenigen Schritten überquert sie den Dorfplatz und gelangt in einen angrenzenden Park, in dem vereinzelte Laternen ihr gelbes Licht in weiten Kreisen auf den Boden werfen. In seiner Mitte befindet sich ein Brunnen, darum herum gruppieren sich steinerne Sitzbänke.

Das murmelnde Geräusch des Wassers wirkt beruhigend. Erschöpft stellt sie die Tasche auf eine der Bänke und lässt sich daneben nieder. Ihr Blick schweift über Hibiskus, der sich zwischen hohe Tannen duckt, und über schmale Wege, die sie an überdimensionale Schlangen erinnern. Der Park ist menschenleer, die Bewohner von Elmau sind wohl alle beim Abendessen.

Tina fröstelt. In ihrer Reisetasche kramt sie nach einem dünnen Pullover, dem einzigen langärmligen Kleidungsstück, das sie in den Urlaub mitgenommen hat. Sie schlüpft hinein, zieht die Jacke darüber und wickelt sich in ihre Stranddecke. Die Tasche dient ihr als Kopfkissen.

Auf der Seite liegend lauscht sie den Geräuschen des Abends. Zwei Vögel zwitschern um die Wette, bis die Dunkelheit den Park erobert, dann verstummen sie. Ein Käuzchen schreit, und in den Büschen rascheln die Herbstblätter. Der Geruch nach gebratenem Fleisch zieht an Tina vorbei, dann erfüllt feuchte Kühle die Luft. Müdigkeit kriecht in ihre Glieder und lähmt ihre Gedanken. Sie schläft ein.

2

Ein durchdringender Pfiff weckt Tina aus einem unruhigen Schlaf. Mit einem leisen Stöhnen setzt sie sich auf und kreist die schmerzenden Schultern. Sie erfasst nicht sofort, wo sie sich befindet, und suchend hastet ihr Blick über die dunklen Tannen und die leeren Parkbänke. Dann kehrt die Erinnerung zurück.

Ein zottiger, grauer Hund trippelt zielstrebig auf sie zu und schnüffelt an ihrem Schuh. Der Pfiff ertönt erneut, zwischen zwei Sträuchern erscheint in der Morgendämmerung ein älterer Mann an einem Gehstock. Der Hund wedelt mit dem Schwanz und jagt auf den Mann zu. Der hebt die Hand zum Gruß in Tinas Richtung und verschwindet hinter einem Hibiskus.

Tina füllt ihre Lungen mit der frischen Morgenluft. Es riecht nach Regen. Ihre Kleider sind feucht, frierend schlagen ihre Zähne aufeinander. Der Wind fährt durch die Zweige der Bäume und Sträucher, ein gelbes Blatt schwebt herunter und legt sich auf ihr linkes Knie. Sie ergreift es und fährt mit dem Zeigefinger über die Blattadern. Ihr Blick hängt am zackigen Blattrand, dann steckt sie es gedankenverloren in ein Seitenfach ihrer Reisetasche.

Sie fühlt sich leer. Ihr Magen knurrt, und sie muss auf die Toilette. Mit steifem Schritt macht sie sich auf die Suche nach einem Café. Ein kühler Wind jagt dicke Wolken über den Himmel. Noch ist es ruhig in dem kleinen Ort. Die Kirchturmuhr schlägt sieben. Ein dicker Regentropfen klatscht auf ihre Stirn.

Sechs Stunden später regnet es noch immer. Mit schweren Beinen und brennenden Füßen, die tropfende Reisetasche quer über ihrem schmerzenden Rücken, lässt sich Tina vor der massiven Holztür der gedrungenen Blockhütte nieder, in der ihre Großeltern wohnen. Grauer Nebel hat die Umgebung verschluckt, sie fühlt sich allein. Ihr Arm hängt kraftlos neben ihr, zu kraftlos, um sich zu heben und an die Tür zu klopfen. Zusammengesunken kauert sie auf der nassen Holzstufe und wartet darauf, dass das stechende Pochen in ihren Schläfen nachlässt.

Sie hat keine Sekunde lang mit dem Gedanken gespielt, den Durchzug der Regenfront in einem Hotel abzuwarten. Sie hat Angst vor der nüchternen Stille eines anonymen Hotelzimmers. Vor der Starre, die ihren Körper wie ein gieriges Tier überfällt, sobald ihre Füße still stehen. Vor den Blicken Fremder, die ihr ansehen müssen, dass sie versagt hat.

Sie hat jegliches Zeitgefühl verloren und weiß nicht, wie lange sie vor der Tür gesessen ist, als sich diese plötzlich öffnet. Ein erschrockenes Zischen lässt sie zusammenzucken. Sie hebt den Kopf und blickt in die braunen Augen ihrer Großmutter.

„Maria."

Krächzend presst sie den Namen über die tauben Lippen.

Die Furche zwischen den kaum sichtbaren, grauen Augenbrauen im faltendurchzogenen Gesicht der alten Frau vertieft sich kurz, der hellbraune Leberfleck über dem linken Augenwinkel zuckt. Dann beugt sie sich ein wenig herab.

„Tina?"

Ihre Stimme klingt warm und zaubert ein erleichtertes Lächeln auf Tinas Gesicht. Sie nickt und wischt sich mit dem nassen Ärmel ihrer Jacke über die Augen. Ihre Großmutter streckt ihr die Hand entgegen, und Tina umfasst die vom Rheuma gekrümmten Finger. Vorsichtig zieht sie sich in die Höhe.

„Komm rein, Kind."

Wärme und der Duft nach brennendem Holz umfangen Tina. Im spärlichen Licht, das durch die kleinen Fenster dringt, erkennt sie einen bärtigen Mann in einem hohen Schaukelstuhl. Weiß meliertes Haar liegt in großen Locken über seinem Kopf.

Er stutzt, als er sie erblickt, dann fährt ein Leuchten in seine dunklen Augen unter den buschigen Brauen. Er legt seine Tabakpfeife aufs Kaminsims und erhebt sich. Wortlos nimmt er die Reisetasche ab, stellt sie auf den Boden und drückt Tina ungeachtet ihrer nassen Kleidung an sich. Kräftige Arme halten sie, und der kurze, weiße Bart ihres Großvaters kratzt an ihrer Wange.

Sie seufzt unhörbar auf. Sie hat vergessen, wie sehr sie sich nach diesem Gefühl gesehnt hat.

„Willkommen daheim."

Volle Bassstimme, noch immer.

„Danke, Sebastian."

Als er sie loslässt, gleiten seine Augen forschend über ihr Gesicht. Verlegen wendet Tina den Blick ab. Sie will nicht, dass er ihre Trauer bemerkt. Sie sucht Geborgenheit und Liebe in dieser kleinen Blockhütte, die in ihrer Kindheit und Jugend ihr Zuhause gewesen ist. Vehement verdrängt sie die Erlebnisse der letzten Woche und den Schmerz, der seine kalten Finger nach ihrem Herzen ausstreckt, um es zusammenzupressen.

In seinen dicken Filzpantoffeln schlurft Sebastian zum Kamin zurück und lässt sich im Schaukelstuhl nieder, ohne seine Enkelin aus den Augen zu lassen.

Maria ergreift erneut Tinas Hand und drückt sie. Tina betrachtet ihr rundes Gesicht. Die schmalen, blassroten Lippen der alten Frau sind zu einem innigen Lächeln hochgezogen, und unzählige kleine Fältchen liegen um ihre Augen, die unter weit herabhängenden Lidern fast verschwinden. Tiefe Runzeln haben sich in die weiche Haut ihres Gesichts gegraben, ziehen sich vom Ende der Nasenflügel zu den Mundwinkeln und umrahmen das breite Kinn. Ihr ganzes Gesicht strahlt Güte aus. Das weiße Haar, das sie in einem lockeren Knoten am Hinterkopf trägt, ist noch immer fest und voll. Sie ist 74 Jahre alt.

Maria zerrt die nasse Jacke von Tinas Armen und hängt sie neben den Kamin. Tina öffnet ihre Tasche und stellt erschrocken fest, dass sämtliche Kleider darin nass sind.

Hilfesuchend blickt sie zu ihrer Großmutter auf und erntet einen verständigen Blick.

„Warte. Ich bringe dir Kleider von mir. Sie werden dir zu weit sein, aber wenigstens sind sie trocken." Ihre Stimme klingt noch genauso melodiös, wie Tina sie in Erinnerung hat, vielleicht ein klein wenig dünner und nicht mehr ganz so kraftvoll.

Maria steigt die schmale Treppe in den oberen Stock hinauf. Das vertraute Knarren der Stufen vermischt sich mit dem Knistern des Feuers.

Tina zieht sich Pullover und Shirt über den Kopf und steigt aus ihrer Hose. In Unterwäsche tritt sie vor den Kamin, die triefenden Schuhe in der Hand. Sie stellt sie in einiger Entfernung zum Feuer auf den grob gehauenen Steinboden, der ein quadratmetergroßes Rechteck zwischen den dunklen Holzbohlen bildet. Dann kauert sie sich nieder und streckt die Hände den Flammen entgegen. Innert Kürze durchdringt die Hitze ihre Finger und Wangen.

Sebastian setzt sich in seinem Stuhl auf und beugt sich nach vorne. Sie spürt seinen wachen Blick über ihren Rücken gleiten.

„So bist du immer dagesessen, wenn du im Winter nach stundenlangem Spielen im Schnee durchgefroren in die Hütte gekommen bist, die Wollmütze unter dicken Schneeklumpen vergraben und mit blauen Lippen." Sie hört das Lächeln in seinen Worten und dreht sich zu ihm um. „Und nun bist du 32."

Unwillkürlich hält Tina den Atem an. Sie wartet darauf, dass er sie fragt, was sie tut, wie es ihr geht, warum sie gekommen ist und wie lange sie bleiben wird.

Aber Sebastian zieht an seiner Pfeife und schweigt. Der Tabakrauch, den er in kurzen Stößen in die warme Luft bläst, legt sich über den Duft des Feuers und kitzelt Tinas Nase. Sie reibt sie und betrachtet ihren Großvater.

Er ist noch immer ein schöner Mann, mit einem langen Gesicht und kantigen Kieferknochen, einer wohlgeformten Nase, herzförmigem Haaransatz und dunklen, klugen Augen, die er meistens ein wenig zusammenkneift. Seine Haut ist sonnengegerbt von ungezählten Lebensjahren in der freien Natur. Breite Schultern, kräftige Arme und eine mächtige Statur verleihen ihm das Aussehen des Bergmenschen, der er bis in seine tiefste Seele ist.

Für Tina ist er Großvater und Vater zugleich. Sie ist bei ihren Großeltern aufgewachsen, da die Mutter bei ihrer Geburt gestorben ist. Ihr leiblicher Vater konnte nie ausfindig gemacht werden.

Das Knarren der altersschwachen Holzstufen zieht Tinas Blick zur kleinen Treppe, die sich an die Wand schmiegt und sich in zwei engen Halbkreisen nach oben windet. Die gedrungene Gestalt ihrer Großmutter tritt aus dem Halbdunkel in die Mitte der etwa sechsmal sechs Meter großen Stube, die die ganze Fläche des unteren Stocks ausfüllt. Die Schultern vornübergebeugt, wirkt sie kleiner, als Tina sie in Erinnerung hat. Die vergangenen sechs Jahre, während derer ihr eigenes Leben prall und voll gewesen ist und sie nie die Zeit gefunden und nie das Bedürfnis verspürt hat, die kleine Blockhütte am Fuße des Wettersteingebirges aufzusuchen, haben sie rascher altern lassen als die gemeinsam verbrachten Jahrzehnte vorher. Im Gegensatz zu ihrem Großvater wirkt Maria klein und zerbrechlich.

Die Hände mit den gekrümmten Fingern zittern leicht, als sie Tina einen kleinen Stapel Kleider reichen.

„Schau mal, was ich gefunden habe." Sie ergreift das oberste Kleidungsstück und breitet es vor Tina aus. Es ist ein schwarzer, glattgestrickter Rollkragenpullover aus Merinowolle.

Ein unsicheres Lächeln huscht über Tinas Gesicht. Es ist lange her, seit sie ihn zum letzten Mal getragen hat, und sie ist sich nicht sicher, ob er ihr noch passen wird. Sie hat ihn zum Anlass ihrer ersten Menstruation von Maria bekommen. Sie ist gerade zwölf Jahre alt gewesen, der Pullover hat um ihren mageren Körper geschlackert, und die Ärmel hat sie dreimal umkrempeln müssen. Trotzdem hat sie ihn über alles geliebt und ihn auch dann noch getragen, als die Ellbogen bereits durchgewetzt gewesen sind und Maria grobe Ausschnitte aus braunem Leder darüber genäht hat. Es rührt und verwirrt sie zugleich, dass sie ihn heute, nach vielen Jahren, während derer er in völliger Vergessenheit irgendwo unter dem alten Ziegeldach der Blockhütte gelegen haben muss, wiederbekommt. Heute, wo das Wort *Menstruation* seinen Zauber und seine verheißungsvollen Versprechungen verloren hat und sie stattdessen mit Kummer und Leid zurücklässt.

Ganz anders als vor zwanzig Jahren, als es den Eintritt ins Leben einer körperlich erwachsenen Frau bedeutet hat. Sie ist stolz gewesen, und ihre Großmutter hat sie in einer kleinen zeremoniellen Feier in die Geheimnisse der weiblichen

Sexualität eingeweiht. Ungeschminkt und offen, wie sie immer über alles mit ihrer Enkelin gesprochen hat, was ihr wichtig erschienen ist. Über Schwangerschaft und Geburt haben sie miteinander geredet, über Verhütung, über Geschlechtsverkehr und Selbstbefriedigung. Eine neue Welt hat sich damals für Tina aufgetan, in die sie ganz sorglos und unbefangen und in völliger Absenz sogenannt aufklärerischer Mädchenzeitschriften oder Internetseiten eintreten hat können. Sie hat die Weiblichkeit ihres Körpers kennen-, schätzen- und lieben gelernt und ist selbstbewusst in ihre ersten sexuellen Beziehungen zu Männern hineingegangen.

Wie anders fühlt sie sich heute. Das so selbstverständliche Vertrauen in ihren Körper ist zutiefst erschüttert. Das Vertrauen in ihren Körper genauso wie das Vertrauen in das Leben schlechthin.

Um Tränen zu verbergen, drückt sie den weichen Stoff des Pullovers vor ihr Gesicht und atmet den Geruch nach Mottenkugeln, altem Holz und, ganz schwach, nach Weichspüler und vergessenen Erinnerungen ein.

Lautlos legt Maria die übrigen Kleider neben Tina auf den Boden und geht die wenigen Schritte in die offene Küche. Sie befindet sich zwischen Kamin und Eingangstüre unter einem kleinen Fenster. Ein Gasherd mit zwei Kochfeldern und Backofen steht darin, ein grobgezimmertes Wandregal, in dem sich Tassen, Teller sowie weiße Gewürz- und Kräuterdosen aus Porzellan stapeln, und eine schmale Kommode aus stark gemaserter Arve, die auch nach über hundert Jahren noch ihren betörenden Duft in die Gerüchevielfalt der Hütte webt.

In einem bauchigen Kessel bringt Maria Wasser zum Kochen und überbrüht damit frische Pfefferminzblätter. Tina hebt den Kopf, als die Dampfschwaden durch die Stube ziehen. Langsam schiebt sie die feuchten Haarsträhnen hinter die Ohren und wischt sich flüchtig über die Augen.

Ihre Anspannung löst sich, und sie ist in der Lage, die restlichen Kleidungsstücke durchzusehen. Sie findet eine bordeauxrote Trainingshose aus Plüsch, einen weiten, dunkelblauen Strickpullover und dicke Wollsocken in buntem Ringelmuster.

Obwohl es erst September ist und sie den Sommer noch im Blut spürt, schlüpft sie dankbar in die warmen Sachen. Der Rollkragen kratzt wie immer ein wenig am Hals, und sie fühlt sich geborgen in der Erinnerung an die Zeit, als sie ein junges Mädchen gewesen ist und den Geschichten ihres Großvaters vor dem Kamin gelauscht hat.

„Hier." Maria reicht ihr eine Tasse dampfenden Tee und setzt sich auf einen schlichten Holzstuhl neben dem Kamin. Tina spürt ihren Blick auf ihrer Schulter. Wie lange wird es dauern, bis ihre Großeltern Fragen stellen werden?

Aber die Fragen, vor denen sich Tina fürchtet, bleiben an diesem Abend aus. Die Stimmung beim Abendessen ist gelassen und liebevoll, und es gelingt Tina zum ersten Mal seit dem Verlust ihres Kindes eine Mahlzeit zu genießen. Sie lässt sich von den Bratkartoffeln mit Zwiebeln und Rosmarin nachschöpfen und freut sich über das Kürbisgemüse, das aus dem kleinen Selbstversorgergarten hinter der Hütte stammt.

Fast könnte man meinen, sie wäre nie fortgewesen von der Alm, würde Abend für Abend mit den beiden alten Menschen am Tisch sitzen und schweigend ihr Essen genießen.

Tina legt ihre Gabel in den leeren Teller und lehnt sich zurück. Sie ist dankbar fürs Essen, für die Wärme in der Hütte und die Selbstverständlichkeit, mit der ihre Großeltern sie willkommen heißen. Und sie ist dankbar dafür, nicht sprechen zu müssen. Es ist kein unangenehmes Schweigen, das den Raum ausfüllt, sondern eine ungezwungene Ruhe, die jedem die Möglichkeit gibt, seinen eigenen Gedanken nachzugehen, nichts zu denken oder auch die Ruhe zu beenden.

Sie erhebt sich und gähnt. Sie schlingt die Arme um die schmalen Schultern ihrer Großmutter.

„Danke."

In den weißen Haaren hängt Rauch. Maria dreht den Kopf und lächelt Tina an.

„Es ist schön, dich hier in unserer Hütte zu wissen. Und nun leg dich hin, du bist erschöpft."

Tina kann sich ein Grinsen nicht verkneifen. Es ist einerlei, dass sie inzwischen erwachsen ist, dass sie draußen im Leben ihre Frau steht, dass sie sich selbst finanziert und ihren Job gewissenhaft erledigt. Hier oben in den Bergen, in der Almhütte ihrer Großeltern, ist sie das Kind, das sie gewesen ist, und das wird sie wohl immer bleiben. Sie umarmt Sebastian und steigt die Stufen in den oberen Stock hinauf.

Durch die Schräge des Dachs ist hier oben nur eine kleine Fläche von viermal vier Metern bewohnbar. Auf dieser Fläche befinden sich zwei winzige Kammern. Die eine ist ein wenig größer als die andere, gerade so groß, dass ein Doppelbett und ein schmaler Kleiderschrank hineinpassen.

In der anderen stehen ein einzelnes Bett und eine Kommode mit Bauernmalerei, daneben ein schlichter Holzstuhl. Es ist schon immer Tinas Zimmer gewesen, und ihr Herz klopft in freudiger Erwartung, als sie den Messingknauf dreht, mit dem sich die Tür öffnen lässt.

Sie nimmt den vertrauten Geruch nach Holz, Bienenwachs und frischer Bettwäsche in sich auf. Auf der Kommode steht wie immer die verbeulte Waschschüssel. Im Alter von sieben Jahren hat sie die Schüssel in einem Anfall von Trotz gegen die Wand geschleudert, weil ihr Maria verboten hat, Sebastian beim Eintreiben der Ziegen zu helfen, als abends ein heftiges Gewitter aufgezogen ist.

Tina grinst, und ihr Zeigefinger fährt über die unebene Stelle der Kupferschüssel. Sie lässt ihre Hände hineingleiten und spritzt sich Wasser ins vom Feuer erhitzte Gesicht.

Dann tritt sie ans winzige Fenster. Die Dunkelheit hat die Umgebung verschluckt. Der Regen hat aufgehört, dicke Wolken verdecken die Sicht auf die Sterne. Sie zieht Marias geblümtes Nachthemd an, das auf ihrem Kopfkissen liegt, und schlüpft mit einem wohligen Seufzer unter das weiße Leintuch mit der schweren, braunen Wolldecke, die nach altem Holz duftet.

3

Tina erwacht, als sich am nächsten Morgen ein einzelner Sonnenstrahl durch die dichtgewobenen, türkisfarbenen Vorhänge zwängt und auf ihrem Gesicht landet. Sie blinzelt verwirrt, dreht den Kopf zur Seite, um nicht geblendet zu werden, und erblickt die Waschschüssel.

Ich bin auf der Alm.

Erleichtert schließt sie die Augen erneut. Ihr Rücken schmerzt noch ein wenig von der Anstrengung des gestrigen Aufstiegs. Die Blasen an den Füßen bemerkt sie nur, wenn sie die Zehen bewegt. Den heutigen Tag wird sie barfuß verbringen.

Sie lächelt beim Gedanken an die Dramen, die sich regelmäßig abgespielt haben, wenn ein Besuch im Dorf angestanden ist und sie zu diesem Zweck Schuhe anziehen musste. Ihre ganze Kindheit hat sie von Frühling bis Herbst barfuß auf der Alm verbracht, ist durch Wiesen und Wälder gestreunt und über Felsen geklettert. Ihre Großeltern haben sie gewähren lassen, nur bei den Dorfgängen sind sie unerbittlich gewesen.

Aus der Küche dringt gedämpftes Klappern, und vor dem Haus ertönt das regelmäßige Klopfen der Axt, die Holzblöcke zu Feuerholz spaltet.

Tina schlägt die Bettdecke zurück und öffnet das Fenster. Die kühle Luft belebt ihren verschlafenen Geist, und sie gähnt herzhaft. In Plüschhose und Rollkragenpulli steigt sie hinunter in die gemütliche Stube.

Maria steht neben dem Herd und schneidet Zwiebeln. Der scharfe Geruch brennt in Tinas Augen.

„Guten Morgen, mein Kind. Ausgeschlafen?" Maria zwinkert ihrer Enkelin zu.

Diese umarmt sie von hinten und späht über ihre Schulter. „Guten Morgen, Maria. Ja, ich habe wie immer herrlich geschlafen! Ist das Tee dort?" Sie weist mit dem Kinn auf einen Tonkrug.

Maria nickt. Tina schenkt sich eine Tasse ein und lehnt sich an die Wand. Sie nippt am warmen Kräutertee, während sie ihrer Großmutter beim Rüsten des Gemüses zuschaut.

„Was kochst du?"

„Linseneintopf. Ist er noch immer deine Leibspeise?"

Tina fängt den fragenden Blick aus den braunen Augen auf und nickt heftig. „Ja – obwohl du kochen kannst, was du willst, deine Gerichte sind alle köstlich!" Sie stellt die Tasse ins Waschbecken und drückt der alten Frau einen zärtlichen Kuss auf die Wange.

„Ich mache einen Spaziergang."

Marias Blick streift sie erneut. „Tust du dich noch immer so schwer mit Frühstücken?", fragt sie gutmütig.

Tina nickt und zuckt entschuldigend die Schultern. Dann tauscht sie die Plüschhose gegen ihre Jeans, die vor dem Feuer getrocknet ist, und streift sich anstelle des Pullovers ein orangefarbenes T-Shirt über.

Maria zieht die Augenbrauen in die Höhe.

„Es ist bereits Herbst. Meinst du nicht, dass du frieren wirst?" Ihre Stimme klingt ein wenig besorgt.

„Ich werde laufen, dann wird mir schon warm."

„So geh, mein Kind." Maria schickt ihr ein letztes Lächeln, dann wendet sie sich wieder ihrem Gemüse zu.

Tina schlüpft durch die schwere Holztür und zieht sie mit einem lauten Klacken ins Schloss. Wieder fühlt sie sich klein, wie mit fünfzehn vielleicht. Ob diese Fürsorge der Großeltern irgendwann aufhören wird? Sie überlegt sich gerade, ob sie das überhaupt wollen würde, als sie hinter der Hütte auf Sebastian stößt.

Breitbeinig steht er vor einem kniehohen Baumstumpf, die Beine in einer dunkelgrünen Cordhose, die Ärmel des rotblau karierten Hemdes zurückgekrempelt, in den Händen eine große Axt. Vor ihm auf dem Baumstumpf steht ein dicker Holzklotz, auf den er die Axt sausen lässt. Er trifft das Holz exakt in der Mitte, und zwei Scheite mit einem sauberen Schnitt fallen polternd links und rechts des Stumpfs zu Boden. Sofort breitet sich der Duft nach Harz aus.

Tina staunt über die Kraft und Energie, die ihr Großvater mit seinen 77 Jahren noch immer hat.

Sebastian blickt auf, und auf seinem dunkelbraunen Gesicht erscheint ein breites Grinsen.

„Na, ausgeschlafen? Wohin willst du denn so ohne Schuhe?"

Tina grinst zurück. „Ich mache einen Spaziergang."

„Viel Spaß, meine Kleine."

Tina hebt die Hand, dreht sich um und schreitet leichten Schrittes in die Wiese hinein, welche die Blockhütte umgibt.

Das knöchelhohe Gras ist noch nass vom gestrigen Regen, und schwere Wolken hängen so tief, dass sie die Wipfel der gedrungenen Tannen berühren. Tina lässt ihren Blick umherschweifen. Vor ihr liegt, verborgen durch viele Windungen und Schluchten, das Tal, aus dem sie gekommen ist, und hinter ihr erhebt sich mächtig und stolz das Wettersteingebirge mit seinen vielen Gipfeln.

Die Hütte ihrer Großeltern liegt ein wenig abseits von einer kleinen Alm. Die acht identischen Blockhütten sind im vorletzten Jahrhundert gebaut worden und haben mehrere Familien beherbergt, die von der Ziegenzucht gelebt haben. Heute scheinen die Hütten verlassen zu sein.

Langsam schlendert sie zwischen den geduckten Häuschen hindurch. Die Ziegeldächer ziehen sich bis weit hinunter und wirken wie große Hüte über den kleinen Fenstern. Bei vier der Hütten sind die Fensterläden geschlossen, und hinter den Scheiben der anderen schimmern rotweiß karierte Vorhänge. In dem Brunnen, der in der Nähe des Fußwegs bei den ersten beiden Hütten steht, plätschert Wasser.

Tina liebt die Abgeschiedenheit. Es gibt hier weder ein Handynetz noch Internetzugang, und jetzt ist sie froh, von allen Errungenschaften moderner Kommunikationstechnik verschont zu bleiben. Es ist genau das, was sie sucht. Unerreichbar zu sein, für ihre Arbeitskollegen und für Alexander. Seine Reaktion auf den Tod ihres gemeinsamen Kindes hat das Vertrauen in ihre Partnerschaft erschüttert und ihre Liebe für ihn in eine Ferne gerückt, die sie nicht berühren kann. Sie braucht Zeit für sich.

Tina spürt das nasse Gras unter ihren nackten Füßen. Sie vergräbt ihre Zehen darin und spürt, wie die Haut ganz langsam taub wird.

Dann reißt plötzlich die Wolkendecke auf. Ein Bündel Sonnenstrahlen ergießt sich über die Wiese und lässt die Wassertropfen darauf funkeln wie geschliffene Diamanten. Die Wolken bewegen sich in hoher Geschwindigkeit über den Himmel, und der Riss in der Decke wird immer breiter. Blassblau schimmert der Himmel hindurch. Mit jedem Meter Fläche, den die Sonnenstrahlen erobern, wird es heller und wärmer. Die Wiese beginnt zu dampfen, und der Duft nach feuchter Erde umfängt Tina.

Sie schließt die Augen und beginnt sich im Kreis zu drehen. Ihre Arme heben von ihrem Körper ab, fliegen neben ihr her. Sie dreht sich immer schneller und schneller, bis sie völlig außer Atem mitten ins dampfende Gras fällt. Sie blickt in den Himmel, in dem sich die Wolken drehen und den ein Steinadler in großer Höhe durchschneidet, und sie ist glücklich.

Für den kurzen Augenblick von zwanzig Sekunden Ewigkeit ist Tina glücklich.

Dann, als der Rausch des Herumwirbelns vorbei ist, nimmt sie die schwabbelige Haut ihres Bauches unter dem T-Shirt wahr, auf dem ihre Hände beim Fallen gelandet sind.

Erschrocken setzt sie sich auf. Schmerzhaft quillt die Erinnerung an ihren prallen Babybauch herauf, auf den Alexander so gern seine Hände gelegt hat.

Tina springt auf und schüttelt sich. Mit forschem Schritt nimmt sie ihren Weg durch die Wiese wieder auf.

Während sie auf die Blockhütte zustapft, betrachtet sie das flache Häuschen. Die Hütte ist aus ganzen Baumstämmen gebaut, die alle auf dieselbe Länge gesägt sind. An den Enden, an denen sie zusammenkommen, sind sie mit Kerben versehen, die ineinandergreifen. So liegt Baumstamm auf Baumstamm, unverrückbar stabil, massiv und gleichzeitig von zeitloser Eleganz. Die schwere Tür ist aus Arve gefertigt, die aus den Wäldern aus dem Tal stammt und heute nur noch selten zu finden ist. In sechs rechteckigen Öffnungen haben filigran wirkende Fensterrahmen ihren Platz gefunden. Fensterläden gibt es keine.

„Die klappern nur immer", hat Sebastian einmal gemeint, als ihn Tina danach gefragt hat. „Außerdem will ich die Natur auch drinnen sehen. Ich will wissen, ob es draußen schneit, regnet, hagelt, stürmt oder ob die Sonne scheint, ob es Tag oder Nacht ist. Wozu brauche ich dann Fensterläden?"

Das Giebeldach besteht, wie alle Dächer der Alm, aus Ziegeln, die einmal rot waren, die durch die Unnachgiebigkeit der Natur und den Lauf der Zeit aber schwarz und verwittert wirken. Über dem Dach thront der Kamin, verrußt wie eh und je, seit Tina denken kann.

Vor der Hütte steht ein wuchtiger Tisch aus der riesigen Wurzel einer uralten Tanne. Die unregelmäßigen Kanten sind von unzähligen Händen blankgerieben und schwarz. Zwei grobgehauene, ebenso mächtige Längsbänke säumen den Tisch.

Sie tritt davor und lässt ihre Finger über die glatte Oberfläche gleiten. Die Sonne hat das Holz bereits ein wenig erwärmt.

Tina dreht den Kopf zur Tür, als Maria heraustritt. In den Händen hält sie einen schmiedeeisernen Topf mit einem zu großen Deckel.

„Tina! Du kommst gerade rechtzeitig zum Mittagessen." Ihre runden Wangen sind gerötet, und auf ihrer Stirn glitzern Schweißperlen. Sie stellt den Topf in die Mitte des Tisches und kehrt zurück in die Hütte.

Tina setzt sich auf die Bank, die vor der Hüttenwand steht, lehnt sich mit dem Rücken ans warme Holz. Sie zieht die Knie zur Brust und umfasst mit den Händen die vor Kälte geröteten Füße.

Sebastian tritt vor die Hütte, die graumelierten Haare zerzaust, eine weiße Strähne über der Stirn. Tina bemerkt seinen kritischen Blick auf ihre Füße, aber das stört sie nicht. Sie spürt dem Kribbeln der Haut nach und weiß, dass sie sich lange nicht mehr so lebendig gefühlt hat.

Als Maria mit Tellern und Besteck ins Freie tritt, springt sie auf und nimmt ihr die Sachen ab. Sie verteilt das Geschirr und hebt neugierig den Topfdeckel.

„Psst!" Spielerisch gibt ihr Maria einen leichten Klaps auf die Finger.

Tina lacht auf und lässt sich auf die Bank fallen. Tief atmet sie den köstlichen Duft des Eintopfs ein. Sie liebt die Gerichte ihrer Großmutter. Wenngleich sie vieles von ihr gelernt hat und selbst ganz passabel kocht, zumindest beteuert das Alexander, schmeckt ihr Marias Essen viel besser als ihr eigenes.

„Es ist die Liebe, die Marias Gerichte so einzigartig macht", beteuert Sebastian immer, wenn Tina das Essen lobt, und sie glaubt daran.

Während des Essens plaudern sie über das Wetter, das diesen Sommer besonders launisch gewesen ist und noch weniger Wanderer als gewöhnlich auf die Alm geführt hat, über die Klimaerwärmung, die die Gletscher in erschreckend hohem Tempo schmelzen lässt, und über den Steinadler, der über dem Wettersteingebirge seine Kreise zieht und der, wenn er nicht bald ein Weibchen findet, das er decken kann, wohl bald als letztes Exemplar seiner Gattung in den bayerischen Alpen aussterben wird.

„Seit wann sind die anderen Hütten nicht mehr bewohnt?" Tina legt ihr Besteck zur Seite und lehnt sich an die Hüttenwand.

„Vor zwei Jahren sind die Hubers ins Tal gezogen." Maria stellt die Teller zusammen. „Der alte Jakob hat unter Alzheimer gelitten, und seine Frau Pia hat ihn gepflegt, solange sie konnte."

„Und was ist nun mit ihrer Hütte?"

„Sie haben sie dem Leopold vermacht. Du kennst ihn doch noch, den Poldi, oder?"

Tina runzelt die Stirn. Vage erscheint das Bild eines schlaksigen jungen Mannes vor ihr, mit wilden, blonden Locken und einer großen Zahnlücke zwischen den vorderen Schneidezähnen.

„Ach, vergiss den Leo, der taugt nichts." Unwillig schlägt Sebastians flache Hand auf den Tisch.

„Er ist vielleicht nicht gerade der hellste, aber fleißig ist er", entgegnet Maria.

„Was arbeitet er?"

„Er hat die Schauspielschule besucht und arbeitet als Schausteller in der Bavaria Filmstadt. Er wirkt in Werbesequenzen und Serien mit und führt Touristen übers Filmgelände."

„Sag ich doch, der taugt nichts." Sebastian schüttelt den Kopf, dass die Locken fliegen. „Jedenfalls nicht für die Alm", fügt er hinzu, als ihm Maria einen leise tadelnden Blick zuwirft.

„Und die anderen Hütten? Stehen die auch alle leer?"

„Die Geschichten sind alle gleich. Die Alten sind entweder gestorben oder so krank geworden, dass sie die Alm verlassen mussten, und die Jungen wollen nicht hier oben leben." Schwache Resignation schwingt in Sebastians Stimme.

„Einige haben sie den Kindern vererbt, andere haben sie verkauft. Sie gehören nun wohlhabenden Städtern, die im Sommer hin und wieder übers Wochenende hinaufkommen.", ergänzt Maria.

„Hin und wieder, hin und wieder! Immer weniger Menschen kommen hier herauf. Alle sind sie zu faul, um den letzten, steilen Anstieg vom Parkplatz herauf zu laufen. Vor lauter Sitzarbeit nicht mehr gewohnt, ihre Beine zu benützen."

Maria nickt. „Dass man nicht bis ganz herauffahren kann, schreckt tatsächlich viele Menschen davon ab die Alm zu besuchen. Nur eine Handvoll Wanderer kommt nun noch jeden Sommer hier vorbei. Jetzt, im Herbst, wenn die Tage kürzer und die Temperaturen kälter werden, ist kaum noch jemand unterwegs. Aber es kommen immer mehr junge Leute, die bewusst die Ruhe im Naturschutzgebiet suchen." Ihr Blickt ruht auf Sebastian.

„Mh. Mag sein. Trotzdem ist es eine schlechte Entwicklung, dass die Menschen immer bequemer werden. Wer seinen Körper nicht fordert, kann ihn nicht kennenlernen. Und wer seinen Körper nicht kennt, bleibt sich selbst fremd."

„Vielen Leuten fehlt halt die Zeit, um tagelang in den Bergen zu wandern. Sie gehen aber nach der Arbeit ins Fitnessstudio", versucht Tina ihren aufgebrachten Großvater zu besänftigen.

„Pha! Und was tun sie dort? Sie stellen ihre Muskeln zur Schau und lassen sich mit Musik zu dröhnen. Meinst du wirklich, das bringt sie ihrem Körper näher?" Er schüttelt den Kopf. „Nein. Die Haut muss die Natur spüren, die Hitze der Sonne und die Kälte des Schnees, den nassen Regen und den forschen Wind. Nur dann ist der Körper wirklich lebendig, wenn er in der Natur gefordert wird, wenn die Lungen zum Zerbersten klare, reine Bergluft atmen können und der Sauerstoff in die Zellen schießt!"

Überrascht betrachtet ihn Tina. Seine Wangen sind vor Eifer gerötet, und seine Augen leuchten. Seine ganze Liebe zur Natur liegt in seinen Worten, die er laut und vehement über den Tisch stößt.

Auf Marias Gesicht liegt ein Lächeln. Tina spürt, wie sich die harten Muskeln ihrer Schultern ganz langsam entspannen. Die vertraute Atmosphäre tut ihr gut, und auch während dieser Mahlzeit haben ihre Großeltern keine Fragen gestellt. In ihr keimt die Hoffnung, dass sie wider Erwarten nicht gezwungen sein wird, über den Verlust ihres Kindes sprechen zu müssen.

4

Nach einer Woche auf der Alm fühlt sich Tina ausgeruht und erholt. Die Schmerzen in ihrem Unterleib sind vollständig verschwunden, und ihre Bauchmuskulatur beginnt sich langsam wieder zu straffen, was sie jeden Morgen im Bett verstohlen mit einer zufälligen Berührung aufmerksam überprüft.

Rasch hat sie ihren täglichen Rhythmus gefunden. Sie ist Frühaufsteherin, und wenn die Dämmerung sich durch die rabenschwarze Nacht kämpft, um die verschlafenen Wiesen mit ihren Grashüpfern, den Spinnen, Ameisen und Käfern zu wecken und zu trocknen, dann verlässt sie das Bett, stößt die Fensterflügel auf, füllt ihre Lunge mit der kühlen Bergluft, schlüpft in ihre Kleidung und verlässt die Hütte, nicht ohne ihrer Großmutter, die jeden Morgen für duftende Kaffeeschwaden in der kleinen Hütte sorgt, einen zärtlichen Kuss auf die Wange gedrückt zu haben. Sie genießt es, im jungen Tageslicht barfuß durch die nassen Wiesen zu streifen und mit den Augen die Konturen des Wettersteinmassivs festzuhalten, das sich immer schärfer vom heller werdenden Himmel abzeichnet und seine ganze Wildheit und Schönheit mit jedem Zentimeter eindrucksvoller offenbart, den sich die Sonne höher über die Landschaft erhebt. Bis es schließlich majestätisch über den Berghängen wacht, an denen in großen Abständen einige wenige Almhütten wie dunkle Rosinen liegen, die einem Riesen aus der Tasche gefallen sind.

Nach einem ihrer Morgenspaziergänge lässt sich Tina neben Sebastian auf der Sitzbank an der Hüttenwand nieder und wischt sich Haarsträhnen aus dem erhitzten Gesicht. Maria schiebt ihr lächelnd eine Tasse dampfenden Kaffees hin. Entgegen ihrer Gewohnheit ist Tina bereits nach wenigen Tagen auf der Alm dazu übergegangen, mit ihren Großeltern ein gemeinsames Frühstück einzunehmen. Sie staunt selbst darüber, dass sie, die bisher morgens keinen Bissen essen konnte, nun mit Appetit und Freude speist.

„Wie lange möchtest du hierbleiben?" Sebastians Worte schweben unbefangen über zu ihr herüber, während er sich Kaffee nachschenkt.

Tina bleibt das Brot im Mund stecken. Daran ändert auch die Tatsache nichts, dass es sich um selbst gebackenes Sauerteigbrot mit eigenhändig hergestellter Zwetschgen-Zimt-Marmelade handelt. Angestrengt mahlt ihr Unterkiefer, und sie spürt den aufmerksamen Blick ihres Großvaters auf ihrem Gesicht. Ihre rechte Hand greift nach der Tasse. Sie verbrennt sich die Zunge an der heißen Flüssigkeit, aber immerhin rutscht der Brei hinunter. Das Brennen bleibt.

„Es ist bereits Oktober. Der erste Schnee wird nicht mehr lange auf sich warten lassen." Sebastian lehnt sich zurück. Seine Hand schirmt die Augen zur Sonne hin ab, und sein Blick schweift über den Wald, die Wiesen und den Weg, der in einer kleinen Schlucht verschwindet. Dann legt er den Kopf in den Nacken und beobachtet den Steinadler, der sich in der Thermik mit vollendeter Eleganz höher und höher in den Himmel schraubt.

Sebastian richtet sich auf. Sein Blick trifft Tinas Augen. „Du kannst gerne bleiben. Aber du weißt, wenn der Schnee kommt, gibt es keinen Weg mehr hinunter ins Dorf." Er räuspert sich und spuckt ins Gras.

„Verbringt ihr den Winter noch immer hier oben?" Überrascht hebt Tina die Augenbrauen. Früher, als ihre Großeltern noch jünger gewesen sind, hat sie ihre Entscheidung nie infrage gestellt, aber jetzt bemerkt sie ein undeutliches Unbehagen bei der Vorstellung, dass die beiden alten Menschen während Monaten hier oben allein bleiben wollen, umgeben von nichts weiter als unendlichen Schneemassen, abgeschnitten von der Außenwelt.

Sebastian scheint sich über ihre Zweifel zu amüsieren, sein linkes Augenlid zuckt. „Natürlich."

Er macht sich nicht die Mühe, eine Begründung nachzuliefern. Offenbar ist es für ihn so selbstverständlich, das ganze Jahr über in seiner Hütte zu leben, dass er sich darüber keinerlei Gedanken macht.

Tina erinnert sich an die langen Winter als Kind. An die vielen Einmachgläser, die in der angebauten Vorratskammer hinter der Hütte lagern. An ungezählte Abende am Kamin, an denen ihr Sebastian Geschichten erzählt hat und Maria daneben gesessen ist und Wolle gesponnen hat. An Schneeballschlachten mit Sebastian und Schneefamilien, die sie mit Ausdauer rund um die Hütte gebaut haben. Maria hat den eisigen Gesellen sogar eigene Mützen gestrickt, die sie dann im Herbst auf den Wochenmärkten im Tal verkauft hat.

„Spinnst du noch Wolle?"

Neugierig blickt sie ihre Großmutter an.

„Ja. Es macht mir noch immer viel Freude, und das Spinnrad kann ich auch mit Rheuma noch bedienen. Nur Stricken geht nicht mehr, und das Teppichknüpfen habe ich auch aufgegeben."

Tina sucht in den braunen Augen nach Anzeichen von Bedauern oder Trauer, aber sie findet nur fröhliche Gelassenheit.

„Und kochst du noch immer Marmelade, Zucchini, Gurken, Karotten und Sauerkraut ein?" Erwartungsvolle Begeisterung schwingt in Tinas Stimme, und ihre Fingernägel kratzen aufgeregt übers Holz.

Maria nickt und lächelt.

„Dann bleibe ich bei euch!" Wärme jagt durch ihren Körper und das Licht um sie herum kommt ihr mit einem Mal heller vor.

Bis sie die fragenden Blicke ihrer Großeltern auf ihrem Gesicht spürt.

Plötzlich wird ihr heiß. Wie soll sie erklären, warum sie nicht zu arbeiten braucht, ohne zu lügen und ohne von ihrer Schwangerschaft zu berichten? Ohne zu erläutern, dass sie bis Ende Jahr krankgeschrieben ist und danach noch vier Monate lang Elternzeit hat? Sie hat sich allerdings noch nicht damit auseinandergesetzt, wie sich ihre rechtliche Situation seit dem Verlust ihres Kindes darstellt. Vermutlich

müsste sie zum Arzt gehen, der den Schwangerschafts-
abbruch diagnostizieren würde. Dann würde er sie an einen
Psychologen verweisen, damit sie ihr Trauma verarbeiten
kann. Vielleicht würde sie auch in eine psychiatrische Klinik
eingeliefert werden, weil allein die Vorstellung, einem
Psychologen gegenüber zu sitzen, Panik in ihr auslöst und
sie vermutlich in großer Hysterie die Flucht ergreifen würde.
Dann würde sie bis auf Weiteres krankgeschrieben, bis sie
irgendwann für geheilt befunden und in ihr altes Leben zu-
rückgeschickt würde.

Tina spürt, wie das Blut aus ihrem Gesicht weicht. Eine
kalte Hand legt sich um ihr Herz und presst es zusammen,
bis sich ein stechender Schmerz über ihren Rücken ausbreitet. Ihre Gesichtsmuskeln beginnen zu zucken. Ihr wird übel,
und hastig trinkt sie einen Schluck Kaffee. Für den Bruchteil
einer Sekunde sieht sie das winzige Gesicht ihres Kindes vor
sich.

Sie steht so abrupt auf, dass sie ihre Tasse umstößt und
der heiße Kaffee über die Tischplatte läuft. Erschrocken
starrt sie auf die schwarze Pfütze, in der sich blicklose Augen auflösen.

Sebastian hebt die Hand, und mit einer ruhigen, raschen
Bewegung streift er die Flüssigkeit auf den Boden, während
sein Blick an Tinas Gesicht geheftet ist. Tina spürt den
schnellen Schlag ihres Herzens an ihrem Hals und in den
Fingerspitzen, und plötzlich beginnen sich die Großeltern
vor ihr zu drehen. Sie klammert sich an der Kante fest,
presst die Augenlider so fest aufeinander, dass weiße Stern-
chen zu tanzen beginnen.

Sie kann unmöglich mit Maria und Sebastian sprechen.
Sie würde sich verlieren in dem unermesslichen Schmerz,
der ihr Inneres zu verbrennen droht und alles begraben würde, was jemals ihr Wesen, ihre Träume, Wünsche, Ziele,
Hoffnungen, Fähigkeiten und Erfahrungen gewesen sind. Es
würde nichts von ihr übrig bleiben. Die einzige Chance, das

zu verhindern, ist Schweigen. Mit der Vergangenheit zu brechen, sie zwischen imaginäre Buchdeckel zu verbannen, sich drauf zu setzen und sie nie mehr zu öffnen.

Tinas Atem geht rasch. Sie beißt auf die Unterlippe. Dann öffnet sie langsam die Augen. In Marias Blick liegt ein Anflug von Besorgnis, der sofort verschwindet, als sich ihre Blicke treffen. Maria ergreift ihre Hand und zieht sie zurück auf die Bank. Sebastian betrachtet seine Enkelin mit ernster Aufmerksamkeit.

„Ich habe im Winter als Landschaftsgärtnerin nicht viel zu tun. Sicher ist mein Chef froh, wenn ich unbezahlten Urlaub nehme." Tina spricht langsam, und das Sprechen strengt sie an. Sie fixiert die trocknenden Ränder der Kaffeepfütze und ärgert sich über den dünnen Klang ihrer Stimme.

„Ach so."

Marias Blick bleibt ein wenig länger als nötig an ihr hängen, dann beginnt sie das Frühstücksgeschirr abzuräumen. Sebastian kneift die Augen zusammen.

„Ich gehe morgen hinunter ins Tal, um einige Besorgungen zu erledigen. Komm mit, dann kannst du telefonieren."

„Danke, das ist nicht notwendig", stammelt Tina hastig. Als sie das Unverständnis in seinen hochgezogenen Schultern sieht, fügt sie rasch hinzu: „Alexander wird mich besuchen, ich werde ihn bitten, mich im Geschäft abzumelden." Es ist ein ganz großer Bluff, aber Tina ist in der Zeitnot keine andere Ausrede eingefallen. Um keinen Preis möchte sie den langen Ab- und Aufstieg am selben Tag in Angriff nehmen. Sie fühlt sich zwar bereits deutlich fitter als bei ihrer Ankunft hier, aber sie ist sich sicher, dass das ihr Körper noch nicht schaffen würde. Zudem wüsste sie nicht, mit wem sie telefonieren sollte. Im Geschäft wird vor Ende Jahr, wenn der Geburtstermin vorbei ist, niemand versuchen, mit ihr Kontakt aufzunehmen.

„Alexander?"

Die leise Stimme ihrer Großmutter holt sie an den Tisch zurück. Sie stutzt. Ist es möglich, dass ihre Großeltern Alexander nicht kennen? Vor sechs Jahren ist sie zum letzten Mal hier oben gewesen, Alexander hat sie erst vor drei Jahren kennengelernt.

„Alexander ist - ein Freund. Ich habe ihn bei einem Tanzkurs getroffen, er ist Tanzlehrer." Wenigstens nur eine halbe oder vielleicht sogar nur eine Viertellüge. Um keinen Raum für weitere Fragen zu lassen, steht Tina auf. „Ich leg' mich ein wenig hin. Vielen Dank für das Frühstück." Rasch betritt sie die Hütte.

In ihrer Kammer schließt sie die Tür und lässt sich aufs Bett fallen. Die Holzlatten unter der Matratze knarren unter der Last ihres Gewichts. Sie verschränkt die Arme hinter dem Kopf und starrt hinauf in die Dachschräge, ohne die dicken Dachbalken, die dünneren Querstreben und die zahlreichen Spinnennetze wahrzunehmen. Sonnenstrahlen zeichnen ein liegendes Rechteck an die dunkle Holzwand neben Tinas Bett. Der Geruch nach altem, sonnengewärmtem Holz und Staub liegt über ihrem Gesicht.

Sie fühlt sich schlecht. Ihre Großeltern haben es nicht verdient, dass sie angelogen werden oder dass man ihnen die Wahrheit verschweigt. Sie kann sich nicht erinnern, sie bisher auch nur einmal hintergangen zu haben. Weder, als sie mit sechs Jahren Sebastians Pfeife genommen und versucht hat zu rauchen, noch als sie mit acht Jahren in der Weihnachtszeit sämtliche von Marias herrlichen Keksen an Bettler und Obdachlose verschenkt hat, um ihnen eine Freude zu machen. Auch nicht, als sie sich mit fünfzehn Jahren Haschisch besorgt hat, weil sie mit ihrer Freundin Anna die berauschende Wirkung der Droge zu erkunden wollte, und noch viel weniger, als sie mit siebzehn die „Pille danach" gebraucht hat, um nicht von ihrem Turnlehrer, mit dem sie eine zweijährige heimliche Affäre gehabt hat, schwanger zu werden. Immer sind die Großeltern über die kleineren und größeren Streiche und Fehltritte ihrer Enkelin im Bilde gewesen, ohne dass dadurch jemals ihre Beziehung oder gar ihre gegenseitige Liebe gefährdet gewesen wäre.

Tina kneift die Augen zusammen und beißt erneut auf die Unterlippe, über der sich bereits eine dünne Kruste gebildet hat, die sofort wieder aufreißt. Das Gebälk über ihr verschwimmt, Tränen laufen über die Wangen und kühlen die erhitzte Haut. Die Unfähigkeit, mit den geliebten Menschen diesmal über das zu sprechen, was tief in ihrer Seele brennt, raubt ihr den Atem. Sie dreht sich zur Seite und krümmt sich zusammen wie ein Säugling, der Schutz im Schoß seiner Mutter sucht. Nur, dass es für Tina keinen Schutz vor dem Schmerz gibt – nur Flucht.

„Tina ist oben."

Sie schreckt aus einem unruhigen Schlaf auf, als ihr Name gedämpft durch die dicken Wände der Hütte in ihre Kammer hinaufdringt. Ihre Handballen reiben über die Augen und sie bemerkt, dass sie verklebt sind. Sie muss im Halbschlaf geweint haben. Das Rechteck aus Sonnenlicht ist von der Wand weitergewandert und wärmt nun ihre nackten Füße, die auf der Wolldecke am Fußende des Bettes liegen.

Die tiefe Stimme ihres Großvaters erklingt erneut, aber die Worte gelangen nur noch verzerrt in die kleine Kammer und sie versteht sie nicht.

Zu wem spricht er? Irritiert runzelt Tina die Stirn. Die schläfrige Mattigkeit des Nickerchens liegt träge über ihrem Geist und erschwert das Denken. Es weiß doch niemand, dass sie hier ist.

Peter! Sie hat mit Peter telefoniert während der Zugfahrt nach Klais. Aber Peter wird seinen korpulenten Körper wohl kaum den steilen Weg zur Alm hinaufquälen. Sie grinst, als sie sich Peter schwitzend und keuchend mit vor Anstrengung gerötetem Gesicht vorstellt, wie er fluchend Kurve um Kurve des schmalen Pfads hinter sich lässt. Sie mag den einfach gestrickten, aber gutmütigen und treuen Freund Alexanders.

Alexander.

Mit einem Ruck setzt sich Tina auf. Ihre Finger krallen sich in den kratzigen Stoff der Wolldecke. Sollte er tatsächlich hier sein? Sie hat nicht ernsthaft daran geglaubt, dass er sie hier aufsuchen könnte, als sie vorhin davon gesprochen hat. Alexander hat noch nie einen Fehler zugegeben, und wenn es in ihrer Beziehung bisher zum Streit gekommen ist, dann ist immer sie es gewesen, die die Hand zur Versöhnung gereicht hat. Als sie ihn mit dem Tod ihres Kindes konfrontiert hat, hat er sie angegriffen, anstatt sie zu trösten und gemeinsam zu trauern. Es ist unwahrscheinlich, dass er den weiten Weg hierher gemacht hat. Eher wird er warten, bis die Zeit die Wunden heilt und sie nach München zurückkehrt.

Aber alles andere ist unmöglich, es muss Alexander sein.

Tina spürt, wie sämtliche Muskeln ihres Körpers zu vibrieren beginnen. Was soll sie nun tun? Wie soll sie ihm begegnen? Sie ist so sehr in die gemütliche Geborgenheit der Welt hier auf der Alm eingetaucht, dass sie den unangenehmen Vorfall in ihrer Wohnung erfolgreich verdrängt hat. Jetzt gilt es, die richtige Strategie zu finden, um ihre Emotionen im Griff zu behalten, Alexander gegenüber nicht zu abweisend zu sein und gleichzeitig ihre Großeltern nicht merken zu lassen, dass Alexander mehr als nur ein Freund ist. Denn sonst würden sie fragen, weshalb sie ihn einen ganzen Winter lang allein lassen will.

Alexander springt von der Bank auf, als Tina vor die Hütte tritt. Er macht zwei rasche Schritte auf sie zu, dann bleibt er zögernd stehen. Er sieht müde aus. Dunkle Ringe liegen unter seinen Augen und die Haut seines Gesichts wirkt grau.

„Hallo, Alex."

Wie Wassertropfen fallen die beiden Worte in das Schweigen zwischen ihnen.

„Hallo, Tina." Seine Stimme klingt belegt.

Sie dreht sich um und streift seinen Arm mit einer unauffälligen Geste. Sie läuft ein ganzes Stück in Richtung Wald, wo sie den Schritt verlangsamt, schließlich anhält und sich zu Alexander umdreht. Keuchend erreicht er sie und lässt sich auf einem Stein am Rand des schmalen Pfads nieder. Sie setzt sich neben ihm ins Gras.

Als sich sein Atem beruhigt hat, hebt er den Blick. Tina hält eine Eisenhutpflanze zwischen Daumen und Zeigefinger und zwirbelt den Stil. Ihr Blick ist konzentriert auf die kleinen, dunkelblauen Blüten gerichtet. Dann hebt sie den Kopf und blickt ihm direkt in die Augen.

„Warum bist du gekommen?"

„Es tut mir leid."

Er schaut sie an. Sie wartet auf ein Echo in ihrem Innern, aber es rührt sich nichts. Langsam nickt sie.

Ein Leuchten huscht durch seine Augen, und er springt auf. Erschrocken lässt sie den Eisenhut fallen. Er streckt beide Hände nach ihr aus. Sie ergreift sie und lässt sich in die Höhe ziehen.

„Komm, lass uns nach Hause gehen."

Bei seinen Worten erbebt ihr Körper.

„Ich bleibe hier." Ihr Blick ruht zwischen seinen Augen. „Ich bin noch nicht so weit. Ich werde den Winter hier oben verbringen. Hier habe ich gefunden, was ich im Moment am meisten benötige: Ruhe."

Als sie ihn loslässt, wendet er sich schweigend ab, und scheinbar mechanisch bewegen sich seine Füße über den ausgetretenen Pfad in Richtung Tal.

„Alexander."

Er hält inne, ohne den Kopf zu wenden.

„Ich glaube, ich liebe dich noch immer."

Seine Füße nehmen die monotone Bewegung der Schritte wieder auf, die ihn ohne weiteren Halt zurück ins Tal bringen werden.

Tina spürt, wie sich Alexanders Gestalt von ihr entfernt, während ihre Augen den hellblauen Stoffbeutel fixieren, den er neben sie ins Gras gelegt hat. Erst, als ihn die unerträglich grünen Wiesen schon lange verschluckt haben, als die Sonne hinter dem Wettersteinmassiv verschwunden ist und die weißen Quellwolken am Himmel grau werden, als das unermüdliche Zirpen der Grillen nicht mehr in ihren Ohren schmerzt und der Steinadler seinen abendlichen Flug über die Alm aufnimmt – erst dann kauert Tina nieder, und ihre Hand ergreift den Beutel.

Als sie die Hüttentür aufstößt dämmert es bereits. Der Geruch nach Zwiebeln und Leberkäse begrüßt sie, und das Knurren ihres Magens lässt sie den Stoffbeutel über ihrer Schulter vergessen. Sebastian ist dabei, den Tisch zu decken, während Maria Kartoffelsalat in eine dunkle Holzschüssel füllt.

Tina fühlt sich erschöpft. Ihre Beine sind so müde, als ob sie einen Marsch durch die Wüste hinter sich hätten, und ihre Schläfen pochen. Sie hängt den Beutel über die Lehne des hohen Stuhls und lässt sich mit einem leisen Seufzer darauf nieder.

Maria verteilt die Teller. „Wollte Alexander nicht hierbleiben? Morgen muss er doch sicher nicht zur Arbeit, morgen ist Sonntag." Ihre Stimme klingt wie immer freundlich und warm.

Tina schüttelt den Kopf.

„Nein. Er ist für heute Abend mit seinem Freund verabredet, sie treffen sich jeden Samstag."

Das stimmt sogar, und Tina ist sich sicher, dass Alexander Peter auch tatsächlich noch treffen wird.

Sie essen schweigend. Tinas Gedanken schweifen zurück zum Nachmittag. So richtig genießen kann sie den Leberkäse, für den sie üblicherweise weit geht, nicht. Unkonzentriert schneidet sie ein Stück ab, schiebt es sich in den Mund und kaut, kaut, kaut noch mal, schiebt es von einem Mundwinkel in den andern und schluckt schließlich.

Sie glaubt, dass sie die richtige Entscheidung getroffen hat. Sie würde die Leere der Wohnung und das bereits eingerichtete Babyzimmer nicht ertragen. Andererseits hat sie Alexander gegenüber ein schlechtes Gewissen. Er hat keine Möglichkeit einfach so zu verschwinden. Er ist gezwungen, in genau dieser Wohnung zu leben.

Und nun auch noch ohne sie. Das schlechte Gewissen wiegt immer schwerer, je länger sie über Alexanders Situation nachdenkt. Lustlos schiebt sie Kartoffelsalat auf die Gabel, lässt ihn wieder hinunterfallen, um ihn erneut aufzuladen. Erst als sie den scharfen Blick ihres Großvaters auf ihrer Hand spürt, schiebt sie sich die volle Gabel in den Mund. Die rohe Zwiebel brennt ein wenig, und hastig trinkt sie einen Schluck Wasser.

Sebastian, der sie nicht aus den Augen gelassen hat, steht auf und schlurft zum Wandschrank. Er öffnet die Glastür, greift nach einer schlanken Flasche ohne Etikett und zwei Likörgläsern und kommt zurück an den Tisch. Er füllt ein Glas randvoll und stellt es vor Tina.

„Blutwurz", meint er, als sie ihn fragend anschaut.

Sie runzelt die Stirn.

„Blutwurz gibt man doch bei blutenden Wunden, oder erinnere ich mich falsch?"

„Eben." Seine Augen halten ihren Blick fest, und sie spürt, wie sie errötet. Sie wagt es nicht, den Blick zu senken, sondern liest in Sebastians Augen. Sie sieht seine stummen Fragen, aber auch eine Erwartung, die sie nicht recht deuten kann.

Er schenkt sich selbst ein Glas ein und prostet ihr zu. Das leise Klirren ihrer Gläser huscht in die dunklen Ecken des Raumes und verliert sich in den dicken Holzbalken.

„Aber Vorsicht: Schlecht verheilte Narben reißen wieder auf."

Der Likör brennt sich durch Tinas Kehle.

Als sie nach dem gemeinsamen Abwasch ihrer Großmutter eine gute Nacht wünscht, streicht ihr Maria liebevoll übers Haar und gibt ihr einen Kuss auf die Stirn. „Erhol dich gut, mein Kind."

Vor Tina auf dem Bett liegt der Stoffbeutel. Eine tief hängende Deckenlampe mit beigefarbenem Lampenschirm mit rotem Blümchenmuster wirft einen gelben Lichtkegel von etwa fünfzig Zentimetern Durchmesser auf die Mitte des Betts und lässt die hellblaue Farbe des Stoffs Türkis scheinen. Der Beutel ist schwerer als er aussieht. Zaghaft ergreift ihre Hand die Kordel. Sie knotet sie auf und zieht den Stoff auseinander.

Als Erstes fällt ihr Blick auf eine Tafel Vollmilchschokolade mit ganzen Nüssen, ihre Lieblingsnascherei. Sie schnieft und legt die Schokolade aufs Bett. Weiter kommen zwei Schinken-Käse-Sandwiches, zwei Äpfel und eine kleine Flasche Rotwein mit Schraubverschluss zum Vorschein.

Ein Picknick.

So hat es Alexander geplant. Daraus geworden ist ein Abschied für mehrere Monate.

Beklommen lässt sich Tina rittlings auf die Matratze fallen. Käseduft steigt in ihre Nase. Ein Apfel kullert polternd auf den Boden. Sie verschränkt die Hände hinter dem Kopf, und ihr Blick gleitet aufmerksam durchs Dachgebälk, als versteckten sich dort die Antworten auf die Fragen, die in ihr wühlen.

Ist es richtig gewesen, Alexander allein nach Hause gehen zu lassen? Hätte sie nicht mitgehen müssen? Sollten sie diese schwere Zeit nicht Seite an Seite durchstehen? Ist es egoistisch, hier oben zu bleiben? Was wird der Winter mit ihnen machen? Wie werden sie sich begegnen, wenn sie im Frühling nach München zurückkehrt?

Tina spürt, wie der Strudel der Zweifel und negativen Emotionen sie mitzureißen droht. Kleine Schweißperlen bilden sich auf ihrer Stirn, ihr Mund ist trocken.

Vehement setzt sie sich auf. Sie zwingt sich, an Alexanders Ausbruch bei ihrer Ankunft, an seine Vorwürfe und seine aggressive Haltung zu denken, und sofort fühlt sie sich besser. Er hat ihr die Schuld am Tod ihres Kindes gegeben. Er hat überhaupt nicht nachgefragt, wie es passiert ist und sich wohl keine Sekunde lang überlegt, wie es ihr ergangen sein muss. Er hat sie geschüttelt und ihr Vorwürfe gemacht.

Es ist gut, dass sie hiergeblieben ist. Er wird allein klarkommen, muss es schaffen.

Diese Gedanken entlasten sie. Rasch stopft sie die Esswaren zurück in den Beutel, schiebt ihn mit dem Fuß in die Ecke neben der Tür und löscht das Licht. Die Dunkelheit, die sie unmittelbar einhüllt, sowie der vertraute Geruch nach Waschmittel und altem Stoff wirken tröstlich. Eng in ihre Decke gekuschelt, das Gesicht ins Kopfkissen gedrückt, schläft sie ein.

Und dann wälzt sie sich in unruhigen Träumen durch die Stille der Nacht.

5

Am Morgen nach Alexanders Besuch bleibt es ungewöhnlich dunkel in der kleinen Kammer unter dem Dach. Es regnet. Das dumpfe Klopfen auf den Dachziegeln hält Tina länger als üblich in ihrer Traumwelt gefangen.

Als die Augenlider nach mehreren erfolglosen Versuchen endlich offen bleiben, fühlt sie sich, als wäre sie die ganze Nacht lang durchgelaufen. Ihre Beine liegen schwer in der weichen Matratze. Sie fühlt eine eigentümliche Hitze in sich, das Laken unter der Wolldecke klebt an ihren Beinen. Mit den Daumen massiert sie sich die Schläfen, um den Druck hinter ihrer Stirn aufzulösen.

Unter dem Türspalt zwängt sich der Duft nach frisch gebrühtem Kaffee in den Raum. Tinas Magen rumort. Sie schleppt sich ans Fenster und stößt die Flügel auf. Kalte, feuchte Luft füllt ihre Lungen und verdrängt den Mief der Nacht aus der Kammer. Aus schweren, grauschwarzen Wolkenmassen prasseln unaufhörlich Regentropfen auf die Wiesen, die sich schwerfällig vor der Hütte ausbreiten. Der nahe Wald ist als bleigrauer Schemen durch einen dichten Regenvorhang auszumachen.

In der roten Plüschhose und dem weiten, dunkelblauen Strickpullover ihrer Großmutter steigt Tina hinab in die Wohnküche. Im Kamin flackert ein Feuer und der Geruch des verbrennenden Holzes vermischt sich mit dem Duft des Kaffees. Das Knistern aus dem Kamin wird von einem regelmäßigen Hobelgeräusch unterbrochen.

Tina setzt sich zu Maria. Vor der alten Frau steht eine große Schüssel, in die sie Weißkraut hobelt. Neben ihr auf dem Boden liegen zehn weitere Kohlköpfe.

„Machst du Sauerkraut?"

Tina erinnert sich daran, dass Maria jeden Herbst den Kohl aus dem Gemüsegarten neben der Hütte geerntet und in einem tagelangen Geduldsprozess zu Sauerkraut verarbeitet hat.

„Ja. Wenn der Regen aufhört, ist der Winter nicht mehr weit. Es wird Zeit, die Vorratskammer fertig zu füllen, bevor der erste Frost das Gemüse zerstört."

Ihre geschickten Hände fahren mit dem Hobeln fort, während ihre melodiöse Stimme durch den Raum schwebt und die Augen der Großmutter aufmerksam über ihre Enkelin gleiten.

Tina schiebt sich ein Riemisches Weckerl mit Butter in den Mund. Eigentlich mag sie Kümmel nicht besonders, aber die typisch bayerischen Frühstücksbrötchen, die Maria selbst bäckt, gehören hierher, seit sie denken kann, und deswegen isst sie sie gerne.

„Wo ist Sebastian?"

Der Schaukelstuhl vor dem Kamin ist leer.

„Er wollte das Gemüsebeet mit einer Plane abdecken, damit die Erde nicht weggeschwemmt wird. Das war aber schon vor über einer Stunde. Er wird wohl die Futterstellen im Wald kontrollieren."

„Die Futterstellen?"

„Seit wir keine Hühner mehr züchten, hat er drei Futterstellen im Wald eingerichtet. Es sind alte Stellen, die früher vom Forstamt instandgehalten worden sind, seit Langem aber leer stehen. Sebastian sorgt dafür, dass sie nicht zerfallen, und im Winter füllt er sie mit Heu für das Rotwild."

Tina lächelt. Unvermittelt verspürt sie Stolz für ihren Großvater.

Sie erhebt sich und spült ihr Frühstücksgeschirr ab. Dann bückt sie sich und sucht unter der Spüle nach dem großen Holzzuber, in dem Maria immer das Kraut gestampft hat. Sie findet einen schwarzen Eimer, eine metallene Handschaufel mit Besen, drei große Flaschen Putzessig und einen Stapel Küchentücher. Irritiert wendet sie den Kopf in Richtung Esstisch.

„Wo ist der Zuber?"

„Du erinnerst dich?"

Ein freudiges Lächeln lässt die Fältchen um Marias Augen tanzen. „Er steht in der Vorratskammer. Sebastian hat sie ausgebaut. Jetzt können wir die großen Bottiche dort lagern. Dort neben der Tür hängt ein Regenumhang", fügt sie hinzu, als Tina sich aufrichtet und zur Tür geht.

Tina schlüpft in den einfachen, aber zweckmäßigen gelben Plastikumhang, der ihr bis zu den Knien reicht, und zieht sich die weite Kapuze über den Kopf. Dann öffnet sie die Tür, huscht hindurch und schließt sie rasch wieder.

Der Wind treibt den Regen horizontal gegen die Hüttenwand und klatscht ihr ins Gesicht. Fünf Sekunden lang verharrt sie reglos und spürt, wie das kalte Wasser über ihr Gesicht den Hals hinunter in den Ausschnitt ihres Pullovers läuft. Sie blinzelt in den Regenvorhang, ohne etwas zu erkennen. Grau in Grau liegt die Welt vor ihr. Die kühle Luft riecht nach nassem Gras und Moder.

Sie dreht sich um, geht um die Hütte und dreht am Messingknauf zur Vorratskammer. Die Scharniere quietschen leise, sie stößt die Tür auf. Im Halbdunkel des etwa einmal zwei Meter großen Schuppens erkennt Tina linker Hand ein langes, mehrstöckiges Holzregal, auf dem sich Einmachgläser und Vorratsdosen drängen. Auf den derben Bodenbrettern darunter lagern Kartoffeln, Karotten und Äpfel in großen Kisten, und über die gesamte rechte Längsseite des Raums erstreckt sich eine surrende Tiefkühltruhe. Darüber hängen geräucherte Würste, und über einem weiteren Wandregal 50 Zentimeter über der Truhe tropft eine säuerlich riechende Flüssigkeit durch ein Leinentuch in eine Schüssel. Ganz hinten in der linken Ecke stehen Gartenwerkzeuge und Insektenschutzmittel. Trotz des Regens ist es trocken hier drinnen. Der fensterlose Raum ist mit braunem Lehm verputzt, der Feuchtigkeit und Hitze draußen hält.

Den Holzzuber entdeckt Tina neben der Tür. Sie stemmt ihn in die Höhe, tritt wieder hinaus in den Regen und verschließt sorgfältig die Tür.

Das Weißkohlstampfen hat ihr schon als Kind Spaß gemacht, und beglückt nimmt Tina wahr, dass es ihr noch immer gefällt, die feingehobelten, kühlen Kohlstreifen unter ihren nackten Fußsohlen zu spüren. Sie fühlt sich zurückversetzt in ihre Kindheit, und für zwei kostbare Stunden fallen alle Belastungen des Lebens von ihr ab. Über den Kohl, der den Boden des Zubers zehn Zentimeter hoch bedeckt, hat Maria großzügig Salz gestreut, das nun in den Kohl hineingearbeitet werden muss. Anfangs sind die Kohlstreifen trocken, aber je länger Tinas Füße darauf treten, desto feuchter werden sie.

„Wann bist du eigentlich hier heraufgezogen?" Leise keuchend betrachtet sie Maria, die unermüdlich Kohl hobelt.

Auf Marias Stirn bildet sich eine tiefe Falte, die quer über die Stirn von Schläfe zu Schläfe verläuft. „Das muss Anfang der Siebzigerjahre gewesen sein. Meine Großmutter ist gestorben, und meine Mutter ist allein gewesen mit Markus und Thea. Markus war damals erst zwölf und Thea fünfzehn. Sie haben von der Schaf- und Ziegenzucht, und die Almhänge mussten auch bearbeitet werden. Das ist zu viel gewesen für meine Mutter. Die Ländereien unserer Familie haben sich bis zum Wald und im Westen bis zu den Wasserfällen erstreckt."

„So viel Grund? Was ist damit geschehen? Heute gehört euch doch nur noch die Hütte oder?"

„Uns, nicht euch. Du wirst die Hütte erben, wenn Sebastian und ich gestorben sind. Aber ja, heute sind es die Hütte und drei Hektaren Land darum herum. Den Rest habe ich nach Mutters Tod verkauft. Markus wollte nie hier oben leben, und Thea ist ja bereits als junge Frau nach Italien ausgewandert. Deinem Großvater und mir ist die Bewirtschaftung der Almwiesen zu aufwendig und, ehrlich gesagt, zu langweilig gewesen. Er hat sich lieber um seine Schafe und Ziegen gekümmert, und mir hat die Handarbeit mehr Freude bereitet. Wir haben so viel Land behalten, dass wir genügend Futter für die Tiere hatten, den Rest habe ich an die Hubers verkauft."

Tinas Füße beginnen zu kribbeln. Inzwischen wird jedes Stampfen von einem schmatzenden Geräusch begleitet. Das Salz hat dem Kohl Wasser entzogen, und die ehemals knackigen Blattstreifen sind nun biegsam und nass.

„Ich glaube, das reicht."

Maria wirft einen prüfenden Blick in den Holzzuber und nickt zufrieden. Tina steigt heraus, wischt sich die Füße mit einem feuchten Lappen ab. Ihre Wangen sind gerötet – vom Eifer, vom Stampfen und von der Wärme des Feuers.

Maria ergreift nacheinander zwei kleine Porzellanfässchen, hebt die Deckel ab und streut großzügig Kümmel und Dill über den Kohl. Mit einer großen Holzkelle rührt sie alles untereinander.

„Gehören da nicht auch Zwiebeln rein?"

„Jetzt noch nicht. Das Kraut wird in Gläser gefüllt und gärt innerhalb von zwei bis drei Wochen. Danach kann es weiterverarbeitet werden als Krautsalat mit Zwiebeln oder gekocht mit Speck."

„Hast du das Sauerkrautmachen von deiner Mutter gelernt?"

Maria schüttelt den Kopf und lacht. „Meine Mutter war keine gute Köchin und eigentlich auch keine gute Hausfrau, dafür eine begnadete Gärtnerin. Von ihr hast du deine Liebe für Pflanzen geerbt." Tina spürt Marias Blick auf ihrem erhitzten Gesicht.

Aus einer der tiefen Schubladen der Arvenkommode holt Maria Einmachgläser und stellt sie auf den Tisch. Mit einer Suppenkelle füllt sie das Kraut in die Gläser, bis sie randvoll sind. Dann legt sie eine Lage Zellophan darüber und schraubt die Deckel darauf.

„Magst du sie in die Vorratskammer bringen?"

„Klar."

Gemeinsam stellen sie die Gläser in den ausgewaschenen Zuber, dann macht sich Tina mit ihrer schweren Last erneut auf den Weg nach draußen.

Als sie aus dem Schuppen tritt, trifft sie auf Sebastian. Die weißen Haare mit den wenigen schwarzen Strähnen kleben auf seiner Stirn, an den Augenbrauen hängen Regentropfen, und sein dunkelgrüner Mantel trieft vor Nässe. In seinen Augen liegt der verwegene Ausdruck eines Menschen, der an seine Grenzen gegangen und nicht daran gescheitert ist. Die schmalen Lippen unter dem kurzen Bart sind zu einem zufriedenen Lächeln hochgezogen.

„Tina!"

Überrascht bleibt er stehen, als er seine Enkelin in ihrem leuchtend gelben Umhang erblickt.

„Was tust du hier draußen?"

„Ich habe Maria beim Krautstampfen geholfen und nun die Gläser in die Vorratskammer versorgt."

Ihr Blick bleibt an der Axt hängen, die Sebastian in der rechten Hand hält.

„Wo kommst du her?"

Er deutet mit dem Kopf in Richtung Wald.

„Lass uns reingehen."

Er lehnt die Axt an die Wand und öffnet die Tür. Drinnen schält er sich aus den nassen Kleidern, die ihm Maria sogleich abnimmt und über einen Stuhl dicht vor dem Feuer legt. Sie fährt ihm mit einer Hand durchs nasse Haar und drückt ihm einen Kuss auf die Lippen. Er zieht sie an seine nackte Brust, dann nimmt er ihren Kopf zwischen die Hände und küsst sie innig.

Verlegen wendet sich Tina ab und hängt ihren Umhang betont langsam an den Haken neben der Tür. In der Küche setzt sie Teewasser auf.

„Warst du bei den Futterstellen?"

Maria hat ihre Arme um Sebastians Hals geschlungen und den Kopf in den Nacken gelegt. Sie ist kleiner als er und muss zum Küssen auf die Zehenspitzen steigen.

„Ja. Die beiden unteren sind in Ordnung, aber bei der oberen ist ein Teil der Krippe durchgefault."

„Was wirst du tun?"

„Nichts mehr."

Aus den Augenwinkeln beobachtet Tina, wie sich sein Gesicht zu einem schelmischen Grinsen verzieht. Maria löst ihre Umarmung und knufft ihn in die Seite.

„Du bist unverbesserlich."

Tina lehnt sich an die Kommode und fragt:

„Konntest du denn schon was tun?"

Er dreht den Kopf in ihre Richtung, dann lässt er sich in den Schaukelstuhl sinken.

„Ich habe aus Ästen eine neue Krippe gebaut."

„Bei dem Regen?" Ungläubig reißt Tina die Augen auf. Sebastian zuckt die Schultern, und sein Grinsen vertieft sich. Für einen kurzen Moment sieht Tina den Schuljungen vor sich, der er vor langer Zeit gewesen ist.

„Dein Großvater lässt nichts anbrennen." Sie fängt den liebevollen Blick auf, den Maria ihm zuwirft.

„Außerdem bleibt die Arbeit dieselbe, ob es regnet oder ob die Sonne scheint. Bloß wenn es schneit, wird's ungemütlich, dann werden die Finger steif, und die Axt lässt sich nicht mehr so leicht führen." Sebastian beugt sich vor und ergreift seine Pfeife, die vor ihm auf dem Kaminsims liegt. Aus der Tasche seiner verwaschenen Cordhose zieht er einen Tabakbeutel und beginnt sorgfältig seine Pfeife zu stopfen.

Nach vier Tagen ist der Regen vorbei. Tina erwacht von der Stille in ihrer Kammer. Die Luft um sie herum ist kalt. Sie öffnet das Fensterchen und steckt die Nase in den kühlen Morgenwind.

Es riecht nach Schnee. Freudige Aufregung versetzt die bettwarmen Fasern ihres Körpers in Schwingung. Sie ist sich sicher, dass die Gipfel des Wettersteinmassivs hinter der Hütte, die sie von ihrem Fenster mit Talblick aus nicht sieht, bereits angezuckert sind. Die Sicht ist gestochen scharf, wie gemalt breiten sich die Wiesen und Täler vor ihr aus. Der

Herbst neigt sich unwiederbringlich seinem Ende zu, die Lärchen verraten es. Ihre gelbleuchtenden Nadeln sind abgefallen, und wie dichtgewobene, braune Netze ragen ihre nackten Äste in den blassblauen Himmel, der sich wolkenlos über der Alm wölbt. Noch ist die Sonne nicht aufgegangen.

Ihr Morgenspaziergang, dem sie ungeduldig entgegengefiebert hat, führt Tina direkt in den Wald. Ohne zu zögern hat sie vor dem Verlassen der Hütte ihre Turnschuhe angezogen. Aber als sie den Wald betritt und den Duft nach feuchter Erde, nach Harz und verwesendem Holz in sich aufsaugt, kann sie der Versuchung nicht widerstehen, die Schnürsenkel wieder zu lösen.

Ihre Sinne sind aufs Äußerste geschärft, als ihre nackten Fußsohlen den Waldboden berühren. Die ersten Schritte macht sie über ein gelbbraunes Kissen kurzer, weicher Lärchennadeln. Dann lichten sich die Bäume auf einer Distanz von fünf Metern. Kalter, braunschwarzer Morast drückt sich schmatzend zwischen ihre Zehen, als sie langsam auf die nächste Baumgruppe zuschreitet. Die Kälte dringt durch ihre Fußsohlen und schickt ein lebendiges Kribbeln durch ihre Beine hinauf in ihre Brust, die sich mit einem Mal weit und frei anfühlt. Sie steigt auf eine nass glänzende Wurzel, rindenfrei und glatt.

Als ihre Füße taub werden, setzt sich Tina auf einen feuchten Baumstumpf, reibt die Haut sauber und schlüpft erneut in Socken und Schuhe.

Sie blickt sich um. Sie möchte die Futterstellen suchen, an denen Sebastian gearbeitet hat. In der Annahme, dass sie nicht direkt am Wanderweg liegen werden, verlässt sie den Pfad und streift zwischen den Bäumen hindurch.

Es raschelt im Geäst. Dicht neben ihr fliegt ein Vogel auf. Hin und wieder fällt ein Tropfen von den Tannennadeln und trifft auf ihr Haar, das ihr bald feucht ins Gesicht hängt. Die Stille, die zwischen den immer lichter werdenden, gedrungenen Baumstämmen liegt, wird in unregelmäßigen Abständen durchbrochen vom Zwitschern der Vögel, dem Rauschen des Windes in den Ästen und dem Knacken kleiner Holzstöckchen unter ihren Schuhsohlen.

Bald stößt Tina auf eine der Futterstellen. Die Krippe ist rund einen Meter breit und fünfzig Zentimeter tief. Zwischen vier armdicken Baumstämmen, die sich wie zwei große X gegenüberstehen, klemmen dünnere Äste, gitterförmig aneinander genagelt. Noch ist die Krippe leer. Tina nimmt sich vor Sebastian zu begleiten, wenn er nach dem ersten Schneefall die Hirsche und Rehe füttern wird.

Als Tina die Hütte betritt, friert sie. Ihre Herbstjacke eignet sich nicht für die Temperaturen hier oben. Sie nickt Maria zu, die über ein Blatt Papier gebeugt sitzt, und kauert sich vor den Kamin.

Allmählich lässt das Zittern ihrer Muskeln nach, und die Kälte, die sie bis auf die Knochen durchdrungen hat, weicht wohliger Wärme. In der Küche schenkt sie sich frischen Pfefferminztee ein und verspeist ein Pfennigmuckerl mit Honig. Die Stangenbrötchen schmecken ihr noch besser als die Riemischen Weckerl, und da noch genügend im Leinensäckchen vorrätig sind, gönnt sie sich ein zweites. Satt und aufgewärmt tritt sie zu Maria.

„Du schreibst einen Brief?"

Überrascht folgen ihre Augen der Spitze des Füllfederhalters, die in kleinen, schwungvollen Bewegungen übers Papier gleitet. Das leicht kratzende Geräusch weckt Erinnerungen an ihre Schulzeit.

„Ja." Maria blickt kurz auf und nickt. „Christine ist gestorben, und ich möchte mich für die Nachricht ihres Todes bedanken."

„Tante Christine ist tot?" Verwirrt stützt sich Tina auf dem Tisch auf. „Warum? Seit wann weißt du es?" Fragend und forschend zugleich blickt sie in die Augen ihrer Großmutter und entdeckt ein gutmütiges Lächeln darin.

„Sie ist vor vier Wochen bei einem Tauchunfall in der Karibik gestorben. Die Nachricht hat mich erst erreicht, als die Bestattung bereits vorbei war. Wir holen die Post im Tal ja nicht regelmäßig ab." Entschuldigend zuckt sie die Schultern. „Aber die Reise nach Amerika wäre für uns sowieso zu weit und zu teuer gewesen."

Tina setzt sich neben Maria und dreht die Teetasse in ihren Händen. Sie weiß wenig von ihrer Tante, die fünf Jahre jünger gewesen ist als ihre Mutter.

„Was hat sie in der Karibik gemacht?"

Marias linke Augenbraue hebt sich. „Ich glaube, sie hat in einem Walbeobachtungsprojekt gearbeitet. Weißt du, sie hat so viele verschiedene Jobs gehabt und meistens nur für kurze Zeit, um sich ihre Reisen zu finanzieren, dass ich schon lange den Überblick verloren habe. Die Nachricht ihres Todes jedenfalls haben wir von einem der Projektverantwortlichen bekommen."

Tina runzelt die Stirn. „Hat Tante Christine keine Kinder?"

„Nein."

„Und einen Mann?"

„Auch nicht."

Nachdenklich trinkt Tina einen Schluck Tee. Sie stellt es sich schwierig vor, so ganz allein durchs Leben zu ziehen. Sie schätzt es sehr, mit Alexander einen verlässlichen Partner an ihrer Seite zu wissen.

Maria scheint ihre Gedanken zu lesen.

„Christine hat genau eine Liebe in ihrem Leben gehabt, der sie alles untergeordnet hat: die Freiheit. So ist sie schon als Kind gewesen. In der Schule ist sie immer angeeckt. Wenn sie etwas lernen sollte, das sie nicht wollte, hat sie es einfach nicht gemacht. Die Lehrer haben sich die Zähne an ihr ausgebissen, und mehr als einmal sind Sebastian und ich in die Schule zitiert worden." Kleine und kleinste Lachfältchen überziehen Marias Gesicht bei der Erinnerung. Es scheint sie nicht weiter belastet zu haben. „Genützt hat es nichts. Mit zwölf Jahren hat sie die Schule hingeschmissen und ist als Kindermädchen in die Schweiz gegangen. Mit fünfzehn ist sie weitergezogen nach Italien, wo sie mit siebzehn einen Matrosen kennengelernt hat, der sie auf seinem Frachtschiff nach Amerika geschmuggelt hat." Maria hält inne, und ihre Finger zeichnen unsichtbare Muster auf die Tischplatte.

„Und wie war das für euch? Habt ihr keine Angst um sie gehabt?"

„Doch, natürlich. Aber wir haben gelernt, damit umzugehen." Maria kneift die Augen zusammen, dreht den Kopf und richtet den Blick in die Flammen im Kamin. Dann sagt sie langsam: „Wenn ein Mensch so kompromisslos von der Freiheit durchdrungen ist, kann man ihn nicht aufhalten, ohne seine Seele zu zerstören. Unsere einzige Möglichkeit, sie zu unterstützen, ist es gewesen sie ziehen zu lassen."

„Aber das war damals, als sie allein gereist ist, ja noch nicht die Zeit des Massentourismus. War das nicht gefährlich für sie allein als Frau?"

Maria lacht auf und wendet ihr Gesicht wieder Tina zu. „Christine ist nie alleine unterwegs gewesen. Sie hat immer männlichen Begleitschutz gefunden. Zwei ihrer Partner hat sie auch nach Hause gebracht, aber länger als zwei, manchmal auch drei Jahre ist sie nie mit demselben Mann zusammengeblieben." Sie muss das Unverständnis in Tinas Blick erkennen, denn sie fügt hinzu: „Feste, dauerhafte Beziehungen lassen sich nicht mit dem Freiheitsgedanken verbinden. Das eine schließt von seiner Natur her das andere aus."

„Dann hat Freiheit aber auch viel mit Egoismus zu tun, nicht wahr?"

Maria neigt den Kopf zur Seite. „Vielleicht. Es ist alles eine Frage des Maßes."

Damit schließt sie den philosophischen Exkurs ab, denn sie nimmt den Füllfederhalter in die Hand und wendet sich wieder ihrer Schreibarbeit zu.

Tina versinkt in ihren Gedanken. Sie fühlt sich nicht sonderlich eingeengt durch ihre Partnerschaft mit Alexander. Sie pflegen gemeinsame Interessen wie das Tanzen oder auch Wandern, aber jeder von ihnen hat auch seine ganz persönlichen Freiheiten. Alexander trifft sich zweimal pro Woche mit Peter und die beiden hängen gemeinsam ab. Manchmal kommt Alexander dann abends überhaupt nicht nach Hause, ohne dass sich Tina deswegen sorgt oder ihm Vorhaltungen macht. Sie verbringt dafür regelmäßig einen ihrer freien Tage lesend im Stadtpark, inmitten der Blumenrabatten, die sie als städtische Landschaftsgärtnerin eigens gepflanzt hat, und taucht ganz ein in die Welt ihrer Romanfiguren. Jeder von ihnen reist einmal pro Jahr allein oder mit Freunden in den Urlaub, den Rest ihrer freien Zeit verbringen sie gemeinsam. Für Tina ist das die Freiheit, die sie braucht, nicht mehr, aber auch nicht weniger.

Sie nippt an ihrer Tasse und horcht in sich hinein. Es ist ihr, als vernehme sie einen leisen Missklang. Woher rührt er? Ist sie unehrlich zu sich selbst? Macht sie sich in ihrer Beziehung zu Alexander etwas vor?

Sie braucht nicht lange nachzuforschen, bis sie die Ursache der Irritation gefunden hat. Deutlich sieht sie Alexander vor sich, als er sie gebeten hat, mit ihr nach München zurückzukehren. Sie ist sich in diesem Moment zwar ihrer Sache sicher gewesen, hat aber dennoch über genügend Geistesgegenwart verfügt, um seinen Schmerz wahrzunehmen, der ihm fast die Besinnung geraubt hat. In diesem Augenblick hat sie sich verschlossen, hat sich innerlich von ihm abgewandt, um sich selbst zu schützen. Ist das nicht auch egoistisch gewesen? Hätte sie nicht ihrer Verantwortung für ihre Partnerschaft nachkommen müssen, mit Alexander gemeinsam in ihre Wohnung zurückkehren müssen, damit sie sich gegenseitig in ihrer Trauer hätten beistehen können? Stattdessen hat sie sich die Freiheit genommen sich nur um sich selbst zu kümmern und hat damit Alexander gezwungen, dasselbe zu tun.

Tina seufzt laut und erschrickt sofort, als sie Marias aufmerksamer Blick streift. Die alte Frau schiebt ihr Papier und Füller hin und steht auf.

„Hier, falls du auch schreiben möchtest. Ich bin fertig. Sebastian wird heute Nachmittag nach Elmau gehen, um einige Besorgungen zu machen, dann kann er die Briefe mitnehmen." Ohne eine Antwort zu erwarten dreht sich Maria um und verlässt in leicht gebückter Haltung die Hütte.

Ratlos sitzt Tina vor dem Papier und fühlt sich von seiner weißen Reinheit geblendet. Es ist undenkbar lange her, seit sie zum letzten Mal von Hand einen Brief geschrieben hat. Der Papierbogen vor ihr kommt ihr fast zu kostbar vor, um mit den Buchstaben ihrer flüchtigen, ein wenig krakeligen Handschrift beschmutzt zu werden. Und dennoch übt diese neutrale Fläche vor ihr eine gewisse Anziehungskraft auf sie aus. Anders als am Computer, per E-Mail oder Facebook-Nachricht schafft sie mit ihrer Handschrift auf diesem Papier etwas Bleibendes, etwas von Dauer und dadurch von nachhaltigerer Bedeutung.

Ganz in diesem Gedanken versunken zuckt sie unerwartet zusammen. Die einzigen Dinge, die kostbar und tiefsinnig genug sind, um auf dieses Papier gebannt zu werden, sind Gedanken über das Leben, den Tod und die Liebe.

Sie zögert, klopft mit dem Deckel des Füllfederhalters auf den Tisch. Sie hat Alexander noch nie einen Brief geschrieben. Wie wird er darauf reagieren? Doch dann gibt sie sich einen Ruck, und im Vertrauen darauf, dass er ihr sowieso nicht handschriftlich antworten wird oder dass, falls doch, seine Antwort nicht mehr vor dem Winter bei ihr eintreffen würde, beginnt sie zu schreiben.

Eine halbe Stunde später faltet Tina den Brief zusammen, ohne die Zeilen, die noch wackliger und schiefer auf dem Papier stehen als sie befürchtet hat, nochmals durchzulesen. Sie steckt ihn in den Umschlag, den ihr Maria mit dem Bogen zugeschoben hat. Angestrengt versucht sie, die Adresse in großen, deutlichen Zeichen aufzuschreiben, dann klebt sie den Umschlag zu.

Sie lehnt sich auf dem harten Stuhl zurück und knetet die Finger der rechten Hand. Von der ungewohnten Beanspruchung sind sie steif geworden, und am Mittelfinger zeichnet sich eine kleine Blase ab. Es erscheint ihr unverständlich, wie sie dreizehn Jahre Schulzeit ohne bleibende Schäden an ihren Händen überstanden hat.

Ihre Gedanken begleiten den Brief während der ersten beiden Tage seiner Reise, dann beginnt Tina zu vergessen. Ohne dass man auf der Alm darüber spricht bestimmen die Vorbereitungen auf den Wintereinbruch nun die immer kürzer werdenden Tage, und sie lässt sich mit Leib und Seele und großer innerer Zufriedenheit darauf ein.

Weitere elf Gläser eingestampftes Weißkraut finden den Weg in die Vorratskammer, ebenso acht Gläser sauer eingelegte Zucchini, zehn Behälter mit süßem Kürbisgemüse und sechs Gläser erst getrocknete und dann in Knoblauchöl eingelegte Tomaten. In der Wohnstube über dem Kamin trocknen büschelweise Pfefferminz, Thymian, Schnittlauch, Rosmarin und Salbei, und an einem der letzten frostfreien Tage graben Maria und Tina Kartoffeln aus dem Gemüsebeet. Nachdem sie die dreimal vier Meter große Fläche mit frischer Komposterde bedeckt haben, ist kein noch so kleiner Rest Grün mehr zu entdecken. Der Winter kann kommen.

Sebastian verbringt viele Stunden bei seinen Futterstellen. Er überprüft die Konstruktionen penibel auf ihre Standfestigkeit, schlägt hier noch einen Nagel ein und bringt dort ein zusätzliches Brett an. Tina begleitet ihn wann immer möglich, weniger um ihm zu helfen als mehr um Zeit im Wald zu verbringen. Sie hat eine Eichhörnchenfamilie entdeckt, die ganz in der Nähe der obersten Futterstelle eine kleine Legföhrengruppe bewohnt – ungewöhnlich für die Nager, die sich üblicherweise lieber in den sicheren Gefilden hochgewachsener Rottannen aufhalten. Aber in Abwesenheit von Menschen und in Ermangelung größerer Bäume scheinen sich die flinken, rotbraunen Tierchen mit den buschigen Schwänzen auch in den wippenden Ästen der Föhren wohlzufühlen.

„Meinst du, die Eichhörnchen bleiben hier während des Winters?" Nachdenklich folgen Tinas Augen einem besonders kleinen Tier, das gerade zwischen zwei halb verborgenen Ästen verschwindet.

Sebastian lässt den Arm sinken, einen schweren Hammer in der einen und einen Nagel in der anderen Hand. Seine Augenbrauen ziehen sich zusammen. „Das hängt von der Schneemenge ab. Wenn es so viel Schnee gibt, dass sie ihre Vorräte nicht mehr finden, werden sie weiter hinunterziehen. Außer, du versorgst sie regelmäßig mit Nüssen." Er grinst sie an.

„Das würde ich gern. Aber wenn ich mich an die Winter meiner Kindheit erinnere, in denen der Schnee so hoch gelegen ist, dass ich nicht einmal die Hütte verlassen konnte, ohne bis zum Bauch einzusinken, dann habe ich da wenig Hoffnung."

„Die Winter sind anders geworden. Die Schneemengen deiner Kindheit erleben wir nur noch selten. Vorletztes Jahr haben wir bis Mitte Dezember auf Schnee gewartet, und im Februar war der Weg ins Tal bereits wieder begehbar – ohne Schneeschuhe." Er klingt besorgt. „Früher war das anders.

Im Oktober ist hier oben der erste Schnee gefallen, und erst im Mai konnten wir wieder hinunter. Das waren richtige Winter."

„Klimaerwärmung?"

„Ja. Aber lass uns von erbaulicheren Dingen sprechen." Er blickt sich um, macht zwei Schritte auf einen Föhrenast zu, der zur Hälfte seiner Länge auf dem Boden liegt, und bückt sich. Vorsichtig hebt er den Ast an. Tina nähert sich neugierig.

„Oh!", entfährt es ihr. Sie kauert nieder und schaut zu, wie er behutsam einen kleinen Tierkörper hervorzieht. Ein totes Eichhörnchen, kaum größer als seine Hand. „Nicht viel erbaulicher."

Er zuckt die Schultern. „Das ist der ewige Kreislauf des Lebens. Ein Tier stirbt, ein neues wird geboren."

„Was meinst du, woran ist es gestorben?"

Aufmerksam gleiten Sebastians Augen über das Tierchen in seiner Hand. Er dreht es um, fährt mit dem Zeigefinger über das Fell. „Ich weiß es nicht. Vielleicht war es krank. Auf jeden Fall ist es noch nicht lange tot, schau, das Fell ist noch vollkommen unversehrt."

Sie hebt die Hand und lässt die Fingerkuppen über die rotbraunen Haare gleiten. Sie sind kalt, aber weich. „Wie klein die Krallen sind."

Plötzlich spürt sie ihr Herz pochen. Sie meint, einen Windstoß durch die Föhrennadeln wehen zu hören und darin das Rauschen von Wellen. Sie beißt sich auf die Zunge und verdrängt das Bild der kleinen Hand ihres Babys, indem sie ihren Blick in das Fell des Eichhörnchens brennt.

„Soll ich es für dich präparieren?"

Sie hebt den Kopf und blickt ihren Großvater verwirrt an.

„Ausstopfen?" Er nickt. „Ich weiß nicht." Sie erinnert sich an die vielen Tierpräparate, die er in ihrer Kindheit an-gefertigt hat. Eichhörnchen, aber auch Murmeltiere, Wiesel, Füchse, Reh- und Hirschköpfe und einmal sogar einen

Luchs. Die Präparate hat er an Museen in ganz Deutschland verkauft oder auch an ausländische Touristen, die viel Geld dafür bezahlt haben. Tina ist von den täuschend echt aussehenden Tierpräparaten fasziniert gewesen, und unter Sebastians strengem Blick hat sie oft stundenlang damit gespielt.

„Präparierst du denn überhaupt noch?"

„Nein. Vor zehn Jahren habe ich damit aufgehört. Meine Augen machen nicht mehr mit. Das Zusammennähen war nicht mehr perfekt."

Sie blickt ihn mit gemischten Gefühlen an. Trauer darüber, dass das Alter auch vor ihrem geliebten Großvater nicht Halt macht, und Zärtlichkeit, wenn sie an seinen Perfektionismus denkt, den sie von ihm geerbt hat.

„Aber wenn du das Nähen übernimmst, könnten wir dem Tier ein zweites Leben schenken." Sein Blick, der ihr Innerstes trifft, sagt ihr, dass er weiß, was sie vor ihm verschweigt.

Ein zweites Leben. Sie schluckt und nickt langsam. Machtvoll dringen Tränen an die Oberfläche, sein Gesicht verschwimmt vor ihren Augen und sie senkt den Kopf. Undeutlich nimmt sie wahr, wie er das tote Tier in die große Tasche seines olivgrünen Mantels gleiten lässt und sich nach dem Hammer bückt, der neben der Futterkrippe auf dem Waldboden liegt. Dann dreht er sich um und stapft durch die Bäume in Richtung Hütte davon.

Tina ist außer Atem, als sie hinter Sebastian durch die Tür tritt. Er hat den Weg mit der ihm eigenen Ruhe zurückgelegt, aber sein ausholender Gang mit den großen Schritten hat für sie dennoch ein hohes Marschtempo bedeutet. Verschwitzt zerrt sie sich den dicken Pullover, den ihr Maria ausgeliehen hat, über den Kopf und lässt sich auf einen Stuhl sinken.

Es duftet nach Zitronenmelisse und Kuchen, und das gelbe Licht der Ständerlampe, die neben dem Bücherregal in der Ecke steht, vermischt sich mit dem grauweißen Lichtschimmer der Dämmerung.

Sebastian tritt neben Tina und legt behutsam den Körper des Eichhörnchens auf den Tisch. Maria, die mit einem Buch vor dem Kamin sitzt, zieht die Augenbrauen in die Höhe. Er geht zu ihr und drückt ihr einen Kuss auf die Stirn. Sie ergreift seine Hand und führt sie zu ihren Lippen.

„Willst du präparieren?"

„Ja. Tina hilft mir dabei. Das Tier lag in der Nähe der obersten Futterstelle."

Als ob darin die Erklärung für seine Entscheidung liegen würde nickt Maria. „In der Küche stehen Tee und Streuselkuchen für euch." Auf seinem Gesicht erscheint ein Lächeln, und er küsst sie erneut. Dann holt er zwei Tassen und das Blech mit dem noch warmen Kuchen und stellt alles auf den Tisch. Hungrig greift Tina zu.

„Erinnerst du dich an die Arbeit?" Forschend ruht sein Blick auf ihrem Gesicht, als sie sich nach dem dritten Kuchenstück zufrieden zurücklehnt.

„Mh. Ich glaube, als Erstes ziehen wir dem Tier die Haut ab."

„Das Fell."

„Klar."

„Wo schneiden wir?"

„Am Bauch."

„Korrekt. Weiter."

„Dann reinigen wir die Haut und entfernen das Fett, damit es nicht ranzig werden kann."

„Gut. Das reicht fürs Erste. Lass uns beginnen."

„Jetzt?"

„Die Haut muss frisch bleiben."

Tina knetet unruhig ihre Finger, während Sebastian in der Küchenschublade kramt. Dann kommt er mit zwei Messern zurück.

„Du oder ich?" Fragend ruhen seine Augen auf ihrem Gesicht.

„Du. Ich habe Angst, das Fell zu verletzen."

Er setzt sich und nimmt das Tier vorsichtig in die linke Hand. Er dreht es so, dass der Bauch nach oben zeigt und setzt das scharfe Messer direkt unter dem kleinen Kinn an. Das Fell ist vom Kinn bis zum Schwanz weiß. Mit einem raschen, sauberen Schnitt trennt er es bis zum Schwanzansatz auf. Dann schiebt er die Zeigefinger in den Schnitt und weiter unter das Fell. Seine Finger arbeiten behutsam, lösen immer mehr Fell vom Fleisch. Vorsichtig ziehen sie das linke Hinterbeinchen heraus, dann das rechte und schließlich den Schwanz. Dann hält er es kopfüber und zieht das Fell immer weiter ab, bis es sich komplett über den Kopf vom Fleisch löst.

„Was machen wir mit dem Körper?" Tina blickt auf das nackte Eichhörnchen, dessen Fleisch rosig und glatt im gelben Licht schimmert.

„Den Kopf schneiden wir ab. Wir setzen ihn nachher wieder im Fell ein. Den restlichen Körper bringen wir zurück in den Wald für die Tiere." Er hält Tina das Fell hin und trennt mit einem einzigen Schnitt den Kopf von der Wirbelsäule. Maria tritt zu ihm und hält ihm einen kleinen Plastikbeutel hin. Mit einem lächelnden Blick in ihr Gesicht lässt er den toten Körper in den Sack gleiten. Sie geht in die Küche und legt den Beutel in den Kühlschrank.

Sebastian nimmt Tina das Fell aus der Hand und legt es mit den Haaren nach unten vor sich hin. Dann ergreifen seine Finger das zweite Messer, das deutlich stumpfer ist als das erste, und beginnen Fleisch- und Fettreste von der Haut zu schaben. Er arbeitet so geschickt, dass Tinas Augen fasziniert der Messerklinge folgen.

„Nun kannst du es mit Wasser und wenig Shampoo waschen." Er steht auf und geht mit dem Eichhörnchenkopf zum Herd. Tina folgt ihm.

Nach dem Waschen hält sie sich das weiche Fell an die Wange. Einzig die Schwanzhaare sind ein wenig dicker und nicht ganz so elastisch. Sebastian bringt Wasser zum Kochen und legt den Tierkopf hinein.

„Das Fell wird nun gegerbt, richtig?" Er nickt. „Pflanzlich?"

„Nein. Das dauert zu lange, rund zwölf Monate für diese Größe. Die Chromgerbung ist nach zehn Tagen abgeschlossen."

Tina betrachtet den kleinen Schädel, der sich mit den Wasserblasen auf und nieder bewegt. Dampf steigt ihr in die Nase, es riecht entfernt nach Hühnersuppe.

Nach fünf Minuten fischt Sebastian den Kopf heraus. Vorsichtig entfernt er mit einem Messer das Hirn und Fleischreste, dann lässt er ihn auf dem Schneidebrett liegen.

„Jetzt kannst du das Fell gerben."

„Ich brauche Wasser, Chrom und Salz, richtig?"

„Chromsulfat. Wie viel?"

Sie zuckt die Schultern. „Das hat mich früher nicht interessiert." Sie grinst.

„Zweieinhalb Liter Wasser, 50 Gramm Chromsulfat und 200 Gramm Kochsalz. Sulfat kriegst du von mir, fürs Kochsalz musst du bei Maria anklopfen. Ich weiß nicht, ob wir so viel Salz entbehren können." Er wirft ihr einen verschmitzten Blick zu und dreht den Schädel, damit er rundum trocknen kann.

„In der untersten Schublade der Kommode findest du Salz. Seit dein Großvater in einem Herbst drei Hirsche nacheinander geschossen hat und wir wegen Salzmangel zwei ganze Felle verwesen lassen mussten, haben wir immer genügend Salz hier." In ihrem Lächeln liegt so viel Zuneigung, dass Tina unwillkürlich zu ihr tritt und sie von hinten umarmt.

Die Wasser-Chromsulfat-Kochsalzmischung wird erwärmt, bis sich das Salz aufgelöst hat. Dann schüttet Tina zweieinhalb Liter kaltes Wasser dazu, füllt das Ganze in eine Kunststoffwanne und legt das Fell hinein.

„In zehn Tagen kannst du es herausnehmen und trocknen lassen."

„Und was geschieht mit dem Schädel?"

„Den kannst du jetzt gleich mit Wasserstoffperoxid bleichen. Wir werden ihn auf dem Körper fixieren und das Kopffell darüber ziehen. Weil es ein kleines Tier ist, können wir es mit Watte ausstopfen."

Tina schluckt. Es fühlt sich seltsam an. Das Eichhörnchen ist zwar tot, aber durch die Präparation ist es tatsächlich ein wenig so, als werde es zu einem zweiten Leben erweckt. Sie fasst nach Sebastians Hand und drückt sie. Er wirft ihr einen nachdenklichen Blick zu, dann ergreift er eine Rolle Blumendraht, die neben dem Chromsulfat auf dem Tisch steht.

„Welche Haltung willst du dem Tier geben?" Er trennt ein Stück Draht ab und beginnt ihn zu formen.

„Am liebsten sitzend, so mit den Vorderpfoten in der Nähe des Mundes, als würde es an einer Nuss nagen."

Fasziniert schaut Tina zu, wie unter Sebastians breiten Fingern mit geübten Griffen der runde Rücken eines kauernden Eichhörnchens entsteht. Nach drei Minuten sitzt das Drahtskelett des Tierchens vor ihr. Behutsam nimmt sie es in die Hand.

„Wahnsinn! Sogar ohne Muskulatur und Fell erkenne ich es!"

„Nun umwickelst du es so lange mit Wolle, bis es den Umfang und die Muskelstruktur hat, die es braucht."

„Danke."

Mit dem Drahtskelett in der Hand, als trage sie einen kostbaren Schatz, setzt sie sich neben Maria vor den Kamin und beginnt es zu umwickeln. Mit jeder Runde löst sich die Beklemmung, die sie seit dem Fund des Tieres ergriffen hat, ein wenig mehr.

6

Und dann kommt der Winter. Tina spürt seine Anwesenheit bereits, bevor sie an jenem Morgen die Augen öffnet. Das Aufwachen fühlt sich anders an. Ist sie bisher entweder vom Prasseln der Regentropfen oder vom Gezwitscher der Vögel im Dachgebälk geweckt worden, so ist es nun die dumpfe Stille, die sich durch die Ritzen der dicken Holzwände in ihre Kammer stiehlt und ihren Körper in erwartungsvolle Schwingung versetzt. Das Licht im Raum ist heller, sie nimmt es durch ihre geschlossenen Lider wahr.

Sie macht sich einen Spaß daraus, mit geschlossenen Augen aus dem Bett zu steigen, sich zum Fensterchen vorzutasten, den Griff zu drehen und ganz langsam die Scheiben aufzuschieben. Eisige Luft schlägt ihr ins Gesicht und raubt ihr einen Moment lang den Atem.

Dann öffnet sie die Augen und kneift sie sogleich wieder zusammen. In gleißendem Weiß liegt die Welt vor ihr. Schneeflocken tanzen schwerelos zwischen Himmel und Erde, um sich ruhig und geordnet auf den Wiesen, den Bäumen, den Bänken vor der Hütte und dem Weg hinunter ins Tal niederzulassen. Einige verirren sich ins geöffnete Fenster, landen auf Tinas Hand und schmelzen unmittelbar, kleine Wassertropfen hinterlassend.

Tina ist glücklich. Bereits nach nur einer einzigen Nacht ist es dem Schnee gelungen, die Vergangenheit unter sich zu begraben, gerade so, als wären die Wiesen niemals grün gewesen, als hätten niemals weiße und violette Krokusse, gelber Hahnenfuß und dunkelblauer Enzian ihre Köpfchen der Sonne entgegengereckt, als wäre niemals das hundertstimmige Summen und Surren der Bienen, Fliegen, Grillen und Grashüpfer in der Luft gelegen und als hätte nie die Sonne in der Zeit ihrer höchsten Kraft die Hitze über der

Landschaft flimmern lassen. Die gelben Nadeln der Lärchen sind unter der noch dünnen Schneedecke verschwunden, ebenso die Komposterde im Gemüsebeet und die Eisenhutpflanze, die Tina damals am Wegrand zwischen ihren Fingern gezwirbelt hat.

Reglos verharrt sie am Fenster und lauscht in die Stille. Schneeflocken verursachen ein ganz eigenes Geräusch, wenn sie zur Erde fallen. Leiser als Regentropfen und Herbstblätter und lauter als die Samenschirmchen des Löwenzahns, wenn sie vom Wind davongetragen werden. Es ist kein Plopp und kein Pling, vielleicht kommt es dem Geräusch am nächsten, das Schaum macht, wenn er sich auflöst.

Während Tina über den Klang der Schneeflocken sinniert, zieht sie sich an. Sie muss dringend Maria nach wärmerer Kleidung fragen. Die nutzlosen Sommerkleider aus Portugal hat sie in ihrer Reisetasche in der hintersten Ecke unter ihrem Bett verstaut. Auch nimmt sie sich vor, sich von Maria ins Strümpfestricken einführen zu lassen. Sie stellt sich die repetitive Tätigkeit meditativ und beruhigend vor.

Der scharfe Geruch nach Zwiebeln zieht in Schwaden die Treppe hinauf, als Tina in die Stube hinuntersteigt. Irritiert runzelt sie die Stirn. Sie hat sich auf Kaffeeduft und Pfennigmuckerl gefreut. Mit gerümpfter Nase lugt sie Maria über die Schulter, die mit einer großen Holzkelle in einem Topf rührt. Das weiße Haar ist wie immer ordentlich zu einem Knoten am Hinterkopf hochgesteckt. Sie trägt einen dunkelblauen Wollrock, unter dem blauweiß geringelte Strümpfe hervorblitzen, und eine ebenfalls blauweiße Schürze über einem schwarzen Pullover.

„Was wird das?"

Ohne aufzublicken oder das Rühren zu unterbrechen, antwortet Maria: „Guten Morgen, Tina."

„Oh, guten Morgen, Maria." Hastig drückt sie der Großmutter einen Kuss auf die rechte Wange.

„Das wird ein Pichelsteiner. Schon meine Mutter hat mit
dem ersten Schneefall einen Pichelsteiner gekocht und ihre
Mutter auch und deren Mutter. Seit diese Hütte im Besitz
unserer Familie ist, wird der Winter mit dem deftigen bayerischen Gemüseeintopf willkommen geheißen." Ihre Stimme
klingt feierlich und vertreibt Tinas Enttäuschung über den
verpassten Kaffee.

Sie betrachtet Marias Gesicht. Die vollen, runzligen Wangen sind gerötet, ein Lächeln spielt um ihre Mundwinkel,
und ihre Lippen bewegen sich, als sängen sie eine stumme
Melodie.

„Was ist da alles drin?"

„Saisongemüse, das heißt für heute Karotten, Zwiebeln,
Kraut und Lauch, dazu Kartoffeln und Schweinefleisch." Sie
legt die Kelle zur Seite, und dann folgt ein atemloses Wech-
selspiel unterschiedlichster Porzellantöpfchen, aus denen
duftende Gewürze und Kräuter in den Topf wandern. „Falls
du noch frühstücken möchtest, Kaffee ist dort in der Ther-
moskanne, und ein Pfennigmuckerl habe ich dir auch noch
vor Sebastian gerettet."

Ein tiefes Grunzen ertönt aus Richtung Schaukelstuhl.
Tina dreht sich um. Sie hat ihren Großvater nicht bemerkt,
der, die Füße auf einem dreibeinigen Schemel zum Feuer hin
ausgestreckt, vor dem Kamin sitzt und liest.

„Danke, Maria!"

Glücklich über ihr Frühstück setzt sich Tina mit dem
Brötchen in der einen und der Kaffeetasse in der anderen
Hand neben Sebastian auf den Fußboden. Er blickt von seinem Buch auf und deutet mit dem Kinn auf den Stuhl, der
neben dem Kamin in der Ecke steht. Tina schüttelt den Kopf
und sagt rasch: „Mir ist wohl hier." Sie bemerkt ein nach-
sichtiges Lächeln, das über sein Gesicht huscht, dann wendet er sich wieder seiner Lektüre zu.

Es ist ruhig in der Hütte. Im Kamin knistert das brennende Holz, hin und wieder zerbirst ein Scheit mit einem lauten Knall. Im Waschbecken klappert das Geschirr, und aus dem Kochtopf entweicht unter dem Deckel mit leisem Zischen Dampf. Sonst ist kein Laut zu hören. Durch die kleinen Fenster dringt weißes Licht in den Raum und lässt die spärlichen Möbelstücke darin ungewöhnlich hart wirken.

Tina betrachtet die leicht gebeugte Gestalt ihrer Großmutter, die sich fließend zwischen Waschbecken, Herd und Kommode bewegt, und den kräftigen Körper Sebastians, entspannt und locker im Schaukelstuhl.

In diesem Moment formt sich eine Ahnung von den Monaten, die vor ihr liegen. Gleichförmig werden sie dahinplätschern in ruhiger Regelmäßigkeit, die Stille wird ihr täglicher Begleiter sein. Sie wird Sebastian beim Holzhacken und Maria beim Kochen helfen und lange Wanderungen unternehmen, sobald es aufhört zu schneien. Sie wird viel schlafen und noch mehr lesen. Im Wandregal unter der Treppe lagern all die kostbaren Schätze, um die sie als Kind wie eine lauernde Katze gestrichen ist. Bücher, die von fernen Ländern erzählen, von Eifersuchtsdramen und blutigen Morden, von großen Lieben und kleinen Leiden. Nun endlich wird sie Zeit haben, sich von ihnen entführen zu lassen. Und wenn der Frühling den Winter vertreibt, wird sie zurückkehren zu Alexander, erholt und ausgeruht, ein neuer Mensch in einem neuen Leben.

Das ist Tinas Plan.

Die folgenden drei Wochen geben keinen Aufschluss auf das, was kommen wird, im Gegenteil. Sie decken sich so exakt mit Tinas Erwartung, dass es ihr bald so vorkommt, als sei es schon immer so gewesen.

Es schneit tagein, tagaus, und man kann den Schneebergen um der Hütte herum beim Wachsen zuschauen. Sebastian hackt Holz und feuert ein, Maria zaubert die leckersten Gerichte. Tina lernt, wie man eine schmackhafte Kartoffelsuppe zubereitet, sie erfährt, dass man Dampfnudeln auch mit Sauerkraut essen kann und findet heraus, dass Bavesen zum Frühstück noch besser schmecken als Pfennigmuckerl, auch wenn die Weißbrotscheiben mit Zwetschgenkompott, Zimt und Zucker nicht den zeitgemäßen Vorstellungen einer gesunden Mahlzeit entsprechen.

Sie hat die ersten neun Bücher aus dem Regal unter der Treppe gelesen und ist gerade dabei, sich von Maria in die Geheimnisse des Sockenstrickens einführen zu lassen, als sie ein Sonnenstrahl so unvorbereitet ins Gesicht trifft, dass sie überrascht den Kopf abwendet.

Dann begreift sie.

„Es hat aufgehört zu schneien!"

Der Elan, mit dem sie aufspringt, wirft ihren Stuhl laut rumpelnd um. Sie wirbelt zur Tür, lässt ihre Strickarbeit neben ihre Turnschuhe fallen und stürmt ins Freie.

Geblendet bleibt sie einen Meter vor der Tür stehen und hält sich schützend die Hand vor die Augen. Als Erstes spürt sie die Kälte des Schnees, die ihre nackten Füße innerhalb von dreißig Sekunden vollständig durchdringt. Dann sieht sie weiß, und als sich ihre Augen an die ungewohnte Helligkeit gewöhnt haben, erkennt sie Milliarden kleinster Punkte, die in der Sonne um die Wette funkeln. Natürlich weiß sie, dass es Schneekristalle sind, aber in ihrer überschäumenden Freude ist sie versucht sich vorzustellen, dass jedes Funkeln von kleinen Diamanten herrührt, die eigens für sie hierher gebracht worden sind, um sich gemeinsam vor ihren Füßen auszubreiten und sie zum Staunen zu bringen.

Sie bückt sich, ihre Hände graben sich in den luftigen Schnee, um unmittelbar darauf in die Höhe gerissen zu werden und eine schillernde Wolke kleinster Lichtpunkte der Sonne entgegenzuschleudern.

Tina schließt die Augen, spürt dem Kribbeln in ihren Fingern und den feinen Wassertröpfchen nach, die sich kalt und prickelnd auf die erhitzte Haut ihres Gesichts legen.

Dann atmet sie die Schneeluft ein und wird machtvoll zurück in ihre Kindheit katapultiert. Winter für Winter hat sie in der alles beherrschenden, eisigen Kälte zwischen den Schneemauern magische Welten in sich und um sich herum erschaffen. Innere Welten, die sie durch die turbulente Zeit ihrer Jugend und den schwierigen Quantensprung ins Erwachsenenalter hinweg begleitet haben. Sie spürt die lange vergessene Kraft der Stille, und plötzlich nimmt sie wahr, wie die blutende, aber sorgsam zugeklebte Wunde, die der Tod ihres Kindes in ihre Seele gerissen hat, zu pulsieren beginnt.

Ihr wird schwindlig, sie reißt die Augen auf.

Der Blick auf die Hütte beruhigt ihren heftigen, flachen Atem, der ihre Brust zerreißen will. Das verwitterte Holz der Wände wirkt inmitten des blendenden Weiß fast schwarz, und das Dach verschwindet unter einer meterhohen Schneedecke. In den Fensterscheiben spiegelt sich die Sonne.

Vor der geöffneten Tür stehen Sebastian und Maria. Er hat den linken Arm um ihre Schulter gelegt, seine Wange berührt ihr Haar. Neben seiner kräftigen Gestalt wirkt sie zerbrechlich.

Unvermittelt erkennt Tina, dass Nähe und Zeit die Macht haben, zwei Menschen für immer auf eine ganz subtile Weise miteinander zu verbinden. Von außen betrachtet sind sie sich alles andere als ähnlich, ihre Großeltern. Und doch blickt sie in diesem Augenblick in ein einziges Gesicht.

Was ist es, das die beiden Menschen miteinander verschmelzen lässt? Dasselbe Lächeln, das um ihre Mundwinkel spielt? Die Begeisterung, die aus ihren Augen sprüht? Die Erinnerung an die vielen gemeinsamen Winter, die sie hier auf der Alm verbracht haben? Oder sind es dieselben Gedanken, die, weil jeder den anderen so genau kennt, zur selben Zeit durch ihre Köpfe geistern wie zwei Teile einer einzigen Seele?

Der Schmerz, der gerade noch so vehement Präsenz markiert hat, zieht sich zurück in seinen ihm zugedachten, dunklen Winkel. Tina tritt auf ihre Großeltern zu.

„Du solltest dir dringend angewöhnen, hier draußen Schuhe zu tragen." Mit hochgezogenen Augenbrauen blickt Sebastian auf Tinas nackte Füße, die bereits eine bläuliche Färbung aufweisen. Schuldbewusst zieht Tina den Kopf ein.

„Ich habe nur meine Turnschuhe dabei", murmelt sie mit einem hilfesuchenden Blick zu Maria.

Kopfschüttelnd zieht Sebastian seinen Arm zurück und verschwindet hinter der Hütte.

„Komm. Du darfst kein Risiko eingehen. Erfrorene Zehen kann ich hier oben nicht behandeln." Maria fasst sie am Arm und zieht sie zurück in die Wärme.

Mit sanftem Druck schiebt sie ihre Enkelin in den Schaukelstuhl. Dann holt sie einen Bottich mit Wasser und stellt ihn vor ihr ab. Langsam lässt Tina ihre Füße hineingleiten. Das Wasser fühlt sich warm an, obwohl es sicherlich kalt ist. Sie weiß, dass man kalte Glieder langsam aufwärmen muss, um eine zu rasche Öffnung der Poren mit Blutstau und äußerst schmerzhaftem Anschwellen der Finger und Zehen zu vermeiden.

Die Tür öffnet sich schwungvoll. Sebastian tritt ein, klopft sich den Schnee von den Stiefeln. Dann tritt er zu Tina und stellt ein paar klobige, braune Bergschuhe neben ihr auf den Boden.

„Nimm die. Mit drei paar dicken Socken werden sie dir passen."

Verwundert hängt sich ihr Blick an die altmodisch anmutenden Schuhe. Sie sind aus dunkelbraunem Leder gefertigt mit dicker, schwarzer Sohle und hellbraunen Schnürsenkeln. In den Ritzen zwischen Schnürsenkeln und Zunge entdeckt sie Staub.

„Danke. Wo hast du die her?"

„Ein Wanderer hat sie vor einigen Jahren hier vergessen."

Sie wirft ihm einen raschen Blick zu, aber Sebastian hat sich bereits wieder abgewandt und hantiert mit dem Wasserkocher am Herd.

Tina überlegt kurz, wie es sein kann, dass man auf einer Wanderung seine Schuhe vergisst, aber dann beschließt sie, sich keine weiteren Gedanken über die Herkunft ihrer neuen Weggefährten zu machen. Sie ist schlichtweg froh, dass sie eine halbwegs taugliche Lösung für ihre Füße geschenkt bekommen hat, und hofft, dass die eher steif aussehenden Dinger nicht allzu unbequem sein werden. Keinesfalls will sie auf ihre geliebten Schneespaziergänge verzichten müssen.

Es dauert sechs Ausflüge und zwei geschlagene Wochen lang, bis Füße und Schuhe sich soweit miteinander arrangiert haben, dass die Blasen an Fersen und kleinen Zehen verheilt sind und das Leder so weichgeklopft ist, dass keine neuen Druckstellen mehr entstehen.

Tina kann nun endlich die ausgedehnten Streifzüge durch die weiße Märchenlandschaft ihrer Kindheit aufnehmen. Wenn es schneit, läuft sie nur kurz zum Wald und vergewissert sich, dass ihre Eichhörnchenfamilie genügend Nahrung findet. Scheint hingegen die Sonne, so verbringt sie viele Stunden damit, ein Labyrinth aus Wegen in die riesigen Schneeflächen zu stampfen. Anfangs sinkt sie dabei bis zur Hüfte ein, doch je öfter die Sonne scheint und die Luft erwärmt, desto mehr verdichtet sich die Schneedecke und desto leichter fällt das Gehen.

Tina ist mit sich und der Welt im Reinen. Die regelmäßigen Alltagstätigkeiten in der Hütte geben ihr Orientierung, und das monotone Stapfen durch ihr sich immer weiter verzweigendes Labyrinth betäubt unangenehme Erinnerungen und Gedanken so lange, bis sie immer seltener an die Oberfläche ihres Bewusstseins gelangen. Die daraus entstehende

Gedankenlosigkeit füllt sie mit den Inhalten der Bücher unter der Treppe auf.

So plätschern die Tage und Wochen dahin.

Bis eines Nachmittags zwei Männer auf der gerade wieder freigeschaufelten Bank vor der Hütte sitzen.

7

Es ist bereits Mittag, und Tinas Magen rebelliert. Nicht einmal eine Tasse Tee hat sie sich gegönnt, bevor sie in der Morgendämmerung die Hütte verlassen hat. Sie hat den Sonnenaufgang sehen wollen. Dazu ist sie weit hinaufgestiegen, bis sie zu den ersten, senkrecht in den Himmel hinaufragenden Felsformationen gelangt ist. Die Waldgrenze ist als geschwungene Linie tief unter ihr kaum mehr auszumachen gewesen.

Nun ist ihr Magen ein einziger harter Klumpen und der Mund ausgetrocknet. Mit letzter Energie biegt sie um die Ecke der Hütte – und erstarrt.

Es ist zehn Wochen her, seit sie fremden Menschen begegnet ist. Der Anblick der beiden Männer, die in voller Skimontur vor der Hütte sitzen, trifft sie wie ein Schlag ins Gesicht. Nicht, dass sie sich gestört fühlen würde; solche Kausalzusammenhänge kann ihr Hirn in diesem Moment noch gar nicht herstellen. Die beiden Männer gehören schlichtweg nicht hierher. Hier gibt es keine anderen Menschen außer ihren Großeltern. Die Welt hier hat nichts mit dem Leben draußen zu tun, sie ist exklusiv und geschützt und für Außenstehende nicht existent.

Sie muss ein höchst amüsantes Bild für die beiden Neuankömmlinge bieten. Marias orangeroter Wollpullover ist ihr zu weit und die Ärmel sind zu kurz, über die Jeans hat sie zum Schutz vor der Nässe eine schwarze Regenhose gezogen, die Füße stecken in den altmodischen Lederbergschuhen, und die Haare, die sie so früh am Morgen, bevor sie aufgebrochen ist, noch nicht gekämmt hat, umrahmen wild und zerzaust ihr von Anstrengung und Sonne gerötetes Gesicht. Am Ungewöhnlichsten aber muss ihr Gesichtsausdruck auf die beiden wirken. Die grauen Augen sind weit aufgerissen, der Unterkiefer ist heruntergeklappt und die Nasenflügel beben sichtbar.

„Hallo."

Ein offener, keineswegs überraschter, höchstens ein wenig amüsierter Ausdruck liegt im scharfgeschnittenen Gesicht des größeren Mannes mit kurzem, schwarzem Kraushaar.

Der direkte, melodiöse Klang der Stimme erlöst Tina aus ihrer Starre. Schnaubend geht sie an den Besuchern vorbei und betritt die Hütte. Sie spürt die Blicke der Männer zwischen ihren Schulterblättern.

Maria steht am Herd und brüht Kaffee auf. Tina bleibt neben dem Türrahmen stehen und lehnt sich mit dem Rücken an die Wand.

„Wer ist das?"

Ruckartig dreht sich Maria um. Tinas Eintreten muss sie erschreckt haben.

„Oh, hallo Tina. Du warst heute aber früh unterwegs."

Tina zerrt sich den Pullover über den Kopf und lässt ihn achtlos auf einen Stuhl gleiten. Ihre Finger fahren durch die Haare.

„Ich wollte den Sonnenaufgang sehen." Nach einer kurzen Pause wiederholt sie ihre Frage. „Wer sind die Männer?"

Maria zuckt die Schultern. „Bergsteiger. Sie werden über den Grat des Wettersteinmassivs zur Zugspitze klettern wollen."

Tina entspannt sich ein wenig. Also niemand, der lange hier sein wird.

„Das ist völlig unmöglich. Zu dieser Jahreszeit ist das Selbstmord." Undeutlich klingen Sebastians Worte zwischen locker aufeinanderliegenden Zähnen und der Pfeife im Mund hervor. Er starrt in die Flammen im Kamin und schüttelt immer wieder ungläubig den Kopf.

Maria stellt die Kaffeekanne, ein Kännchen Milch, Zucker und zwei Tassen auf ein rundes Tablett und geht auf die Tür zu. Zu Tina gewandt meint sie: „In der Pfanne auf dem Herd findest du Erdöpfeldätscher, und dort in der Schüssel ist Apfelmus."

„Danke." Tina schenkt ihr ein halbherziges Lächeln, als die Großmutter an ihr vorbei ins Freie tritt.

Sie zieht Schuhe und Regenhose aus und geht zum Herd. Unter dem Pfannendeckel liegen fünf runde, knusprige Kartoffelfladen mit Zwiebeln. Ihr Magen knurrt laut. Sebastian hebt den Blick und grinst ihr zu. Sie türmt die Fladen allesamt auf einen Teller und schöpft sich großzügig vom Apfelmus, das nach Zimt und Zitrone duftet. Mit dem Appetit eines ausgehungerten Wolfs macht sie sich übers Essen her und schaut erst wieder auf, als der Teller leer ist. Ein wohliger Seufzer schlüpft über ihre Lippen, und sie lehnt sich im Stuhl zurück.

Jetzt kann ihr der Gedanke an die beiden Männer da draußen nichts mehr anhaben. Mit vollem Bauch, die müden Beine weit von sich gestreckt, fühlt sie sich den Eindringlingen in ihrer kleinen Welt gewachsen. Sie werden ja nicht bleiben. Sollen sie ruhig die Aussicht hier oben genießen und sich an Marias köstlichem Kaffee aus frisch gemahlenen Bohnen stärken.

Mit einem Mal breitet sich bleierne Müdigkeit in ihr aus. Sie bemerkt, wie ihre Augenlider schwer werden und ihr rechter Arm von der Tischplatte rutscht. Sie steht auf, wäscht ihr Geschirr ab und schlurft die Treppe hinauf in ihre Kammer.

„Nein! Ihr werdet nicht weitergehen, nicht solange ich hier auf dieser Alm lebe!"

Die laute Stimme ihres Großvaters, dessen wütende Worte vom Donnern seiner Faust auf dem Tisch unterstrichen werden, reißt Tina aus dem Schlaf. Verwirrt setzt sie sich auf. Zu wem spricht Sebastian? Was versetzt ihn so sehr in Rage?

Sie vernimmt eine andere Stimme, leiser und zurückhaltender, sodass sie die Worte nicht versteht.

„Nein. Nicht jetzt, Mitte Dezember. Kommt im Sommer wieder, wenn der Schnee geschmolzen ist." Wieder Sebastian.

Tina steht auf und tritt ans Fenster. Die Bank steht zu dicht an der Hauswand, sodass sie nichts sehen kann, ohne das Fenster zu öffnen und sich ein wenig hinauszulehnen. Sie wartet, bis Sebastian erneut das Wort ergreift, dann dreht sie vorsichtig den Knauf und stößt die Flügel auf.

Die beiden Außerirdischen. Tina grinst. Sie sitzen nebeneinander auf der Bank, die Rücken an die sonnengewärmte Hüttenwand gelehnt. Sebastian steht ihnen gegenüber, den rechten Fuß auf der Sitzfläche, die linke Faust in die Taille gestemmt. Der Zeigefinger der rechten Hand ist auf die Männer gerichtet und bewegt sich wie der Taktstock eines Dirigenten auf und ab während er spricht.

„Selbst, wenn ihr topfit seid, braucht ihr mindestens vier Tage, um durch den Schnee von dieser Seite her auf die Zugspitze zu gelangen, wenn ihr es überhaupt schafft."

Tina sieht, wie er die beiden mustert. Sie lehnt sich ein wenig nach vorne, um einen Blick auf die Gesichter der Männer zu erhaschen, aber mehr als zwei Haarschöpfe und nichtssagende Ausschnitte von Stirn und Nase sieht sie nicht. Der eine hat schwarzes Kraushaar, das an den Schläfen grau ist, der andere blonde, schulterlange Rastalocken, die von einem tarnfarbenen Band zusammengehalten werden.

Sebastian beugt sich über den Tisch und stützt sich mit dem rechten Ellbogen darauf. Seine Augen fesseln die Blicke der Männer, und in seiner Stimme liegt ein drohender Klang, den Tina noch nie bei ihm gehört hat. Er muss es wirklich ernst meinen.

„Ich lebe hier seit über fünfzig Jahren. Ich kenne jeden Winkel des Wettersteinmassivs, habe die Zugspitze auf allen erdenklichen Routen zu allen Jahreszeiten bestiegen, noch lange bevor die Eibsee-Seilbahn den Massentourismus auf den Gipfel gebracht hat." Die letzten Worte dehnt er wie Kaugummi, und die Verachtung, die er dieser menschlichen Errungenschaft entgegenbringt, springt förmlich aus seinem Mund.

Das Bild eines jungen Mannes taucht vor Tinas innerem Auge auf, hochgewachsen, mit drahtigem Körper und dem verwegenen Blick, der ihrem Großvater heute noch eigen ist.

„Immerhin wollt ihr dem Berg den Respekt zollen, den er verdient, und ihn aus eigener Kraft besteigen." Er kneift die Augen zusammen und fährt mit der Musterung seiner beiden Besucher fort. Tina bemerkt, wie der Rastatyp in sich zusammenfällt, während die Haltung des Krauskopfes unverändert aufrecht bleibt. „Aber ihr werdet es nicht schaffen. Die Hütten sind im Winter alle geschlossen. Und es wird weiter schneien." Sebastian legt den Kopf in den Nacken und sucht mit den Augen den Himmel ab. Der Schwarzhaarige hebt ebenfalls den Blick, während der andere auf einen unsichtbaren Punkt auf der Tischplatte oder auf seine gefalteten Hände starrt.

Buschige Augenbrauen, eine lange, gerade Nase und ein Dreitagebart, das ist alles, was die veränderte Kopfhaltung Tina vom Gesicht des Mannes offenbart.

„Seht ihr den Adler?"

Sebastians Hand schnellt wie ein Pfeil in die Luft und deutet auf den Steinadler. Er kreist so tief, dass Tina von bloßem Auge die gespreizten Federn seiner Flügelspitzen sehen kann sowie die weiße Zeichnung der Flügel und des

Schwanzes. Sogar die gekrümmte Spitze seines Schnabels erkennt sie für einen Augenblick.

„Immer, wenn er seine Kreise so eng zieht und so tief fliegt, gibt es eine Wetterveränderung. Es wird bald schneien, und dann ist die Lawinengefahr für eine Überschreitung zu hoch."

Tina meint ein spöttisches Lächeln über das Gesicht des Schwarzhaarigen ziehen zu sehen bevor er den Kopf wieder senkt. Dann trifft sie unvermittelt Sebastians Blick. Sie zuckt zusammen und fühlt sich ertappt. Verlegen wirft sie ein Lächeln durchs Fenster und schließt rasch die Flügel.

Als sie vor die Hütte tritt, ist die Spannung zwischen den Männern körperlich spürbar. Ihre Brust verengt sich unkontrolliert, und alle Muskelfasern ihres Körpers ziehen sich zusammen. Eine Wolke schiebt sich aus dem Nirgendwo vor die Sonne, als wolle sie Sebastians Standpauke die richtige Stimmung verleihen. Auf seiner Stirn haben sich kleine Schweißperlen gebildet, aus den schmalen Schlitzen seiner zusammengekniffenen Augenlider schießen Blitze, und die Knöchel seiner Hände treten unter dem Druck der Fäuste weiß hervor. Tina hat die letzten Worte nicht mitbekommen, obwohl sie wie ein Wiesel die Treppe hinuntergehuscht ist.

„Vergiss deine Wetterprognosen. Das hier", und er deutet erneut auf den Adler, der unbeirrt seine Kreise zieht, „das hier ist zuverlässiger als alle milliardenschweren Berechnungsprogramme der Welt." Sein Blick lässt die Männer los. Wütend spuckt er in den Schnee.

„Hi." Tina tritt an den Tisch und betrachtet die Besucher ungeniert. Von dem Rastatyp ist nicht mehr als ein in sich zusammengesunkenes Häufchen Mann übrig. Er ist sichtbar eingeschüchtert, kaut nervös auf seiner schmalen Unterlippe herum, und seine grauen Augen hetzen durch die Umgebung als suchten sie nach einer Fluchtmöglichkeit. Sein schlanker Oberkörper steckt in einer khakifarbenen, ausgeblichenen

Winterjacke, der man die vielen Skitouren ansieht, die er in ihr bereits unternommen haben muss.

Der Gesichtsausdruck des Schwarzhaarigen ist undefinierbar. Die Augen sind hinter einer dunklen Sonnenbrille verborgen. Dennoch erkennt Tina eine Mischung aus Spott, Belustigung und wacher Aufmerksamkeit in seinem Gesicht. Seine Körperhaltung strahlt Selbstbewusstsein und Überlegenheit aus. Einzig seine langen Finger, die ununterbrochen kleine Kreise auf die Tischplatte malen, verraten seine Unruhe.

Obwohl er Tina keinerlei Beachtung schenkt, zieht der Mann ihren Blick an. Sinnlicher Mund und ein markantes Kinn, dessen kurze Bartstoppeln im Sonnenlicht, das die Wolke wieder freigegeben hat, schimmern. Er trägt eine dunkelblaue Jack-Wolfskin-Jacke, und neben ihm auf der Bank liegen schwarze Thermohandschuhe.

Sebastian, dessen Ellbogen sich weiter in den Tisch gebohrt haben, richtet sich abrupt auf.

„Macht, was ihr wollt. Ihr werdet nicht die Ersten sein, die die Gesetze des Berges auf die harte Tour lernen."

Die altmodischen, braunen Bergschuhe zucken vor Tina vorbei, und für den Bruchteil einer Sekunde beschleicht sie die Ahnung, dass sie von einem ebenfalls Unbelehrbaren stammen könnten. Bevor ihr übel wird, verwirft sie den Gedanken.

Der Krauskopf erhebt sich.

„Warten Sie."

In seiner klaren Stimme liegt eine ruhige Bestimmtheit, die sogar Sebastians wilden Schwung bremst, mit dem er sich von den starrsinnigen Besuchern abgewandt hat. Mit gesenktem Blick verharrt er auf halbem Weg zur Hüttentür.

„Ich will herausfinden, ob Sie Recht haben."

Sebastians Augen richten sich erneut auf den Mann, seine Haltung strafft sich.

„Sie behaupten, der Adler kündige Schneefall an. Wenn Sie gestatten, werde ich die nächsten drei Tage hier verbringen. Wenn es bis Dienstagmorgen nicht schneit, setze ich meinen Weg zur Zugspitze fort, andernfalls kehre ich zurück ins Tal."

Er schiebt seine Sonnenbrille in die Stirn, und Tina entdeckt ungewöhnlich hellbraune Augen, in denen dieselbe Verwegenheit liegt, die sie von Sebastian kennt.

Sebastian starrt sein Gegenüber fünf Sekunden lang an, dann dreht er sich zur Tür.

„Meinetwegen", brummt er. „Aber du musst auf einer Matratze in der Stube schlafen, wir haben keinen Platz für Gäste."

Mit diesen Worten verschwindet er in der Hütte.

Der Schwarzhaarige verharrt einen Augenblick lang unbeweglich und Tina sieht, wie sich seine Augen zu schmalen Schlitzen verengen. Seine Lippen ziehen sich zusammen. Dann lehnt er sich an die Hüttenwand und blickt seinen Begleiter an.

„Was ist mit dir, Max? Machst du mit?"

Der Angesprochene schüttelt langsam den Kopf. Er versucht offensichtlich, seine Augen an den Krauskopf zu heften, aber sie gehorchen ihm nicht und fliegen immer wieder zur Hüttentür.

„Nein. Ich glaub' dem Alten. Ich mein' – es kann ihm ja eigentlich egal sein, was wir tun. Dass er uns auf Gefahren aufmerksam macht, okay, das würde wohl jeder machen. Aber er ist richtig wütend geworden. Ich glaub', wir sollten besser umkehren." Während er spricht, zwirbelt er unablässig eine Rastalocke, die sich aus dem Haarband gelöst hat. Seine Stimme klingt weich mit norddeutschem Akzent.

„Ach was!"

Ungeduldig schlägt der andere mit der flachen Hand auf den Tisch. Das klatschende Geräusch wird vom Schnee verschluckt.

„Ich lass' mir von einem verwirrten Alten meinen Plan nicht ausreden. Der Adler, der Adler! Wie soll ein Vogel das Wetter vorhersagen können! Das ist ja noch lächerlicher als der Wetterfrosch!"

„Vorsicht!" In Max' Stimme liegt eine plötzliche Schärfe. „Du solltest alte Menschen nicht unterschätzen. Vor allem nicht, wenn sie ihr Leben immer an demselben Ort verbracht haben. Sie entwickeln eine Gabe darin, ihre Umgebung bis ins kleinste Detail zu kennen und Kommendes mit erstaunlicher Genauigkeit vorherzusagen. Meine Großmutter war auch so. Tag für Tag ist sie an ihrem Fenster gesessen und konnte fast auf die Minute genau sagen, wann welcher Nachbar aus dem Haus treten würde, wann ..."

Der Krauskopf unterbricht ihn mit einer unwirschen Handbewegung. „Ach was. Ich bleibe auf jeden Fall hier und werde am Dienstag die Besteigung der Gipfel in Angriff nehmen. Du kannst ja zurückkehren und die Wettermeldungen im Internet verfolgen. Ich schick dir eine SMS, wenn ich auf der Zugspitze stehe!" Der Hohn in der immer lauter gewordenen Stimme ist unüberhörbar, und Tina ärgert sich über die Überheblichkeit des Schwarzhaarigen. Sie folgt einem inneren Impuls und tritt auf Max zu.

„Sie tun auf jeden Fall gut daran umzukehren. Der Winter ist nicht die richtige Jahreszeit für die Besteigung des Wettersteingebirges, und mein Großvater kann die Zeichen der Natur lesen wie kein anderer." Sie lächelt ihn an. Schüchtern lächelt er zurück. Sie glaubt die Erleichterung zu erkennen, die seine Gesichtszüge entspannt.

Der Schwarzhaarige öffnet den Mund, doch kein Laut dringt über die Lippen. Er starrt Tina an, als würde er sie erst jetzt wahrnehmen. Dann wechselt seine Miene wie das Bühnenbild einer Theaterbühne. Sein Kopf neigt sich ein wenig nach links, sein linker Mundwinkel rutscht in die Höhe, und aus den hellbraunen Augen blitzt unwiderstehlicher Charme.

„Bitte entschuldigen Sie, ich wollte Ihren Großvater nicht beleidigen." Seine Stimme gleicht dem Schnurren einer Katze. Versöhnlich hält er Tina die Hand hin. „Mein Name ist Riccardo Salvatore."

Bevor sich Tina darüber klar werden kann, wie sie mit diesem plötzlichen Stimmungswandel umgehen soll, hat er bereits ihre Hand ergriffen. Sie erwidert den festen Druck seiner Finger und ärgert sich, dass sie sich dabei wie ein Schulmädchen vorkommt.

„Tina."

Sie zieht ihre Hand zurück, und ohne ein weiteres Wort verschwindet sie hastig in der Hütte.

Es dauert einige Sekunden, bis sie sich im Halbdunkel des Raums zurechtfindet. Maria sitzt am Tisch, ihre Hände kneten kraftvoll einen Teig. Ungewöhnlicherweise sind ihre Augenbrauen zusammengezogen, während ihr Blick auf Sebastian gerichtet ist. Er steht vor dem Kamin und stochert heftiger als nötig in der Glut herum.

Maria sagt mit sanfter Stimme: „Kommt dazu, dass unsere Vorräte zwar für drei, nicht aber für vier Personen reichen werden."

Der gusseiserne Haken in Sebastians Hand schlägt laut scheppernd gegen die Ziegelsteine des Kamins.

„Er wird nicht hierbleiben. Am Dienstagmittag wird er ins Tal zurückkehren. Bis dann reichen unsere Vorräte allemal." Polternd donnern seine Worte durch den Raum. Tina zuckt zusammen. In ihrem ganzen Leben hat sie ihre Großeltern nur ein einziges Mal streiten hören. Damals, es muss etwa fünfzehn Jahre her sein, hat sich Sebastian in den Kopf gesetzt, trotz eines gebrochenen Handgelenks eine Gruppe junger Bergsteiger über die Dreitorspitze auf den Hochwanner zu führen. Maria, die sich gewöhnlich nicht in seine Entscheidungen einmischt und die dasselbe Verhalten auch von ihm gewohnt ist, hat ihn mit allen Mitteln versucht davon abzuhalten, aber erst die Drohung, in einen Kochstreik zu treten, hat ihn zur Vernunft gebracht. Läge jetzt nicht diese bedrohliche Spannung im Raum, die Tinas Gedanken lähmt und gleichzeitig ihre Sinne schärft, müsste sie über die Erinnerung an damals lächeln. Stattdessen steht sie stumm neben der Tür und beobachtet ihre Großeltern.

Sebastian hängt den Haken an den Halter mit den Kaminwerkzeugen und tigert durch die Hütte. Sein Haar wirkt zerzaust, gerade so, als wären seine Hände schon einige Male ungeduldig hindurchgefahren. Immer wieder schüttelt er den Kopf und murmelt unverständliche Bassworte vor sich hin.

Marias Hände ruhen unbeweglich in dem Teig, während ihre Augen dem kreisenden Gang Sebastians folgen. Tina erkennt keinerlei Regung in ihrem Gesicht, nur wache Aufmerksamkeit.

Plötzlich bleibt Sebastian stehen und stampft mit dem Fuß auf. „Nein. Ich bleibe dabei. Ich werde die beiden Idioten nicht weiterziehen lassen. Und ich werde sie auch nicht zurückschicken ins Dorf. Soll er doch hierbleiben, der überhebliche Besserwisser, damit er erfährt, dass es Dinge gibt zwischen Himmel und Erde, die sich weder messen noch mit einem durchschnittlichen Verstand begreifen lassen. Das Risiko, dass es so viel Schnee geben wird, dass er hier festsitzt, das gehe ich ein." In seinen Worten liegt eine Endgültigkeit, die keinen Widerspruch zulässt. Tina schaut zu Maria hinüber. Die alte Frau seufzt leise auf.

„Du alter Dickschädel."

Sebastian stoppt in der Bewegung ab, tritt hinter Maria und legt ihr die Hände auf die Schultern. Dann beugt er sich zu ihr hinab und sagt leise:

„Ich liebe dich."

Tina bemerkt noch das Lächeln, das sich über Marias Gesicht ausbreitet und sieht, wie sie den Kopf in den Nacken legt, dann wird ihr die Bedeutungsschwere von Sebastians Worten klar, und ein heftiger Schwindel erfasst sie.

Dass er hier festsitzt.

Mühsam rekonstruiert sie den Zusammenhang.

Es könnte so viel Schnee geben, dass er hier festsitzt.

„Nein!"

Gegen ihren Willen hat sie das Wort laut herausgerufen. Sofort spürt sie die überraschten Blicke ihrer Großeltern auf ihrem Gesicht. Sie nimmt wahr, wie das Blut in ihre Wangen schießt, dann stammelt sie: „Der darf nicht hierbleiben. Das geht nicht." Bevor sich ihre Augen mit Tränen füllen, wendet sie sich ab und stürmt die Treppe hinauf in ihre Kammer.

Es dauert über eine halbe Stunde bis Tina halbwegs begreift, warum sie die Vorstellung, dass Riccardo Salvatore den Winter hier verbringen könnte, so sehr aus der Bahn geworfen hat. Sie liegt auf ihrem Bett, und ihre Gedanken kreisen in größeren und kleineren Kringeln durch ihren Kopf.

Sie hängt an ihrem beschaulichen Alltag, der Regelmäßigkeit, an dem Wissen, abends einschlafen zu können, ohne sich darum sorgen zu müssen, was der neue Tag wohl bringen wird. Das tiefe Vertrauen zwischen ihr und ihren Großeltern hält keine Überraschungen bereit, und dafür ist sie dankbar. Ein fremder Mensch würde diese sichere Geborgenheit zerstören, würde die Unberechenbarkeit zurück in ihr Leben bringen. Es wäre nicht möglich ihm auszuweichen, und in den langen Tagen des Winters würde er irgendwann beginnen Fragen über ihr Leben zu stellen, und sie würde lügen müssen oder schweigen. Sie wäre gezwungen, sich auf den Fremden einzulassen, selbst wenn es nur darum ginge die Art wahrzunehmen, wie er beim Essen die Gabel hält, oder zu erfahren welche Gesichtscreme er benützt. Sie würde sich öffnen müssen, weil man sich in der kleinen Hütte nicht aus dem Weg gehen kann, und auf das Sich-Öffnen hat Tina überhaupt keine Lust. Weil Sich-Öffnen immer auch mit Erkenntnis verbunden ist, und Erkenntnis meistens mit Schmerzen. Das hat sie gelernt, und von Schmerzen hat sie genug. Unwillig dreht sie sich auf die rechte Seite.

Aber noch etwas anderes rumort in ihr. Etwas, das unmittelbar mit Riccardo zu tun hat. *Er hat einen unwiderstehlichen Charme. Und er sieht gut aus.* Das beunruhigt sie. Nicht sehr stark, aber doch so, dass ihre Gedanken um ihn kreisen, als ihre Augenlider zufallen.

Der Duft nach frisch gebackenem Brot holt Tina aus einem Dämmerschlaf mit unbefriedigenden Traumfetzen. Umgeben von haushohen Schneemassen hat sie gegen ein gesichtsloses Wesen gekämpft, dass versucht hat, sie in den Schnee zu drücken.

Ein Schauer jagt durch ihren Körper und zwingt sie, sich aufzusetzen und die Deckenlampe anzuknipsen. Die Dunkelheit hat sich übers Land gelegt und Einlass in ihre Kammer gefunden.

Als sie ans Fenster tritt, die kalte Nachtluft einatmet, die nach Schnee und Eis riecht, und als sie den schwarzen Himmel mit seinen Abermillionen von funkelnden Sternen über sich sieht, sind die verwirrenden Gedanken von vorhin in der Stille des Abends verschwunden. Sie fühlt sich geborgen. Sie fährt sich mit der Bürste durchs Haar, dann steigt sie hinab in die Stube.

Tinas Augen streifen über eine Matratze auf dem Boden an der Wand zwischen Kamin und Bücherregal. Sie runzelt die Stirn. Maria steht mit einer kleinen Schüssel in der Küche. Frischkäse quillt durch die Zinken der Gabel, wieder und wieder, vermischt sich mit Butter und Camembert. Ihre Augen mustern ihren neuen Gast. Tinas Augen folgen ihrem Blick.

Die langen Gliedmaßen des Mannes wirken nicht ungelenk wie die eines zu rasch gewachsenen Jünglings, sondern geschmeidige Bewegungen erzählen von bewusster Körperarbeit, von intensiven Stunden im Fitnesscenter und im Freien. Die Haut seines Gesichts und seiner Hände ist gebräunt, unter dem eng anliegenden Sweatshirt spielen weiche Muskeln. Er kniet auf dem Boden neben der Matratze, und feingliedrige Hände ziehen ein blütenweißes Leinentuch darüber.

Riccardo Salvatore. Der Name lässt auf italienische Wurzeln schließen. Das ebenmäßige Gesicht mit dem selbstbewussten, zumeist fröhlichen Blick versprüht großzügig italienischen Charme. Einzig der harte Zug um die Mundwinkel, der erscheint, wenn er sich unbeobachtet fühlt, gefällt Tina nicht. Sie holt sich eine Tasse Tee aus der Küche und setzt sich mit einem Buch vor den Kamin.

Riccardo erhebt sich und tritt auf Maria zu. Tina schaut auf.

„Kann ich Ihnen behilflich sein, Maria?"

Sein Blick fällt in die Schüssel, in der zum Frischkäsegemisch klein geschnittene Zwiebelstückchen, Paprika und Schnittlauch hinzugekommen sind. „Mmh, das duftet!" Er schließt für fünf Sekunden die Augen und atmet mit sichtlichem Genuss den Duft des Aufstrichs ein. „Was ist das?" Er blickt die alte Frau fragend an.

Maria lächelt und Tina grinst. Riccardo ist zwar sicherlich nicht mehr jung, Tina schätzt ihn auf Mitte vierzig, aber der ein wenig chaotische Eifer, der sein ganzes Wesen durchdringt, amüsiert sie.

„Das ist Obazda, ein traditionell bayerischer Brotaufstrich. Und, danke nein, Sie können mir nicht mehr helfen, ich bin bereits fertig." Maria legt die Gabel zur Seite und wischt sich die Hände an der blauweißen Schürze ab. „Aber wenn Sie möchten, können Sie den Tisch decken."

Sie holt ihm Teller und Besteck aus der Kommode, und behände deckt Riccardo den Tisch. Für einen kurzen Moment vergisst Tina, dass sie mit ihren Großeltern allein sein will. Maria scheint die Anwesenheit des Gastes zu gefallen, und das mildert ihre Abneigung gegen die unerwartete Störung.

„Ausgezeichnet, Maria, dieser Aufstrich schmeckt ausgezeichnet!"

Begeistert fliegen Riccardos Hände durch die Luft, um gleich darauf den Löffel zu ergreifen und sich mehr vom Frischkäseaufstrich zu schöpfen. „Wie heißt das nochmal? Es ist ein so schwieriges Wort."

„Obazda."

„Impossibile! Ein solch plumpes Wort für ein so luftigleichtes Gericht!" Er schüttelt den Kopf.

„Sind Sie Italiener?" Tina bemerkt Marias interessierten Blick, der sich an Riccardos Gesicht heftet.

„Sì. Das heißt, meine Familie lebt bereits in dritter Generation in Deutschland. Ursprünglich kommen wir aber aus
Siena."

„Siena! Welch' schöne Stadt!"

„Sie kennen Siena?"

Riccardo lässt das Brot sinken, das er sich soeben mit einer zentimeterdicken Schicht Obazda in den Mund schieben will. Maria nickt. Auf ihren Wangen erscheinen rote Flecken.

„Natürlich! Die *Piazza del Campo* mit den vielen hervorragenden Gelaterias, und die *Basilica di San Francesco*, kennen Sie die *Basilica di San Francesco*? Mit den beiden Rosettenfenstern über dem Eingang und gegenüber dem Altar?"

„Sì, certo, die Schöne mit dem schlichten, grauweißen Innenraum. Ich liebe diese Kirche, sie gefällt mir viel besser als der Dom!"

„Ich bin oft dort gewesen und habe die erhabene Stille auf mich wirken lassen."

„Wann waren Sie in Siena?"

„Das war 1960."

Vor Tinas innerem Auge erscheint das Mädchen, das ihre Großmutter einmal gewesen sein muss, schlank, mit langem, blondem Haar, das sie vielleicht zu einem schlichten Zopf geflochten getragen hat. Sie weiß, dass Maria nach dem Hauptschulabschluss die Welt hat entdecken wollen. Das jahrelange Schulbankdrücken hat sie nur mit viel Mühe und ungeheurer Disziplin hinter sich gebracht. Mit ihrer ganzen Ersparnis aus Hunde- und Babysitting hat sie sich ein Zugticket gekauft und ist zu einem Freund ihres Vaters gefahren, einem Kaufmann aus Siena. Damals hat sie sich nicht nur in die Stadt, sondern auch in den Sohn des Hauses verliebt. Riccardo muss Maria an diese erste Liebe erinnern, denn ein versonnenes Lächeln erscheint auf ihrem Gesicht.

Tina fragt sich, wann sie ihre Großmutter zum letzten Mal so gelöst erlebt hat. Dieser Mann macht etwas mit ihr. Oder sind es bloß die Erinnerungen an früher, die sie wie ausgetauscht, um Jahre jünger wirken lassen?

Ihr wird bewusst, wie wenig sie über Maria weiß. Außer dieser einen Geschichte mit Siena fällt ihr spontan kaum etwas ein. Sicher liegt es zum einen daran, dass sie ihr halbes Leben bei ihr verbracht hat und ihre Existenz für sie eine Selbstverständlichkeit gewesen ist, die sie nicht hinterfragt hat. Andererseits hat sie nie Fragen über Marias Vergangenheit gestellt, weil damit untrennbar ihre Mutter verknüpft ist. Und ihre Mutter ist für Tina ein Tabuthema. Sie weiß, dass sie kurz nach ihrer Geburt gestorben ist, punkt. Wer sie gewesen ist, wie sie gelebt, wen sie geliebt hat, all das hat Tina nie wissen wollen aus Angst, ihrer geliebten Großmutter damit Schmerz zuzufügen. Sie hat in Kauf genommen, nicht nur das Leben ihrer Mutter nicht kennenzulernen, sondern auch, dass ein großer Teil von Marias Leben für sie im Dunkeln geblieben ist.

So ist es bis heute gewesen, bis dieser ungewöhnliche Mann hier aufgetaucht ist. Mit Riccardo ist ein Hauch von

Marias Vergangenheit auf die Alm heraufgeweht, und dieses neue Gefühl verwirrt Tina. Sie ist sich nicht sicher, ob sie mehr vom Leben ihrer Großmutter erfahren will.

Plötzlich wird ihr schwindlig. Weil die Erkenntnis über sie hinwegfegt. Nicht Maria ist es, die sie durch ihr Schweigen hat schützen wollen, sondern sich selbst. Weil der Verlust schmerzlicher ist, wenn man weiß, was man verloren hat. Weil die Sehnsucht stärker und lähmender wird, wenn es etwas gibt, wonach man sich sehnen kann. Ihre Mutter hat für sie schlichtweg nicht existiert, es hat nichts gegeben, um das sie hätte trauern können. Wäre da ein Gesicht gewesen mit einer Vergangenheit, mit Emotionen, Wünschen, Träumen und Gefühlen, so hätte Tina intuitiv gespürt, dass ein Teil ihres eigenen Lebens im Moment ihrer Geburt gestorben ist. Und sie hätte ein Leben lang nach diesem verlorenen Teil gesucht.

Und nun ist dieser Italiener hier. Ein heftiges Zittern überfällt sie, und sie fasst einen Entschluss. Dieser Riccardo wird keine Gelegenheit mehr bekommen, sich in ihr Leben hier oben einzumischen. Sie wird sich zurückziehen und warten, bis er am Dienstag wieder verschwindet. Dienstag, das ist in zwei Tagen. So lange die Sonne scheint, wird sie ihm ausweichen können.

Ganz so einfach wird es nicht mit dem Ausweichen. Und ganz so schlimm wird es auch nicht mit der Vergangenheit. Tina verbringt zwar wie immer viel Zeit im Freien, aber bereits am nächsten Tag gesellt sich Riccardo zu ihr, als sie sich wie gewöhnlich vor dem Frühstück aus der Hütte stehlen will.

„Darf ich dich begleiten?"

Die unbekümmerte Fröhlichkeit seiner ganzen Erscheinung lässt Tina keine Wahl. Sie nickt stumm und schlägt den Weg hinauf zur Waldgrenze ein. Eigentlich hat sie in den

Wald zu ihren Eichhörnchen gehen wollen, aber an ihren Lieblingsplatz will sie Riccardo nicht mitnehmen.

„Es ist so wunderschön hier. Ich bin deinem Großvater dankbar, dass er uns nicht gleich weiterlaufen hat lassen. Sonst wäre ich an diesem herrlichen Fleckchen Erde vorbeigegangen, ohne es richtig wahrzunehmen."

Er sitzt auf einem abgebrochenen Felsbrocken. Seine Hände fliegen in ausholenden, alles um ihn herum umarmenden Gesten durch die Luft, und seine Wangen erinnern an glühende Holzkohle. Tina lehnt an der sonnengewärmten Felswand und betrachtet ihn mit aufmerksamer Zurückhaltung.

„Spürst du diese besondere Energie hier auch? Es fühlt sich an, als pulsiere die Natur stärker als anderswo, selbst unter dieser dicken Schneedecke. Dabei ist kein Leben zu erkennen. Es ist reine Energie, die fließt. Spürst du das auch?"

Erwartungsvoll blickt er sie an. Aus seinen Augen sprudelt Begeisterung. Sie will ihn nicht mit einer nichtssagenden Antwort enttäuschen und horcht in sich hinein.

„Ich bin mir gerade nicht sicher, was ich stärker spüre. Die Energie um mich herum oder die in mir drin."

„Ich glaube nicht, dass sich das voneinander trennen lässt. Wir Menschen sind so durchlässig."

„Ja. Trotzdem."

„Was, trotzdem? Meinst du, dass du dich gerade so sehr verschließt, dass du nicht spürst, was hier draußen los ist?"

Seine Worte treffen sie. Sie hat gerade tatsächlich kein Auge für die Schönheit um sie herum, aber das will sie ihm nicht eingestehen. Sie zuckt die Schultern.

Aufmerksam richtet sich sein Blick auf ihr Gesicht. Wie zufällig legt sie den Kopf in den Nacken, gerade so, als suche sie den Steinadler. Sie spürt, wie seine Augen über ihren Hals, ihr Kinn, den Mund und die Nase auf ihre Stirn gleiten.

„Sprichst du immer so wenig?"

Ihr Atem verkriecht sich für zwei Sekunden in den äußersten Fasern ihrer Lungenflügel, dann zuckt sie mit den Schultern.

„Es gibt Plätze, die verlangen nach Schweigen."

Sein Blick brennt plötzlich auf ihrer Haut, und sie fürchtet, dass er eine Narbe hinterlassen könnte. Sie zählt die Sekunden anhand ihrer Atemzüge. Er lässt sich mit einer Antwort Zeit. Ob sie ihn verletzt hat? Sie wagt es nicht, den Kopf zu wenden, um einen Blick auf sein Gesicht zu erhaschen. Dann lässt das Brennen nach.

„Du hast Recht."

Aus den Augenwinkeln nimmt sie wahr, wie er sich abwendet, sich nach einem Stöckchen bückt, das zwischen zwei Felsblöcken eingeklemmt ist, und damit eckige Muster in den Schnee zeichnet.

Als ihre Füße kalt werden richtet sich Tina auf. Der Adler ist nicht erschienen. Riccardo zeichnet noch immer. Sie atmet den Geruch nach Feuchtigkeit und Frische ein und fühlt sich plötzlich lebendig. Langsam schreitet sie an ihm vorbei und steigt hinab zur Alm.

Das gemeinsame Abendessen beginnt wie die beiden vergangenen. Riccardo lobt die Weißwürste mit Brez'n und süßem Senf, Maria lächelt vor sich hin. Doch anstatt auf seine Fragen zu warten, kommt sie ihm diesmal zuvor.

„Warum wollen Sie die Zugspitze im Winter besteigen und nicht im Sommer?"

Er legt die dritte Wurst beiseite, offensichtlich dankbar darüber, sich für einen Moment nicht weiter mit der widerspenstigen Wursthaut quälen zu müssen, die sich bei den drei anderen so leicht lösen lässt und die bei ihm einfach nicht abgehen will.

„Ich werde im Sommer den Mount Everest besteigen, dafür trainiere ich. Je mehr Erfahrung mit Schnee und Eis ich habe, desto wahrscheinlicher ist es, dass ich es schaffen werde."

Tina registriert Sebastians Kopfrucken. Wie sie selbst ist auch er bisher schweigend dabeigesessen, doch nun blickt er Riccardo aufmerksam an.

„Bist du Bergführer?"

Riccardo lächelt. „Nein. Ich bin Extremsportler." Er schweigt, um seiner Aussage den nötigen Raum zu lassen, damit sie wirken kann. Tina nimmt die Tatsache gelassen hin. Sebastian schiebt seinen leeren Teller zur Seite und stützt die Ellbogen auf dem Tisch auf. Ermutigt durch diese Geste nimmt Riccardo den fallengelassenen Faden wieder auf.

„Vor vier Jahren habe ich an einem Fahrradrennen durch die Wüste Namibias teilgenommen. Und vor zwei Jahren bin ich in einem Ruderboot über den Atlantik gerudert."

„In einem Ruderboot?" Sebastian stößt zischend die Luft durch die kleine Zahnlücke zwischen seinen Schneidezähnen, und Tina ärgert sich über seine offensichtliche Bewunderung. Er ist selbst ein Grenzgänger, aber eher im Verborgenen. Dass er Respekt vor sportlichen Extremleistungen hat, ist ihr klar. Aber es stört sie, dass Riccardo in den Genuss seiner Achtung kommt. Zudem steht sie selbst solchen riskanten Unternehmungen skeptisch gegenüber. Was bringt einen Menschen dazu, solche Risiken einzugehen? Ist es die Sucht nach Nervenkitzel? Das Bestreben, die eigenen Grenzen immer weiter auszudehnen? Oder das Buhlen um gesellschaftliche Anerkennung? Dabei fällt ihr auf, dass sie gar nicht weiß, ob Riccardo Familie hat. Falls ja, würde sie seinen Wagemut schlichtweg verwerflich finden.

„Ja. Jedes Jahr startet die härteste Ruderregatta der Welt auf der kanarischen Insel La Gomera. Ziel ist Antigua in der Karibik. Gerudert werden kann allein, in Zweier- oder Vierer-teams."

„Und du bist allein gerudert?" Sebastians Augenbrauen sind hochgezogen.

„Ja."

Tina räumt das Geschirr in die Spüle und lässt sich mit übereinandergeschlagenen Beinen vor dem Kamin nieder. Riccardo webt die Erzählung von seinen sportlichen Erlebnissen wie ein Netz um Maria und Sebastian, die mit greifbarer Aufmerksamkeit am Tisch ausharren. Das lebhafte Geplätscher seiner Worte vermischt sich in Tinas Kopf mit dem Knistern des Feuers, und warme Müdigkeit kriecht durch ihre Glieder. Ihr Blick löst sich in den Flammen auf, und ihr Oberkörper schwingt vor und zurück, als lausche sie einer inneren Musik.

Als sich ihre Großeltern erheben, wendet Tina träge den Kopf. Ihr Gesäß schmerzt, und die Beine fühlen sich taub an. Vorsichtig bewegt sie die Zehen und Füße und rappelt sich leise ächzend auf. Sie kommt sich vor wie eine alte Frau. Das Feuer im Kamin ist erloschen, orangerote Glut schimmert zwischen den zerfallenen Holzscheiten.

„Gute Nacht", hört sie Maria zu Riccardo sagen.

„Gute Nacht, Maria. Ich werde morgen früh aufbrechen. Schnee wird es ja nun keinen mehr geben."

8

Er irrt.

Als würde der Himmel Sebastians Glaubwürdigkeit und die Ehre des Steinadlers retten wollen, schneit es die ganze Nacht und in den Morgen hinein in dicken Flocken. Graue Wolken verdecken die Sonne, und so dauert es ungewöhnlich lange, bis das spärliche Tageslicht, das durch die kleinen Fenster in die Stube dringt, Riccardo zu wecken vermag.

Tina steht in der dunklen Küche am Herd und wartet darauf, dass das Teewasser kocht. Riccardo scheint das diffuse Licht im Raum nicht wahrzunehmen, denn ohne einen Blick zum Fenster zu werfen, bereitet er sich ganz offensichtlich auf seinen Aufbruch vor. Geräuschlos packt er seine Sachen in den Rucksack, steckt einen Apfel ins Seitenfach, steigt in die Schneehose und zieht sich die Jacke an. Er öffnet die Tür – und verharrt reglos vor der weißen, undurchdringlichen Wand aus Schneeflocken, die im Morgenlicht vor ihm zur Erde tanzen. Schneeflocken fallen auf sein Haar und sein Gesicht, und Tina beobachtet, wie sie schmelzen und sein Gesicht mit einem glitzernden Netz überziehen.

Riccardo schüttelt den Kopf und presst die Augenlider aufeinander. Sicher hofft er, dass sich die schweren Wolken dadurch vertreiben lassen. Aber es nützt nichts, die Flocken verschwinden nicht, sondern rieseln im Gegenteil noch dichter vom Himmel und bedecken bereits die Schwelle der Tür und dreißig Zentimeter Holz dahinter.

Tina ist unschlüssig, ob sie sich über den erneuten Schneefall freuen oder ärgern soll. Natürlich freut sie sich, dass Sebastian Recht und diesem überheblichen Italiener eine Lektion in Sachen Natur erteilt hat. Andererseits könnte das nun heißen, dass Riccardo länger hier bleibt. Aber um das abschätzen zu können, muss sie sich ein Bild der Situation machen. Sie dreht das Gas aus und tritt hinter ihn.

Er wirbelt herum. In seinen Augen liegt Verwirrung.

„Na, damit hast du nicht gerechnet, nicht wahr?"

„Nein." Seine rechte Hand fährt durch sein bereits nasses Haar, und einige Tropfen stieben schillernd durch die Luft. „Keine Sekunde lang habe ich ernsthaft geglaubt, dein Großvater könne die Wettersituation korrekt einschätzen. Ich bin bloß hiergeblieben, weil ich ihn nicht vor den Kopf stoßen wollte. Ich bin italienisch erzogen worden. Bei uns sind die Familienbande stark, und die Erfahrung der alten Menschen wird respektiert." Die letzten Worte hat er leise ausgesprochen. Er blickt auf das Gewusel vor sich, und Tina glaubt zu spüren, dass er einen inneren Kampf ausficht zwischen der Vernunft und dem Drang, den Aufstieg trotzdem zu wagen.

Sie erkennt sofort, dass er bei diesem Schneetreiben nirgends hingehen kann, noch nicht mal zurück ins Tal. Der Blick reicht keine fünf Meter weit, und der schmale Pfad, auf dem er mit seinem Freund Max vor drei Tagen hierhergekommen ist, ist durch die Schneeverwehungen bis zur Unkenntlichkeit mit seiner weißen Umgebung verschmolzen. Unaufhörlich fallen die kalten Kristalle auf ihre Gesichter und bringen die Haut zum Prickeln.

„Da kommst du nicht durch. Nicht einmal wenn du wüsstest, wohin du gehen musst. Du würdest einsinken."

„Ich weiß."

Sein linker Fuß schabt im Schnee. Plötzlich blickt er sie an. „Ich weiß nicht, ob ich mich darüber ärgern soll oder nicht. Einerseits will ich weitergehen, denn ich habe nur drei Wochen Urlaub und muss vor Weihnachten wieder zurück sein. Andererseits freue ich mich irgendwie darüber, dass ich deinem Großvater begegnet bin. Es gibt nicht mehr viele Menschen in unserer Gesellschaft, die die Natur verstehen und ihre Zeichen lesen können."

Seine Worte berühren Tina auf eigentümliche Weise. Leise sagt sie: „Ich verstehe, was du meinst." Dann wendet sie sich abrupt ab und kehrt in die Hütte zurück.

Riccardo folgt ihr und schließt die Tür. Tina beobachtet, wie er den Gummizug seiner Jacke zwirbelt und auf die grobgehobelten Holzbretter des Bodens starrt. An jenen Stellen, über welche regelmäßig Füße laufen, glänzt das Holz dunkel, in den Ecken und an den Wänden entlang ist es heller und matt.

Sie hat Maria nicht bemerkt. Erst, als das quietschende Schaben des Kaffeekochers die Stille des jungen Morgens zerschneidet, nimmt sie ihre Gestalt vor dem Herd wahr. Sie betrachtet die weißen Haare, die sorgfältig zum Knoten am

Hinterkopf hochgesteckt sind und aus dem sich eine silbern glänzende Strähne gelöst hat.

Der Geruch nach Feuchtigkeit und altem Holz breitet sich in Tinas Nase aus. Im Kamin gähnt ein schwarzes Loch, in dem ein kleines Häufchen Asche von der wohligen Wärme des gestrigen Abends erzählt.

Maria dreht sich um. Ihr Blick streift Riccardo. Er huscht über ihn, ohne an ihm hängenzubleiben, fast zufällig, aber Tina erkennt darin einen besorgten Ausdruck.

Riccardo muss den Blick auch bemerkt haben. Seine Hände öffnen und schließen sich, als würden sie in der noch kalten Luft nach Halt zu suchen.

„Ihr wollt mich nicht hier haben." Sein Blick fließt zwischen zusammengekniffenen Augenlidern von Tina zu Maria, und aus ihm spricht der bittere Schmerz, nicht willkommen zu sein. Langsam lässt er den Kopf sinken.

Tina wendet sich ab. Sie fühlt sich ertappt, und ihr wird heiß. Sie wäre zwar tatsächlich froh, wenn er wieder verschwinden würde, aber dass er ihre Gedanken gelesen hat, versetzt sie in eine gewisse Unruhe.

„Riccardo." Der sanfte Klang von Marias Stimme lässt ihn den Kopf heben. „Bitte, tun Sie mir den Gefallen, verzweifeln Sie nicht am Schnee." Und ein wenig leiser fügt sie hinzu: „Die Natur lässt sich nicht bezwingen. Sie bezwingt uns."

Riccardo zögert einen Moment, dann steigt er aus den Schuhen, durchschreitet den kleinen Raum und bringt seinen Rucksack zurück zu seiner Matratze.

Maria stellt eine Tasse auf den Tisch, aus der ein dünner Dampffaden in die Höhe steigt. Frischer Pfefferminzduft erfüllt die Hütte.

„Hier. Für Sie. Sie sind unser Gast, solange es die Natur so will."

Ein zaghaftes Lächeln erscheint auf seinem Gesicht. Seine Hände ergreifen die Teetasse.

„Danke."

Die Treppenstufen knarren, Sebastian betritt die Stube. Er nickt Riccardo zu und tritt hinter Maria, die das Frühstück vorbereitet. Von hinten schlingt er seine Arme um ihre Taille und legt den Kopf in ihren Nacken. Maria hält still, gerade so, als lausche sie leisen Worten, die er ihr ins Ohr raunt. Tina lächelt, dann schlüpft sie hinaus ins Freie. Sie will die Schneeflocken auf ihrer Haut spüren.

Langsam schlendert sie um die Hütte herum. Sebastian hat an der Hüttenwand entlang einen schmalen Pfad freige-schaufelt.

Tina ist noch immer unschlüssig, was sie von Riccardos verlängerter Anwesenheit halten soll, aber der Ärger, mit dem sie heute Morgen aufgewacht ist, ist verschwunden. Eigentlich, wenn sie ehrlich ist, ist er nett. Fröhlich, hilfsbereit und einfühlsam. Es hätte schlimmer kommen können.

Trotzdem ist sie nicht bereit, ihm ihr Revier hier einfach so zu überlassen. Einerseits will sie ihre Großeltern für sich haben, andererseits bedeutet er Gefahr. So offen und neugierig wie er ist, wird er ganz sicher irgendwann mehr über sie wissen wollen, und diese Gefahr wächst mit jedem Tag, den er länger auf der Alm verbringt. Er muss fort, das ist klar.

Sie bleibt stehen, schließt die Augen, spürt dem Prickeln auf ihrem Gesicht nach und schickt ein stilles Gebet in die dichte Wolkendecke, dass es möglichst bald aufhören möge zu schneien.

Die Hitze des lodernden Feuers im Kamin kämpft noch gegen die Kälte des Morgens, als Tina die schwere Hüttentür aufzieht und vor der Nässe des Winters flüchtet. Schweigend schält sie sich aus Marias dickem Wollpullover, an dessen Fasern kleine Schneeklümpchen hängen. Sie setzt sich an den Frühstückstisch, an dem Riccardo und ihre Großeltern versammelt sind.

„Sie haben meinen Respekt, Sebastian. Ich habe Ihnen nicht geglaubt."

„Mh." Sebastian brummt und kaut, aber Tina erkennt den Anflug des Lächelns, das um seine Mundwinkel zuckt. Er würde nie zugeben, dass er sich über Riccardos Kompliment freut.

„Wie lange schneit es denn üblicherweise?" Riccardo nimmt sich eine weitere Scheibe des schweren Roggenkornbrots und beißt genüsslich hinein.

„Naja." Maria zögert und wirft Sebastian einen raschen Blick zu. „Hin und wieder kommt es vor, dass nach ein paar Stunden die Sonne wieder scheint. Meistens hält der Schneefall aber einige Tage oder auch Wochen lang an."

Neugierig beobachtet Tina Riccardos Gesicht. Sein Mienenspiel ist ein offenes Buch. Die anfängliche Erleichterung weicht konzentrierter Nachdenklichkeit. Seine Finger zupfen ein wenig Teig aus der Brotscheibe und formen ihn zu einem kleinen Klumpen.

„Ich habe noch sieben Tage Zeit, dann muss ich wieder zurück sein, um zu arbeiten. Für die Überschreitung der Gipfel bis auf die Zugspitze rechne ich mit drei Tagen. Ein Tag Rückreise. Das heißt, dass ich in drei Tagen aufbrechen muss, wenn ich es schaffen will." Die Gewissheit, dass er noch einige Tage abwarten kann, scheint ihn zu beruhigen, denn seine Gesichtszüge entspannen sich, und die hellbraunen Augen schauen bereits wieder fröhlich.

Er ist schön, durchzuckt es Tina, und rasch senkt sie den Blick. Sie will ihn nicht hier haben, und noch viel weniger will sie sich mit ihm anfreunden. Sie hat entschieden, ihn zu dulden und darauf zu warten, dass er in drei Tagen wieder verschwindet. Daran ändern auch seine hellbraunen Augen nichts.

„Was arbeiten Sie?" Maria schaut ihn aufmerksam an.

„Ich bin Kellner. Ich arbeite in einem kleinen, feinen Restaurant am Stadtrand von München. Kennen Sie sich in München aus?"

Maria schüttelt den Kopf.

„Dann werde ich Ihnen die Adresse aufschreiben. Sie müssen unbedingt bei mir vorbeikommen, wenn Sie das nächste Mal in München sind. Selbstverständlich werden Sie meine Gäste sein – Sie alle." Für den Bruchteil einer Sekunde bleibt sein Blick an Tina hängen, lange genug, um ihr das Blut in den Kopf zu jagen. Dann wirbeln seine Hände durch die Luft und unterstreichen seine Worte mit einer ausladenden Bewegung. „So kann ich mich wenigstens ein kleines bisschen für Ihre Gastfreundschaft revanchieren." Seine Wangen glühen, und da es noch immer nicht richtig warm in der Stube ist, führt Tina seine Hitze auf seine Begeisterung zurück.

Maria steht auf, zieht die Schublade einer winzigen Kommode auf, die unscheinbar in die Ecke neben der Treppe gedrückt steht, und kommt mit einem mehrmals gefalteten Papier zurück. Es ist ein Stadtplan von München. Fast reißt ihn ihr Riccardo aus der Hand, als er ihn als solchen erkennt, und mit fliegenden Fingern breitet er das stellenweise zerfledderte Stück Papier aus. Er beugt er sich über das unübersichtliche Gewirr von Straßen, Plätzen und Grünflächen. Dann runzelt er die Stirn.

„Er ist leider schon ein wenig älter", entschuldigt sich Maria.

Langsam nickt er. „Ja. Hier, diese Häuser gibt es heute nicht mehr. Dort ist jetzt ein großer Park. Und hier", sein Finger deutet auf einen grünen Bereich außerhalb der Stadt, „hier ist das Quartier, in dem ich wohne. Das gab es damals noch nicht." Vorsichtig hebt er das Papier an, um einen Blick auf die Rückseite zu werfen. „1969! Das ist tatsächlich eine Weile her."

Maria lächelt. „Ich wollte damals in München arbeiten."

„Und? Haben Sie's gemacht?"

Tina staunt über das Interesse, das der Mann mit dem schwarzen Kraushaar zeigt. Üblicherweise begegnen Männer den Erinnerungen älterer Damen mit verhaltener Höflichkeit, aber Riccardo scheint sich tatsächlich für Marias Vergangenheit zu interessieren. Schweigend hört Tina zu.

„Nein. Ich hatte bereits eine Stelle als Haushälterin, aber dann habe ich Sebastian kennengelernt." Tina bemerkt den verliebten Blick, den sie ihm in den Schaukelstuhl wirft und der von ihm mit einem kurzen Augenaufschlag erwidert wird. „Ich habe die Stelle abgelehnt und bin zu ihm gezogen." Ihr Blick kehrt sich nach innen, während ihre Hände zärtlich über das zerkratzte Holz der Tischplatte streichen.

Nach dem Essen steht Tina auf, und ihr Stuhl fährt quietschend über den Holzfußboden.

„Kann ich dir was helfen?"

Ihre Augen sind auf Maria gerichtet. Als ihre Großmutter den Kopf schüttelt, geht sie aufs Bücherregal zu. Obwohl sie in den vergangenen Wochen Buch um Buch verschlungen hat, lauern zwischen den grobgezimmerten Holzstützen nach wie vor unzählige Stunden Lesevergnügen. Ihr Zeigefinger fährt über die unterschiedlich dicken Buchrücken, über gebundene Bücher und Taschenbücher mit und ohne Knicke. Sie strömen einen eigentümlichen Geruch nach altem Papier und Staub aus. Tina beginnt, die Titel auf den Buchrücken zu entziffern.

Plötzlich spürt sie Riccardos Nähe. Geräuschlos ist er hinter sie getreten und blickt ihr über die Schulter. Der Duft seiner Haut vermischt sich mit dem Geruch der Bücher. Sein Kraushaar berührt kurz ihre Wange, als er sich vorbeugt und ein Buch aus dem Regal zieht. Tina beginnt zu schwitzen und macht hastig einen Schritt zur Seite.

„Oh, wie schön!"

Verzückt hält Riccardo einen dicken Wälzer in der Hand. Tinas flüchtiger Blick bleibt länger als beabsichtigt darauf haften. *Vom Winde verweht* in schnörkliger, altmodischer Schrift.

„Du magst Romanzen?" Eigentlich ist es mehr eine Feststellung als eine Frage, aber er antwortet.

„Nicht per se, aber diese Geschichte finde ich ganz große Klasse. Liebe, Eifersucht, Rache, die ganze Komplexität eines gelebten Lebens." Vorsichtig wischen seine Finger den Staub fort, der sich wie ein Flaum oben auf die Seitenränder gelegt hat. Dann öffnet er den Deckel und lässt die Seiten wie ein Fächer auffliegen. Schnüffelnd steckt er die Nase dazwischen und atmet geräuschvoll ein.

„Riechst du das? Diesen besonderen Duft, den nur Bücher haben? Du kannst einen leeren Stapel Papier jahrzehntelang neben Büchern lagern, aber er wird nie so duften wie ein Buch."

Gegen ihren Willen muss Tina schmunzeln. Unauffällig betrachtet sie den Mann mit dem durchtrainierten Körper von der Seite. Seine Augenlider sind halb geschlossen. Die Augen stehen auffallend eng beieinander. Lange, geschwungene Wimpern machen wohl so manche Frau eifersüchtig. Sein rechtes Ohr ist klein mit einem runden Ohrläppchen, das linke sieht sie nicht. Er dreht den Kopf in Tinas Richtung, und sie wendet sich rasch dem Bücherregal zu.

Sie muss nicht lange suchen. Zurzeit erträgt sie weder leichte Sonnenscheinliteratur noch tiefsinnige Romanzen, ganz zu schweigen von ans Eingemachte gehenden Thrillern. Sie fühlt sich bei den Krimis von Agatha Christie zu Hause. Bei den Krimis, die nie grausam sind, die immer voller Witz und Scharfsinn stecken. Sie kennt die Geschichten alle, war es doch sie selbst, die während ihrer Jugend einen Großteil ihres Taschengeldes für genau diese Bücher ausgegeben hat.

„Krimis?"

Riccardo zieht die Augenbrauen in die Höhe.

„Und? Was ist daran verwerflich?"

„Oh, verwerflich ist überhaupt nichts." Beschwichtigend legt er seine Hand auf ihren Arm. Sie zieht ihn zurück. Mit *Mord im Orientexpress* dreht sie sich abrupt um, geht auf den Kamin zu und lässt sich im Schneidersitz auf dem Boden nieder. Sebastians amüsierter Blick trifft kurz auf ihre Augen, und sie lächelt ihm zu.

„Es ist gemütlich hier."

Überrascht blickt Tina zu Riccardo. Er sitzt auf seiner Matratze, den aufgeschlagenen Wälzer auf seinen Oberschenkeln. Seine Augen sind auf Maria gerichtet.

Sie sitzt vor einem Spinnrad aus hellem Birkenholz und spinnt Wolle. Ihr linker Fuß hebt und senkt sich in Harmonie mit dem regelmäßigen *Klack-Klack* des Fußpedals. Ein leises Zischen schwebt in der Luft, während ihre Finger geschickt aus einem dicken, rot-orangen Schafwollknäuel gerade nur so viele Fasern herausziehen, dass durch die Drehung des großen Schwungrads mittels Fußpedal ein langer, dünner Faden gezwirbelt und auf eine darüber liegende Spule aufgerollt wird. Die Arbeit erfordert Fingerspitzengefühl, Koordinationsvermögen und Geduld, und das Ergebnis sind Fadenknäuel in einzigartiger Qualität.

Tina weiß, dass Maria die Arbeit liebt. Das Handwerk hat sie von ihrer Großmutter erlernt mit der Verpflichtung, es an die weiblichen Nachkommen der Familie weiterzugeben. Bereits heute freut sie sich auf den Tag, an dem Maria sie in die Kunst des Spinnens einweihen wird. Eigentlich hätte sie bereits gerne damit begonnen, aber sie spürt, dass sie innerlich noch nicht dazu bereit ist. Spinnen ist Herzenssache, und wenn die Gedanken abgelenkt und die Gefühle durcheinander sind, entsteht im besten Fall Filzwolle, im schlechtesten kann die gesamte unregelmäßig versponnene Wolle nur noch entsorgt werden. Das ist die erste und wichtigste

Lektion gewesen, die ihr ihre Großmutter schon beigebracht hat, als Tina noch ein Mädchen gewesen ist und unbedingt das Pedal hat treten wollen.

Tinas Blick kehrt zurück zu Riccardo. Seine Gesichtszüge sind weich, und von dem harten Zug um seinen Mund zeugen in diesem Augenblick nur zwei unscheinbare Falten. Er hat sich wieder seiner Lektüre zugewandt.

Ein seltsamer Mann. Widersprüchlich. Sein Körper wirkt stark und hart, aber in seinen Empfindungen ist er hochemotional und feinfühlig. Sie versucht, die Sympathie zu unterdrücken, die sie plötzlich für ihn empfindet, aber es gelingt ihr nicht. Sie spürt, dass sein fröhliches Wesen der alten Hütte guttut. Und ihr selbst auch.

Maria bremst das Schwungrad ab, als die letzten Fasern der Wolle aus ihrer linken Hand versponnen sind. Sie streckt sich, und Tina meint ein leises Seufzen zu hören. Die Großmutter erhebt sich und geht in die Kochnische. Tina springt auf.

„Soll ich das Spinnrad versorgen?" Ihre Hand streicht über das glatte Holz des Schwungrads.

Maria schüttelt den Kopf. „Nein, danke. Sebastian wird das machen, wenn er aus seinem Mittagsschlaf erwacht." Sie zögert, dann fährt sie lächelnd fort: „So macht er es immer. Noch habe ich zwar die Kraft, das Rad selbst zu versorgen, aber es ist ein liebgewonnenes Ritual zwischen uns, dass er es tut."

Riccardo schaut von seinem Buch auf. „Wisst ihr", Marias Blick wandert zwischen Tina und Riccardo hin und her und bleibt dann mit zärtlichem Ausdruck auf dem schlafenden Sebastian im Schaukelstuhl hängen, „wisst ihr, unsere Körper sind alt geworden. Die Zellen erneuern sich nicht mehr so rasch wie bei euch Jungen. Vielleicht liegt darin die Ursache dafür, dass wir im Alltag mehr Konstanz schätzen. Mir liegt viel an den kleinen, alltäglichen Wiederholungen. Das Kuscheln im Bett am Morgen, wenn die Luft in der

Kammer klirrend kalt ist, weil die Wärme der Stube die dicken Balken zwischen den Stockwerken nie zu durchdringen vermag."

„Trinkt ihr darum den Kaffee morgens nie im Sitzen, sondern immer gemeinsam in der Küche? Ist das auch so ein Ritual?" Seit Tina denken kann, stehen ihre Großeltern morgens zusammen mit ihren Kaffeetassen in der Kochnische.

Maria lächelt. „Ja. Dieses Ritual ist so alt wie du. Kennst du seine Geschichte?" Tina zieht die Augenbrauen in die Höhe und schüttelt den Kopf. „Wir haben deine Wiege in der Stube neben den Kamin gestellt, dorthin, wo jetzt Riccardos Matratze liegt. Im oberen Stock wird es ja im Winter nie warm. Pünktlich um sechs Uhr hast du uns jeden Morgen geweckt, weil du Hunger hattest. Wir sind dann gemeinsam aufgestanden, ich habe die Milch erwärmt und Sebastian hat dich mit dem Fläschchen gefüttert. Danach bist du wieder eingeschlafen, aber wir waren zu wach, um nochmal zurück ins Bett zu gehen. Wir haben Kaffee gekocht, und um dich nicht wieder aufzuwecken, haben wir ihn in der Küche getrunken. Dabei ist es bis heute geblieben. Liebgewonnene Rituale."

„Du bist hier oben aufgewachsen?"

Tina spürt Riccardos überraschten Blick auf ihrem Gesicht. Sie nickt und öffnet den Mund, aber die Worte wollen nicht über ihre Lippen gleiten.

„Tinas Mutter ist nach ihrer Geburt gestorben." Marias Stimme klingt weich. „Sie ist bei uns aufgewachsen."

„Und dein Vater?" Er blickt sie noch immer an, aber wieder antwortet Maria.

„Er hat Tina nie kennengelernt."

„Ich bin glücklich darüber, dass ich hier aufwachsen durfte." Tina hält den Kopf gesenkt und spricht zu ihren Händen, die unruhig den *Mord im Orientexpress* auf- und zuklappen. „Ich glaube, eine schönere Kindheit kann es nicht geben."

Sie hebt den Blick und schaut Maria dankbar an. Liebevoll lächelt die alte Frau ihr zu. Dann wendet sie sich ab und zieht ein Schneidebrettchen aus der Schublade.

„Ich würde Ihnen gerne bei der Zubereitung des Mittagessens helfen." Riccardo räuspert sich. Er steht auf und tritt zu Maria.

„Gerne." Sie hält ihm das Schneidebrett mit Rüstmesser hin. „Hier. Sie können Zwiebeln schneiden. Sie finden Sie dort in dem weißen Tongefäß auf der Kommode."

„Wie viele?" Er steht davor und blickt sie fragend an.

„Sechs."

„Sechs Zwiebeln?" Die Ungläubigkeit springt aus seinen Augen. „Was kochen wir denn eigentlich? Sechs Zwiebeln, die benötige ich nur für Zwiebelsuppe." Er kratzt sich am Kopf, dann beginnt er, die Zwiebeln auf seinem Brettchen zu stapeln. Tina beobachtet ihn aus den Augenwinkeln und ertappt sich dabei, wie sie darauf wartet, dass der Turm auf dem Brett zusammenfällt. Aber Riccardo ist geschickt, und unversehrt kommt der Zwiebelberg auf dem Tisch an. Marias Kochlöffel schlägt an den Rand der Metallschüssel, während sie den Teig rührt, bis er zähflüssig von der Kelle reißt.

„Kässpätzle mit Zwiebeln."

„Perfetto! Ich liebe Kässpätzle!"

Riccardos Hände wirbeln ungestüm durch die Luft. Dann setzt er sich und lässt die scharfe Klinge des Messers in rascher Folge auf die Zwiebeln hinuntersausen. Das laute Klopfen erfüllt die Stube und weckt Sebastian auf. Er gähnt brummend und sucht mit den Augen Maria. Sie lächelt ihm zu. Sein Gesicht ist zerknittert von der Entspannung des Schlafs, und seine Augen blicken ein wenig wirr.

Riccardo reibt sich mit dem Handrücken die Augen, aber er kann nicht verhindern, dass ihm die Tränen in langen Ketten über die Wangen laufen. Der Zwiebelgeruch erobert die Luft im Raum und setzt sich in Nasen und Augen fest. Als auch die letzte Zwiebel in eleganten Streifen vor ihm liegt, überreicht er Maria rasch das Brettchen. Er tritt an eines der Fenster, öffnet die Doppelverglasung und streckt den Kopf in die kalte Winterluft.

Sebastian schält sich aus dem Schaukelstuhl und tritt auf Maria zu, die mit einer großen Lochkelle dampfende Spätzle aus dem Wasser fischt und in eine gläserne Auflaufform gleiten lässt. Seine Hände legen sich an ihre Taille und drehen sie sanft zu sich um. Als ihre Augen seinen Blick treffen, nimmt er ihren Kopf in seine Hände und küsst sie auf die Stirn.

Plötzlich sehnt sich Tina nach Alexander. Sie legt ihr Buch zur Seite und streckt sich vor dem Kamin aus. Wie es ihm wohl geht? Sie schließt die Augen und versucht, ihn sich in ihrer gemeinsamen Wohnung vorzustellen.

Als Tina erwacht, riecht sie gedünstete Zwiebeln und geschmolzenen Käse. Sie ist neben dem Kamin eingenickt. Mit geschlossenen Augen lauscht sie dem Knistern des Feuers und dem Klappern des Geschirrs.

Dann fährt ein Kribbeln über ihre Haut. Sie öffnet die Augen und blickt direkt auf Riccardos blitzend weiße Zähne, die sein breites Lächeln entblößt. Er sitzt neben ihr und betrachtet sie ungeniert. Sie rappelt sich auf und rutscht ein wenig von ihm fort. In einem erfolglosen Versuch, ihre Unsicherheit aufzulösen, fahren ihre Hände durch ihr zerzaustes Haar. Seine Stimme säuselt dunkel an ihr Ohr.

„Ich wollte dich nicht aufwecken." Seine Augen bleiben an ihren Lippen haften. „Aber der Friede auf deinem Gesicht hat mich hergerufen."

Tina verschluckt sich und nestelt am Saum ihres Pullovers herum. Vergeblich sucht sie nach einer angemessenen Reaktion, aber die unbefangene Spontaneität Riccardos überfordert sie. Und berührt sie. Berührt sie tiefer, als sie es sich selbst erlauben will. Erleichtert springt sie auf, als Maria zum Essen ruft.

Anfangs nehmen die Spätzle mit dem cremig geschmolzenen Käse und den knusprigen Zwiebelringen sie vollständig in Anspruch. Lange hat sie das Gericht nicht mehr gekostet, und umso mehr genießt sie die Mahlzeit. Aber dann ertappt sie sich dabei, wie ihre Augen immer wieder zu Riccardo wandern, der ihr direkt gegenübersitzt. Wie gewöhnlich schafft er es, gleichzeitig zu essen und fast unentwegt zu plaudern und mit ausholenden Gesten seine Erzählungen zu untermalen. Hin und wieder wischt er sich mit der Serviette über den Mund, der inzwischen von einem beachtlichen Bart eingerahmt wird, der ihn älter wirken lässt.

„Wie alt bist du eigentlich?"

Die Worte sind unkontrolliert über ihre Lippen geschlüpft, und erschrocken über ihren eigenen Wagemut senkt Tina die Augen. Riccardo unterbricht seinen Wortschwall. Offenbar wartet er darauf, dass sie ihn anschaut. Die Stille, die plötzlich im Raum hängt, ist Tina unangenehm. Verlegen hebt sie den Kopf und versinkt sofort in seinem offenen Blick.

„Ich bin 43. Und du?"

Sebastian räuspert sich und schiebt geräuschvoll seinen Stuhl zurück. „Mag jemand einen Kaffee?"

Tina grinst. Es hätte ihr nichts ausgemacht, über ihr Alter zu sprechen, aber ihr Großvater, so fortschrittlich er in vielerlei Hinsicht auch ist, pflegt mit Hingabe die traditionellen Konventionen zwischen Mann und Frau. Und über das Alter einer Frau spricht man nicht.

Es schneit weiter. Maria kocht Maultaschen mit Spinat, und Riccardo hilft ihr beim Backen eines verführerischen Apfelstrudels. Zwischendurch schwelgen sie gemeinsam in Erinnerungen an Siena, und Riccardo erzählt Episoden aus dem Alltag seiner italienischen Großfamilie.

Sebastian vertreibt sich die Wartezeit bis zu Riccardos Aufbruch mit Holzhacken. Der Haufen mit den großen, runden Holzblöcken wird zusehends kleiner, während der Stapel mit sauber geschlagenen Scheiten stetig wächst.

Tina liest sich durch die Krimis, bis Riccardo am dritten Abend seit Beginn des Schneefalls vor ihr steht und ihr ein dickes Taschenbuch hinhält. Die Ecken des Covers sind abgeknickt, und auch der Buchrücken weist mehrere Knicke auf. Alles in allem macht das Buch einen etwas mitgenommmenen Eindruck.

„Hier. Falls du mal Lust auf was anderes als Krimis hast." Sie sucht in seinen Augen nach Spott, aber da ist nur lächelnde Freundlichkeit. Sie nimmt das Buch in die Hand und liest den Titel. *Der lange Weg zur Freiheit*. Als ihr Blick auf den Autor fällt, runzelt sie die Stirn: Nelson Mandela. Mit hochgezogenen Augenbrauen schaut sie Riccardo an. Nicht genug damit, dass er gut aussieht, sie mit seinem italienischen Charme immer wieder in Verlegenheit bringt, gerne kocht und die verrücktesten sportlichen Höchstleistungen vollbringt, er interessiert sich auch noch für die Geschichte der südafrikanischen Apartheit.

Als würde er ihre Gedanken lesen, sagt er: „Er schreibt packend. Das Buch ist eine Autobiografie, aber eigentlich ist es das Zeugnis einer Identitätssuche. Und eine ganz große Ermutigung, dass man seine Ziele erreichen kann, wenn man wirklich davon überzeugt ist."

Mit diesen Worten dreht er sich um, zieht sich seine dicke Jacke an und verschwindet vor der Tür. Ein kalter Luftzug wirbelt durch die warme Trägheit der Stube und lässt sich dicht über dem Boden nieder. Tina fröstelt. Nachdenklich starrt sie auf das Buch. Riccardo verwirrt sie je länger je mehr.

9

Noch dominiert die Dunkelheit die Kammer, aber das erste Tageslicht streckt vorsichtig seine Fühler über dem Bett aus und erobert sich immer mehr Raum.

Tina dreht sich auf den Rücken. Ihre Füße sind kalt und taub. Vorsichtig bewegt sie die Zehen. Sie weiß nicht, was sie zu so früher Stunde aufgeweckt hat. Sie schließt die Augen erneut und versucht nochmals einzuschlafen, als sie Sebastians gedämpfte Stimme aus der Kammer nebenan vernimmt.

„Was bedrückt dich, mein Liebling?"

Schweigen. Tina nimmt den Geruch nach Feuchtigkeit wahr, dann hält sie den Atem an, um Marias Antwort zu verstehen.

„Es schneit noch immer."

„Ja."

„Riccardo wird nervös werden."

„Ja."

„Das beunruhigt mich."

Wieder Schweigen. Tina rutscht näher an die Wand und verschränkt die Hände unter dem Kopf.

„Du hattest Recht. Ich hätte auf dich hören sollen. Es ist falsch gewesen, ihn hierzubehalten." Sebastians Stimme durchbricht die Stille.

„Nein."

„Doch."

„Nein. Hättest du ihn gehen lassen, wäre er umgekommen. Das weißt du so gut wie ich."

Tina zuckt zusammen. Im Nebenzimmer raschelt eine Bettdecke. Vermutlich schmiegt sich Maria an Sebastian, so, wie sie es jeden Morgen getan hat, als Tina noch im Bett ihrer Großeltern geschlafen hat.

„Wir haben zu wenige Vorräte." Sebastian.

„Das werden wir schaffen. Wir sind noch immer über die Runden gekommen, selbst in jenem Winter, als wir die vier verrückten Frauen beherbergen mussten."

Vier verrückte Frauen? Davon weiß Tina nichts. Sie nimmt sich vor, Maria bei nächster Gelegenheit danach zu fragen.

„Das war Ende Februar, und Ende März war der Weg ins Tal wieder frei. Jetzt haben wir erst Mitte Dezember."

„Glaub mir, mein Liebling, unsere Vorräte werden reichen. Aber wie wird Riccardo damit klarkommen, dass er hier oben gefangen ist?"

Der Holzrost unter einer Matratze knarrt, und Sebastians Stimme dringt lauter als bisher zu Tina herüber. „Er ist nicht gefangen. Niemand ist hier auf der Alm gefangen. Er kann jederzeit gehen."

Unruhe breitet sich in Tina aus. Sie schlägt die Bettdecke zurück, schlüpft in ihren schwarzen Rollkragenpullover und die Jeans und verlässt leise die Kammer.

Riccardo steht reglos am Fensterchen am Kopfende seiner Matratze und starrt in die bewegte Wand aus federleichten Schneeflocken.

Tina bleibt auf der Treppe stehen und drückt sich an die Wand. Sie erinnert sich daran, dass heute der Tag ist, an dem Riccardo aufbrechen muss, damit er die Zugspitze noch erreichen kann. Sein großer Tag, der letzte, an dem er aufbrechen kann, wenn er pünktlich auf die Weihnachtsfeiertage hin wieder im Restaurant sein will. Und das muss er, denn dann wird jede Hand gebraucht.

Klaus fällt ihr ein, ihr Exfreund, mit dem sie vor Alexander zusammen war. Er hat auch als Kellner gearbeitet, und von ihm weiß sie, dass über die Weihnachtsfeiertage die Tische jeden Abend dreimal besetzt werden und die Menüs mindestens doppelt so teuer sind wie gewöhnlich. Es ist die Jahreszeit, in der die Menschen lieber auswärts essen als kostbare Zeit am Herd zu verbringen, und es sind die Tage, an denen der Kellner das meiste Trinkgeld kassiert.

Durch Riccardos Körper geht ein Ruck. Seine rechte Hand krallt sich ins raue Holz des Fenstersimses, seine Stirn schlägt mit einem dumpfen Poltern an die feuchte Scheibe.

Tina löst sich von der Wand, überspringt die beiden letzten Stufen und tritt neben ihn. Sie fasst ihn am Oberarm.

„Alles okay bei dir?"

Er zuckt zusammen. Sein Blick bleibt starr aus dem Fenster gerichtet. „Ich hatte gerade eine Halluzination." Er schluckt, und seine Stimme knarrt seltsam. „Ich bin auf dem Gipfel gestanden, auf der Zugspitze. Sie ist zwar nur der höchste Berg Deutschlands und mit seinen knapp 3000 Höhenmetern fast ein Zwerg neben dem 8848 Meter hohen Mount Everest, aber der Aufstieg von Norden her und im Winter ist anspruchsvoll und ist die perfekte Vorbereitung für Asien. Wäre die perfekte Vorbereitung für Asien gewesen."

Er dreht sich zu Tina um. Sie erschrickt. In seinen Augen lodert Wut. Seine Fäuste ballen sich und beginnen zu zucken. Tina hat Angst, dass er gleich um sich schlagen wird. Langsam macht sie einen Schritt zurück. Riccardos Brustkorb hebt und senkt sich rasch, und seine Augen verengen sich zu schmalen Schlitzen. Die vollen Lippen sind fest aufeinandergepresst. Doch dann dreht er sich um, lässt sich mit dem Rücken an der Wand auf seine Matratze sinken und starrt auf seine Fäuste.

Tina verharrt reglos, die Augen auf sein Gesicht gerichtet. Und plötzlich wünscht sie sich, er hätte tatsächlich um sich geschlagen, denn das, was sie in seinem Gesicht erblickt, lässt ihren Atem stocken.

Er sitzt vollkommen unbeweglich, aber sie sieht das Feuer durch seinen starren Blick in ihm lodern. Sieht, wie die Flammen an seiner Seele lecken, wie sie ihn aufstacheln, alle Warnungen in den Wind zu schlagen, aufzustehen und loszugehen, trotz des Schnees – oder gerade wegen des Schnees, weil er, Riccardo Salvatore, sich nie von einem

Vorhaben abbringen lässt, und weil Grenzen da sind, um sie zu überwinden. Sie liest in der Starre seines Gesichts von zahlreichen Kämpfen, die er bei seinen sportlichen Aktivitäten ausgefochten hat, und von anderen Kämpfen, deren Art sich ihr nicht erschließt.

Für einen kurzen Moment ist sie versucht, zu ihm hinzugehen und ihn anzusprechen, aber dann lenkt sie ihre Schritte zum Herd und beschließt, ihm lieber einen Beruhigungstee zu kochen. So, wie es Maria immer für sie getan hat, wenn sie sich geärgert hat. Sie setzt Wasser auf und greift nach einem Büschel getrockneter Melissenblätter, von denen sie eine wohldosierte Menge in die Teekanne fallen lässt.

Kurz darauf knarren die Dielen des oberen Stocks, und Maria und Sebastian erscheinen in der Stube. Sebastians Blick erfasst die leere Stelle neben dem Kamin, an der gewöhnlich die Holzscheite lagern. Er nickt Tina zu und verschwindet nach draußen.

Marias erster Blick gilt Riccardo. Die Falten in der sonnengebräunten Haut vertiefen sich.

„Guten Morgen, Maria.“

Die alte Frau wendet sich Tina zu und tritt zu ihr an den Herd.

„Guten Morgen, mein Kind.“ Sie reckt den Kopf in Richtung Teekrug, aus dem eine tanzende Dampfsäule aufsteigt. „Melissentee.“ Sie nickt wohlwollend und holt drei Tassen aus dem Wandregal. Tina schenkt ein und nippt an der heißen Flüssigkeit.

„Wohin ist Sebastian gegangen?“

„Hinter die Hütte. Er holt Holz.“ Gleich darauf poltert es vor der Tür. Tina öffnet, und ein Holzscheit fällt ihr auf den rechten Fuß.

„Oh, Tina, entschuldige!“

Sie bückt sich, hebt das Holz auf und schüttelt den Kopf. „Ist nichts passiert.“

Er legt das Holz neben den Kamin und sie schaut zu, wie er ein Feuer entfacht.

Das Morgenessen verläuft schweigend. Riccardo bleibt auf seiner Matratze sitzen und weder Sebastian, noch Tina oder Maria versuchen ihn zum Essen zu bewegen. Seine Teetasse steht unangetastet auf dem Tisch, der Dampf ist schon längstens in der Wärme des Raums aufgegangen.

Plötzlich springt er auf. Die Starre seines Körpers ist vibrierender Aufregung gewichen.

„Dieser verdammte Schnee, dieser verdammte, verdammte, verdammte Schnee!" Die brutale Schärfe seiner Stimme peitscht durch den Raum. Er stampft mit dem Fuß auf den Holzboden. Tina zuckt zusammen und verschluckt sich an ihrem Brot. Er ergreift seinen Rucksack, und in eckigen Bewegungen fährt sein Oberkörper über die Matratze, packen seine Hände seinen Schlafanzug, Taschentücher, die Zahnpasta, die aus dem Stoffbeutel mit den Hygienesachen gerutscht ist, und stopfen sie in wirrem Durcheinander hinein. Er fährt in die Höhe und schleudert den Rucksack mit lautem Poltern gegen die Hüttentür. Dann stürmt er hinterher, steigt in seine Schuhe und zieht die Schnürsenkel fest zu, so fest, dass Tina sieht, wie sich die Bändel tief in die weiche Haut seiner Finger graben. Als er sie loslässt, bluten seine Hände. Sein Atem geht schwer. Er hebt den rechten Arm, um seine Jacke vom Haken zu nehmen.

Mit einer raschen Bewegung steht Sebastian auf und packt sein Handgelenk. Riccardo wirbelt herum und blickt in das steinerne Gesicht des alten Mannes.

„Lass mich los!", schreit er. Er will sein Handgelenk aus dem Griff lösen, aber er lockert sich keinen Millimeter. „Lass mich los, *Cazzo*, lass mich los!" Seine linke Hand ballt sich zur Faust und holt zum Schlag aus, aber Sebastian ist schneller. Er reißt Riccardos Arm mit einer Wucht herunter, dass dieser stolpert und hart auf dem Boden aufschlägt.

Sebastian wirft sich auf ihn und drückt ihn auf die Holzdielen. Tina staunt über die Kraft ihres Großvaters, der leise keuchend auf dem durchtrainierten Extremsportler liegt. Sie hält die Luft an und nimmt aus dem Augenwinkel wahr, dass auch Maria reglos auf ihrem Stuhl sitzt.

Plötzlich erzittert Riccardos Körper und ein dumpfes Röcheln dringt über seine Lippen. Sofort lässt Sebastian von ihm ab. Ohne einen weiteren Blick auf ihn zu werfen, setzt er sich und greift nach einer Scheibe Brot. Riccardo rollt sich zur Seite und krümmt sich zusammen. Japsend zuckt er auf dem Boden.

Maria ergreift die Tasse mit dem vollen Tee, kippt ihn ins Waschbecken und füllt neuen ein. Dann kniet sie neben Riccardo nieder und berührt seine Schulter. Sein Körper erstarrt. Er hält sichtbar den Atem an, dann beginnt er zu hecheln.

„Kannst du dich aufsetzen?", fragt Maria.

Sie streckt die Hand aus. Tina sieht, wie er angestrengt versucht, seine zuckenden Augen darauf zu richten. Es vergehen acht Sekunden, bevor er die Hand ergreift. Er verharrt einen Moment lang, dann zieht er sich vorsichtig daran hinauf. Wortlos nimmt er die Tasse. Über seine linke Wange zieht sich eine handbreite Schürfwunde. Er muss über den Boden geschleift sein, als Sebastian ihn umgeworfen hat.

„Komm." Marias Kopf deutet in die Kochnische. Er zieht die Augenbrauen zusammen und folgt ihr langsam. Sie holt ein braunes Fläschchen aus der Kommode, schraubt den Deckel ab und lässt ein wenig einer durchsichtigen Flüssigkeit auf ein Blatt Küchenpapier tropfen. Damit tupft sie vorsichtig auf seine Wange. Riccardo zuckt zusammen und stößt scharf die Luft aus.

„Eine Schürfwunde. Tut dir sonst noch was weh?" Prüfend gleitet ihr Blick über seinen noch immer ein wenig gekrümmten Körper. Er schüttelt stumm den Kopf. Tina erkennt an Marias hochgezogener linker Augenbraue, dass sie ihm nicht glaubt.

Sie senkt rasch den Blick, als sich Riccardo neben ihr auf dem Stuhl niederlässt. Sie wagt es nicht, seinem Blick zu begegnen. Anfangs haben sie sein offener Hass und die zerstörerische Aggression verängstigt, nun machen sie Verzweiflung und Scham sprachlos, die sein Gesicht fahl und alt wirken lassen. Konzentriert streicht sie Butter auf ihr Riemisches Weckerl und tupft einen Klecks Kirschenmarmelade darauf. Aus den Augenwinkeln nimmt sie wahr, wie Riccardo seine Tasse zwischen den Fingern dreht.

Die Marmelade ist süß, und der Kümmel, an dessen Geschmack sie sich gewöhnt hat, entfaltet unmittelbar seine beruhigende Wirkung. Im Kamin lodern die Flammen, das vertraute Knistern der brennenden Holzscheite lockert die angespannte Atmosphäre in der Stube auf. Einem inneren Impuls folgend, schiebt Tina Riccardo ihr Weckerl hin.

„Schmeckt gut", sagt sie ungelenk.

„Danke." Seine Stimme klingt brüchig und rau. Sie wagt einen flüchtigen Blick in sein Gesicht und stößt auf Überraschung. Während sie isst, beobachtet sie ihn aus den Augenwinkeln. Er beißt von dem Weckerl ab, und unendlich langsam mahlen seine Kiefer.

Als das Brot zur Hälfte in seinem Mund verschwunden ist, steht er so abrupt auf, dass sein Stuhl polternd nach hinten kippt. Seine Schultern straffen sich. Er macht einen Schritt auf Sebastian zu und hält ihm die Hand hin. Tina hält den Atem an.

Die Augen des Alten bohren sich in Riccardos Blick. Es scheint ihr, als wolle er in seine Seele blicken. Die Zeit dehnt sich wie eine übergroße Seifenblase. Tina hört das Blut in ihren Ohren rauschen. Ihre rechte Hand, mit der sie die Teetasse umklammert hält, zittert. Sie bemerkt Maria, die aufsteht und mit dem Teekrug ans Waschbecken tritt. Der Wasserhahn quietscht, die Wasserpumpe surrt, Wasser rauscht, dann klackt das Feuerzeug und das Zischen des sich entzündenden Gases schwirrt durch die Luft.

Sebastian hebt den Arm und ergreift Riccardos Hand.

„Es tut mir leid." Riccardo blickt ihm fest in die Augen.

„Mh." Die Augenbrauen des Alten ziehen sich zusammen und die dunklen Augen verengen sich zu schmalen Schlitzen. Kaum hörbar sagt er: „Ich habe bereits einen Menschen auf dem Gewissen. Das reicht."

Tina erschrickt und sieht, wie Riccardo zusammenzuckt. Sie spürt, dass er fragen möchte, was Sebastian damit meint, aber ihr Großvater zieht seine Hand zurück und steht auf. Schneeflocken wirbeln herein, als er die Hütte verlässt.

Schweigend räumen Tina und Maria ab, waschen das Geschirr, trocknen es und versorgen es in der Kommode. Tina hängt das Geschirrtuch an den Haken und dreht sich zu Maria um.

„Was hat Sebastian gemeint?"

Maria lehnt sich an die Kommode und stützt sich mit den Händen nach hinten ab, als suche sie Halt. „Das ist lange her." Ihre Augen fixieren erst Tina, dann Riccardo. „David, ein junger, kraftstrotzender Mann Mitte zwanzig, ist vor vielen Jahren in einer ähnlichen Situation hier aufgetaucht. Er war genauso entschlossen wie Sie vor sechs Tagen, Riccardo. Sebastian hat ihn vor den Schneefällen gewarnt, aber er ist trotzdem losgezogen. Wenig unterhalb der Zugspitze hat man seine Leiche Wochen später gefunden. Sebastian hat sich schwere Vorwürfe gemacht und sich geschworen, nie wieder Menschen nach dem ersten Schneefall auf die Gipfel steigen zu lassen."

„Aber er kann doch gar nichts dafür! Jeder ist doch für seine Entscheidungen selbst verantwortlich!" Riccardo schüttelt den Kopf.

Maria betrachtet ihn. Mit leichtem Zittern fährt ihre Hand durchs Haar. „Sebastian ist so sehr mit der Natur verwachsen, dass er sich verantwortlich fühlt für das, was hier geschieht. Er wusste, dass David es nicht schaffen konnte, und hat ihn trotzdem ziehen lassen." Das Schweigen, das sich zwischen ihnen ausbreitet, erschwert Tina das Atmen. „Danach war Sebastian ein anderer Mensch. Er ist ja schon immer eher ernst gewesen, aber nach diesem Vorfall ist alle Leichtigkeit und Unbeschwertheit verschwunden. Wochenlang hat er kein einziges Wort gesprochen. Erst als du im Frühling aus dem Tal wieder heraufgekommen bist, ist die Starre von ihm abgefallen, und er hat wieder zu leben begonnen." Tina spürt Marias Hand auf ihrem Oberarm und hebt den Blick. Eine Träne glitzert im linken Augenwinkel ihrer Großmutter.

„Wann war das?" Angestrengt forscht Tina in ihrer Erinnerung, ob sie diese Veränderung bei Sebastian nicht doch bemerkt hat.

„Es war im ersten Winter, den du im Tal verbracht hast, weil du die Berufsschule besucht hast."

„2001." Maria nickt, und Tina schüttelt den Kopf. „Ich kann mich nicht erinnern, dass Sebastian damals anders gewesen ist."

„Das war er auch nicht. Kaum warst du wieder bei uns, war er wieder der Alte. Es ist mir vorgekommen, als hättest du ihn aus einem Dornröschenschlaf erweckt. Deine Lebensfreude hat für euch beide gereicht." Maria lächelt ihr zu, dann dreht sie sich um und geht aufs Spinnrad zu.

Riccardo bleibt sitzen. Seine Lippen bewegen sich, seine Augen starren blicklos auf seine Hände. Maria sitzt am Spinnrad, und mit jedem Klack des Fußpedals dreht sich türkisblauer Faden auf die Spule. Tina holt *Der lange Weg zur Freiheit* aus ihrer Kammer und lässt sich vor dem Kamin nieder. Riccardo hat Recht. Die Autobiografie ist spannend geschrieben, und bereits nach wenigen Zeilen taucht sie ein in die südafrikanische Hitze und das fremde Dorfleben des Thembu-Stamms.

„Ich muss telefonieren!"

Tina zuckt zusammen und blickt verwirrt auf. Riccardo hat sich erhoben und steht, die Hände in die Hüfte gestemmt, vor dem Kamin. Auffordernd blickt er Maria an. Sie schüttelt den Kopf.

„Es tut mir leid, Riccardo, aber hier oben gibt es kein Telefonnetz."

Seine hellbraunen Augen drohen bei ihren Worten aus den Höhlen zu springen. Dann fliegen seine Arme wild gestikulierend durch die Luft. „Das geht nicht, ich muss meinen Chef informieren, dass ich später komme. Ich bin Oberkellner mit drei Stationen unter mir, ich muss ihn informieren, damit er sich organisieren kann! Er muss einen Stellvertreter für mich finden, bis es aufhört zu schneien. Ich muss ihm das sagen, er muss das wissen!" Seine Stimme klingt hoch und gepresst, er schnappt zwischen den einzelnen Sätzen nach Luft. Tina fürchtet, dass er vor lauter Empörung ersticken könnte.

Niemand unterbricht ihn. Sie hören zu, wie er sich in Rage redet. Erst weicht die Farbe aus seinem Gesicht, dann kehrt sie wieder zurück, wird erst rötlich und dann dunkelrot. Sein Körper versteift sich und die Muskeln seiner Oberarme spannen sich unter dem eng anliegenden, hellblauen Sportsweatshirt. Sein Blick fiebert umher. Mit einem lauten, dumpfen Aufschrei wirbelt er herum, stürzt zur Tür, reißt sie auf und stürmt hinaus. Die Tür schlägt mit einem lauten Krachen ins Schloss.

Tina atmet geräuschvoll aus. Sie hat die Luft angehalten und spürt nun, wie die Anspannung aus ihrem Körper weicht. Sie schaut zu Maria hinüber, die ununterbrochen weitergesponnen hat. Nun hebt sie den Blick und schaut Tina in die Augen.

„Maria, ich habe Angst. Er ist so unberechenbar."

Ihre Großmutter nickt und hält das Schwungrad an. „Ich habe schon mehrere Menschen in derselben Situation erlebt: Plötzlich sind sie konfrontiert mit der Tatsache, für einige

Wochen oder auch Monate nicht mehr selbst über ihr Leben bestimmen zu können, sondern abhängig zu sein von den Launen der Natur. Und von uns. Wir müssen ihre Zeit hier oben erträglich gestalten."

„Warum? Jeder kann doch selbst entscheiden, wie er seine Zeit verbringt."

„Nun, sie sind ja nicht freiwillig hier. Sie haben nichts, die Menschen, die hier stranden. Keine Privatsphäre, oft zu wenig und nicht selten die falsche Kleidung, keine eigenen Nahrungsmittel, über die sie verfügen können, und kein gemütliches Badezimmer, in das sie sich für kurze Zeit zurückziehen, Ärger, Frustration, Langeweile oder auch Angst unter einer heißen Dusche abspülen können. Sie müssen wie wir das Plumpsklo im kleinen Anbau draußen benützen ohne Heizung und elektrisches Licht. Das allein ist für viele Menschen ein Problem. Du weißt ja selbst, wie kalt es gerade jetzt dort ist."

„Na und? Daran kann man sich gewöhnen."

„Und zum Zähneputzen und Waschen steht nur das Waschbecken in der Kochnische zur Verfügung. Die meisten Besucher finden das spannend, lassen sich gerne darauf ein – wenn sie nach ein paar Tagen wieder gehen können." Maria zieht die Spule vom Halter und beginnt, den Wollfaden zu einem ovalen Knäuel aufzurollen. „Ich habe noch nie einen Gast erlebt, der in der Lage gewesen ist, sich ganz seiner Umgebung anzupassen und die Zeit hier so richtig zu genießen. Die meisten hadern mit ihrer Situation."

„Belasten dich diese fremden Menschen mit ihren Problemen denn nicht? Immerhin stehlen sie dir doch deine Zeit."

„Zeit kann man nicht stehlen. Es gibt nur angenehmere und unangenehmere Möglichkeiten, sie zu verbringen. Ich habe eine gewisse Gelassenheit entwickelt, wenn sich wieder ungebetene Gäste hierher verirren. Was soll ich sonst tun? Es wäre doch schade, wenn ich von den größeren und kleineren Lebenskrisen fremder Menschen mein Leben abhängig machen würde."

Sie steckt das Fadenende in den Knäuel und legt ihn neben sich auf den Boden. Tina ergreift ihn und dreht ihn bewundernd. „Du könntest die Wolle doch auch an die hier Festsitzenden verkaufen."

Maria lacht. „Das mache ich tatsächlich hin und wieder. Einmal habe ich sogar einer Frau das Spinnen beigebracht. Sie war eine besondere Person. Ist allein hier angekommen und wollte über den Grat nach Italien wandern. Sie war zwar absolut überzeugt von ihrem Vorhaben, aber als sie dann hier festgesessen ist, war sie zufrieden. Sie wollte alle bayerischen Gerichte kochen lernen, die ich mir im Laufe der letzten Jahre angeeignet habe, um meine Gäste wenigstens kulinarisch verwöhnen zu können." Maria lächelt, und ihre Hand streicht über das glänzende Holz der leeren Spule. Dann zieht sie neue Wolle aus dem Korb, zwirbelt einige Fasern zusammen und wickelt sie vorsichtig und geschickt um die Spule.

„Hast du schon immer gern gekocht?"

„Nein. Eigentlich überhaupt nicht. Meine Leidenschaft war schon immer die Handarbeit. Aber als ich vor 46 Jahren mit deinem Großvater die Alm von meiner Mutter übernommen habe, habe ich bald gemerkt, dass ich zwar mit dem Verkauf meiner Zierkissen, Socken, Schals, Wolle, Teppiche und Topflappen ein wenig Geld verdienen kann, dass wir davon aber nicht satt werden. Und Sebastian hat sich nie ums Kochen geschert. In dieser Hinsicht ist er ganz der Traditionalist." Sie lächelt und steckt die Spule auf den Halter. „Deine Urgroßmutter kochte leidenschaftlich. Ich habe drei dicke Mappen voller Rezepte gefunden, als ich hier angekommen bin. Viele der Gerichte kannte ich, weil Grete sie gekocht hat, als ich Kind war. Ich wusste also, wie sie schmecken mussten."

„Kochst du die Gerichte alle nach ihren Rezepten?"

„Ja. Schau, ich habe vorher nie gekocht und bin froh gewesen um die Rezepte. Internet hat es ja damals noch keines gegeben, und wenn dir niemand gezeigt hat, wie es geht, hattest du zwei Möglichkeiten: Entweder du hast es selbst ausprobiert – mit unterschiedlichem Erfolg – oder du hast es nie gelernt. Ich bin gezwungen gewesen, Kochen zu lernen, und es war gut so. Als uns die immer gleichen Gemüseeintöpfe, Fertigsuppen und Nudeln mit Tomatensauce zu langweilig geworden sind, habe ich mich in Uroma Gretes Rezepte vertieft. Je mehr ich konnte und je besser die Gerichte gelungen sind, desto mehr Spaß habe ich am Kochen bekommen. Inzwischen weiß ich, dass gutes Essen nicht nur den Leib, sondern vor allem auch die Seele nährt. Und ein ausgeglichenes Seelenleben ist schließlich der Erfolgsgarant für ein friedvolles Zusammenleben unter dem Dach dieser kleinen Hütte."

Tina steht auf. Sie macht einen Schritt auf Maria zu, beugt sich vornüber und schlingt die Arme um ihren Hals. Maria streicht mit den Händen über ihren Rücken.

„Magst du dich um unseren Gast kümmern? Er wird frieren dort draußen, so ganz ohne Jacke und Schuhe."

Tina richtet sich auf und blickt Maria unsicher an. Doch auf dem zerfurchten Gesicht liegt ein leises Grinsen, das sie sofort entspannt. „Einverstanden. Am besten bringe ich ihm eine Tasse Kaffee raus."

Als sie die Tür aufstößt, bietet sich ihr ein bizarres Bild. Riccardo steht vor der Schneemauer, die Sebastian in den letzten Wochen vor der Hütte aufgeschaufelt hat, und boxt wild darauf ein. Der Schnee ist ein mieser Gegner, denn er ist zu weich, und die Wand leistet kaum Widerstand. Seine Arme versinken bis zu den Schultern darin. Trotzdem boxt er weiter, und sein leises Keuchen wechselt sich mit den dumpfen Schlägen seiner Fäuste ab. Eigentlich müsste er vollkommen durchgefroren sein, denn er steht schon seit mindestens zehn Minuten in Strümpfen und ohne Jacke draußen.

Vielleicht hat er sich ja warmgeboxt.

Leise schließt Tina die Tür und beobachtet ihn. Seine Arme arbeiten langsamer, und plötzlich sackt er in sich zusammen. Tina vernimmt ein klapperndes Geräusch. Es dauert einige Sekunden, bis sie erkennt, dass es seine Zähne sind, die aufeinanderschlagen.

Er friert also doch.

Sie räuspert sich, um ihn nicht zu erschrecken. Er zuckt trotzdem zusammen und fährt in die Höhe. Tina stutzt, als sie Angst in seinen Augen erblickt. *Wovor hat er Angst?* Sofort fühlt sie sich sicherer. Mit Angst kann sie umgehen. Hauptsache, er bleibt ruhig.

„Du frierst. Komm rein." Sie dreht sich um und legt die Hand auf den Türgriff.

„Nein. Bitte bleib." Seine Stimme klingt kraftlos.

Schweigend dreht sie sich um und hält ihm die Kaffeetasse hin. Er hebt seine Hand, aber sie zittert heftig und die Finger der geballten Faust lassen sich nicht öffnen. Vorsichtig führt sie die Tasse zu seinem Mund und legt sie an die Lippen, die eine bläuliche Färbung angenommen haben. Er schluckt hastig. Ein dunkelbrauner Tropfen stiehlt sich aus seinem Mundwinkel. Sie fängt ihn mit dem Zeigefinger auf. Seine harten Züge entspannen sich ein wenig, als ihr Finger seine Wange berührt.

Riccardo trinkt den Kaffee in einem Zug aus. Tina stellt die Tasse neben der Tür auf den Boden. Sie steht vor ihm und streckt ihm ihre Hände entgegen. Zögernd legt er seine hinein. Sofort schließt sie die Finger und hat das Gefühl, Eisklumpen zu halten.

„Das ist gefährlich." In ihrer Stimme schwingt ein leiser Vorwurf. Bevor der Zorn in seinen Augen aufflackern kann, fragt sie: „Warum bist du rausgegangen?"

Sie sieht, wie er mit sich ringt. Seine Schultern straffen sich, dann fallen sie in sich zusammen, und ein heftiges Zittern erfasst seinen Körper. Seine dunkle Stimme klingt brüchig, als er zu sprechen beginnt.

„Ich war so wütend und brauchte frische Luft. Ich habe einen Fehler gemacht. Und ich mache nicht gerne Fehler." Er hält inne. Seine Augen suchen Tinas Blick. „Ich bin ein Trottel, dass ich nicht mit Max zurückgekehrt bin. Dein Großvater hat mich eindringlich genug vor diesem Schnee gewarnt. Ich hätte begreifen müssen, dass es hier nicht um zwei oder drei Tage Schneefall geht, sondern um Wochen." Sein Atem geht schwer, heiser fährt er fort: „Ich ärgere mich über meinen Starrsinn. Und über meinen Ehrgeiz. Es ist nicht das erste Mal, dass ich mich davon in die Irre habe führen lassen. Ich habe meinen Job riskiert."

Schweigen senkt sich über sie. Tina hört das Blut in ihren Ohren pulsieren, und plötzlich spürt sie eine Energie, die durch ihre Hände zu fließen beginnt. Ihr Körper verlangt nach Sauerstoff, um die aufkommende Erregung in Schach zu halten. Heftig atmet sie ein.

„Und anstatt auf der Zugspitze zu stehen, sitze ich hier, umgeben von meterhohen Schneemassen, in einer kleinen Hütte irgendwo im Nichts."

Seine letzten Worte versetzen ihr einen Stich, sie lässt seine Hände los.

Riccardo reagiert sofort. „Entschuldige, so habe ich das nicht gemeint. Ich – ich wäre halt gern woanders." Sein Blick schweift über ihr Gesicht und verliert sich im Schneegestöber. Sein Körper zittert erneut wie eine Pappel im Wind. „Komm." Sie öffnet die Tür und schiebt ihn hinein.

10

Die Kälte kriecht in Tinas Knochen. Verbissen starrt sie in den Schnee und versucht die Spuren wiederzuerkennen, die sie vor einer halben Stunde auf dem Hinweg gemacht hat. Aber dort, wo sie die Eindrücke ihrer Schuhe im frischen Schnee erwartet, ist nichts. Nichts außer einer gleichmäßigen, weißen Fläche, auf die sich immer mehr Schneeflocken legen. *Der Wind hat die Spuren verweht*, schießt es ihr durch den Kopf.

Aus den Tiefen ihrer Erinnerung taucht ein Bild auf. Ein Mädchen, das mit klappernden Zähnen verzweifelt nach ihrem Großvater ruft. Sie muss etwa zehn Jahre alt gewesen sein, als sie sich über das strikte Verbot ihrer Großeltern hinweggesetzt und trotz heftigen Schneefalls die Hütte verlassen hat. Sie ist nicht weit gelaufen, aber schon nach kurzer Zeit hat sie nicht mehr gewusst, wo sie sich befunden hat. Zum Glück hat Sebastian damals ihre Rufe gehört und sie zurückgeholt.

„Hier hört mich keiner", grummelt Tina, verärgert über sich selbst. Und trotzdem. Die Enge in der Hütte ist ihr zu viel geworden. Sie hat frische Luft gebraucht, Kälte und Auslauf für ihre Beine, die das ausdauernde Herumsitzen und –liegen nicht gewohnt sind. In ihrem Beruf ist sie von morgens bis abends unterwegs. Körperliche Bewegung ist zur Sucht geworden, und bereits nach zwei Tagen ohne Spaziergang oder Wanderung erfasst sie Unruhe. Darum hat sie heute nach dem Frühstück die Hütte verlassen. Maria hat ihr nur einen vielsagenden Blick zugeworfen, sonst aber geschwiegen.

In diesem Moment wünscht sich Tina, sie hätte sie zurückgehalten. *Wenn ich bloß wüsste, wo Westen ist.* Suchend blickt sie sich um, um gleich darauf laut aufzustöhnen. Sie sieht nicht außer dem immer gleichen, undurchdringlich weißen Vorhang. Unaufhörlich fallen Schneeflocken auf ihr Gesicht. Das prickelnde Gefühl, das sie anfangs genossen hat, ist einer latenten Taubheit gewichen. Immer wieder kneift sie sich in die Wangen und rubbelt Nase und Ohren, um sich vor Erfrierungen zu schützen. So bleiben wenigstens auch ihre Hände einigermaßen warm.

Plötzlich stutzt sie. Trotz der heiklen Situation, in der sie sich befindet, steigt keine Panik in ihr auf. Es muss daran liegen, dass sie hier zu Hause ist, dass sie, selbst bei Schneegestöber wie dem, in dem sie gerade steckt, zwar nicht weiß, *wie* sie nach Hause kommt, aber nie infrage stellt, *dass* sie es schaffen wird.

Wie aus einer heißen Quelle steigt das Vertrauen in ihr auf, überflutet sie regelrecht und zwingt sie für einen Moment in die Knie. Es ist das Vertrauen in ihren Körper, ins Leben, das Vertrauen, das sie seit ihrem Urlaub in Portugal verloren geglaubt hat. Heftiges Schluchzen schüttelt sie, und Tränen vermischen sich mit den geschmolzenen Schneeflocken auf ihren Wangen. Ihre Finger graben sich in den Schnee zu ihren Füßen, bis sie taub sind. Als sich ihr Atem wieder beruhigt und die Gedanken klar fließen, steht sie auf.

Sie schließt die Augen und versucht nachzufühlen, wie sie hierhergekommen ist. Sie hat die Hütte nach rechts, also gegen Osten, verlassen und hat den nahen Wald angesteuert, auf den sie aber seltsamerweise nie gestoßen ist. Sie hat dann entschieden, dass sie zu weit hinaufgestiegen ist, und ist direkt hinuntergestochen. Als nach weiteren zehn Minuten noch immer kein Wald aufgetaucht ist, hat sie die Sicherheit verloren, zu wissen, wo sie ist. *Der Wald muss auf jeden Fall weiter unten liegen. Andererseits bin ich nun schon so lange unterwegs, dass ich lieber die Hütte suche. Ich bin von dort gekommen, also gehe ich dort wieder zurück.* Ihr Kopf zuckt vogelgleich in alle Richtungen, dann entscheidet sie sich und marschiert los.

Tina spürt ihre Hände und Füße nicht mehr, als sich ein dunkler Schemen aus dem ewigen Weiß schält. Das Rotbraun ihres Wollpullovers ist unter Schneeklümpchen verschwunden, und aus der Nase läuft der Rotz. Ihre Augen fixieren den Schatten, der größer wird und sich schließlich als ihre Hütte zu erkennen gibt. Erleichtert öffnet Tina die Tür.

Wärme und der Duft nach Sauerkraut, Zwiebeln, Speck und Knoblauch schlagen ihr entgegen, und drei Augenpaare richten sich auf sie.

„Tina!"

Riccardo springt auf und kommt auf sie zu. Erleichterung sprudelt ihr aus seinen Augen entgegen.

Verlegen grinst sie ihn an und streckt ihm den rechten Arm hin. „Hier, zieh mal."

Mit einem kräftigen Ruck befreit er erst ihren rechten, dann den linken Arm aus dem steifen Pullover und zieht ihn über ihren Kopf. Mit den Fingerspitzen wischt er Tropfen von ihren Wangen.

„Wo warst du?"

„Im Schnee."

Seine linke Augenbraue rutscht in die Höhe. Er wartet, bis sie die durchnässten Schuhe ausgezogen hat, dann rückt er ihren Stuhl zurecht und drückt sie darauf. Sie lässt es geschehen und fühlt sich wohl dabei. Ihr Bauch kribbelt. Er scheint sich Sorgen gemacht zu haben. Aus der Küche holt er ihr eine Tasse Pfefferminztee. Dankbar legt sie die eiskalten Hände ums warme Porzellan.

Maria steht vor dem Herd. Aus einem großen Topf steigt Dampf auf. Riccardo geht zu ihr und lugt ihr über die Schulter.

„Was gibt's heute Leckeres?"

Tina staunt. Von seiner gestrigen Verzweiflung ist nichts mehr spürbar. Er scheint sich gefangen zu haben.

„Geht's dir wieder besser?"

Er dreht sich zu ihr um.

„Ich habe entschieden, dass ich meine restlichen vier Tage auf der Alm genießen will. Am 20. Dezember werde ich den

Abstieg ins Tal in Angriff nehmen. Der Berg will nun mal nicht von mir bestiegen werden." Er zuckt die Schultern und wendet sich wieder Maria zu.

„Sauerkraut und Schupfnudeln."

„Schupfnudeln?" Tina sieht den irritierten Blick, mit dem er die länglichen, dicken Teigrollen betrachtet, die Maria sorgsam ins kochende Wasser gleiten lässt.

„Ja. Das hat nichts mit italienischer Pasta zu tun. Nudel bezieht sich auf die Form. Der Teig besteht aus Kartoffeln und Mehl", erklärt ihm Maria.

„Ah, wie unsere Gnocchi!" Riccardos Augen leuchten auf. „Ich liebe die italienische Küche über alles. Obwohl meine Familie bereits in dritter Generation in Deutschland lebt und ich Italien nur vom Urlaub her kenne, bin ich ganz in der italienischen Kochkultur aufgewachsen. Meine Nonna hat für die ganze Familie italienisch gekocht, so lange sie konnte, dann hat meine Mamma diese wichtige Aufgabe übernommen. Das riecht köstlich!"

„Das Essen ist gleich fertig. Sie könnten den Tisch decken."

Marias Wangen schimmern rosig. Schwungvoll verteilt Riccardo das Geschirr und sagt: „Ich staune darüber, dass ich solchen Appetit habe, obwohl ich mich hier oben kaum bewege."

„Das macht die Bergluft."

„Oder es sind Ihre hervorragenden Kochkünste, Maria. Da bekomme ich immer Hunger." Galant nimmt er ihr die Pfanne mit den Schupfnudeln aus der Hand, die sie nach dem Garkochen in Schmalz angebraten hat.

Tina schaut ihm zu und bemerkt, dass es ihr Spaß macht. Seine Anwesenheit tut ihrer Großmutter gut, und dafür verzeiht sie ihm sogar den Aussetzer von gestern.

Maria schöpft ihr eine große Portion Sauerkraut mit Schupfnudeln. Tina fühlt sich wie im siebten Himmel. Anfangs sind ihre Finger steif, und nur mit Mühe lassen sich

Gabel und Messer halten. Aber nach und nach lässt die Schwellung nach, und auch das Jucken der auftauenden Füße vermag den Genuss des Essens nicht zu schmälern. Ihr Appetit ist gewaltig. Sie legt das Besteck erst zur Seite, als der letzte Rest der Mahlzeit aus Topf und Pfanne vertilgt ist.

„So ist's recht!"

Sebastian hält ihr die offene Handfläche hin, und Tina schlägt lachend ein. Ihr Großvater ist sichtlich stolz auf sie. Dann überfällt sie eine bleierne Müdigkeit. Satt und müde streckt sie sich auf einem großen, vom intensiven Gebrauch vieler Jahre ein wenig verfilzten Lammfell neben dem Kamin aus. Maria schiebt ihr ein kleines Kissen unter den Kopf, und gleich darauf schläft sie ein.

Sie erwacht vom Knall eines berstenden Holzscheits im Kamin. Mit geschlossenen Augen lauscht sie den Geräuschen in der Stube. Das Holz knistert, zwischendurch fährt ein Zischen durch die Luft, wenn eine harzgefüllte Kammer aufplatzt und einen herben Duft in den Raum entlässt. Gleichmäßig klappert das Fußpedal von Marias Spinnrad, und zwischendurch knarrt es im Gebälk.

Tina will sich gerade wohlig recken, als sie Finger bemerkt, die ihre linke Hand umschließen. Zuerst erschrickt sie, doch dann entspannt sie sich. Keinerlei Druck ist in der Hand, locker liegen die Finger auf ihrer Haut. Sie spürt Energie, die auf sie überströmt, und ihre Fußspitzen beginnen zu kribbeln. Das Gefühl breitet sich über ihre Beine in ihren Bauch und ihre Arme aus, bis die Hände zucken. Vorsichtig umfasst sie die Hand und beginnt fast unmerklich, mit dem Daumen den Handrücken zu streicheln. Es geschieht vollkommen absichtslos, ist Ausdruck des Wohlgefühls, das sie durchfließt, und vielleicht ein kleines bisschen Sehnsucht nach Zärtlichkeit. Mehr nicht. Oder doch? Tina verbietet sich, darüber nachzudenken, um die Magie des Augenblicks nicht zu zerstören. Ihre Daumenkuppe streicht über kräftige Härchen und über weiche Haut.

Ein leises, dunkles Seufzen teilt ihr mit, dass Riccardo erwacht. Sie hält den Atem an, während ihr Daumen weiterstreichelt. Ein kurzer Ruck läuft durch die Finger in ihrer Hand, dann nimmt sie wahr, wie sich die Muskeln ein wenig anspannen. Langsam lässt sie den Atem durch die leicht geöffneten Lippen fließen. Ihre Augen sind noch immer geschlossen, aber sie bemerkt, dass sich Riccardo aufrichtet, seine Hand verändert ihre Position um wenige Millimeter.

Dann spürt sie seinen Atem auf ihrem Gesicht und öffnet die Augen. Er ist dicht über ihr, sie kann den Duft seiner Haut riechen. Die Zärtlichkeit aus seinen Augen streicht über ihre Wangen, berührt ihr Herz und hüllt sie ein in einen Kokon aus schlichter Liebe. Sie wartet auf seine Lippen, die sich ganz langsam zu ihr herunterbewegen.

Und dann überfluten Milliarden kleinster Explosionen ihren Körper, lassen ihn erbeben und jagen ihr Blut schmerzhaft durch die Adern. Die Welt hört auf sich zu drehen, die Geräusche verstummen. Seine Lippen sind weich und warm, lösen sich kurz von ihr, um gleich wieder ihre Nähe zu suchen. Sie versinkt in diesem einen Kuss.

Tina spürt Riccardos Nähe noch, als er sich bereits wieder aufgerichtet hat. Erst sein intensiver Blick, der auf ihrem Gesicht ruht, lässt sie die Augen erneut öffnen. Er liegt neben ihr, den rechten Ellbogen neben das Lammfell auf den Boden gestemmt, und stützt mit der rechten Hand seinen Kopf. Sein linker Zeigefinger berührt ihre Stirn.

„Du bist schön. Vor allem wenn du schläfst. Wenn du wach bist, stehen meistens diese beiden seltsamen, kleinen Falten über deinen Augenbrauen, hier." Sein Finger berührt ihre Augenbrauen über der Nasenwurzel. „Und in den Augen liegt oft ein abweisender Blick, der mir sagt: *Lass mich bloß in Ruhe!* Aber wenn du schläfst, kehrt der Friede wieder zurück."

„Küss mich."

Sein Blick streift ihren Mund, bevor sich seine Lippen ihm nähern.

Die Tür fliegt auf und Schnee wirbelt herein. Schimpfend betritt Sebastian die Hütte. Auf seinen ausgestreckten Armen türmen sich Holzscheite, wovon eines polternd auf den Boden fällt. Riccardo springt auf und nimmt ihm einige Scheite ab.

„Dieser verfluchte Wind. Er bläst aus Osten und hat fast den ganzen Holzstapel mit Schnee zugeweht." Krachend lässt er seine Scheite neben den Kamin fallen und fährt sich mit den Händen durch die nassen Haare. „Wenn es so weiterschneit, müssen wir den Schnee vom Dach schaufeln. Sonst wird die Last zu groß."

Riccardo bückt sich und hebt das heruntergefallene Holz auf. Dabei streift sein Blick Tina, und er lächelt ihr zu.

Tina liegt mit offenen Augen auf ihrem Bett und starrt in die Dunkelheit. Kein Lichtschein durchdringt die Nacht, die sich wie eine schwere Decke über die Landschaft und die Hütte gelegt hat. Vereinzelt durchbricht ein Knacken im Gebälk die Stille.

Es ist ein dumpfes Gefühl im Magen, das einen Sturm an Gedanken ausgelöst hat. Vorhin in der Stube ist sie glücklich gewesen. Schlicht und ergreifend glücklich. Aber kaum ist sie allein in ihrer Kammer, presst eine Hand ihren Magen zusammen, und das Glücksgefühl ist fort. Stattdessen hämmern Gedanken auf sie ein, die sie verwirren. Der brennendste Gedanke: Ist es in Ordnung, dass sie sich glücklich fühlt in Riccardos Nähe? Der nächste Gedanke: Was ist mit Alexander? War es ein Fehler, hierherzukommen? Hat sie damit ihre Partnerschaft aufs Spiel gesetzt? Ihr Brief an

Alexander fällt ihr ein. Hoffentlich hat er ihn erhalten. Eine Antwort ist jedenfalls nicht bei ihr eingetroffen. Aber dafür ist es ja auch schon zu spät gewesen, Sebastian ist nicht mehr ins Dorf gegangen. Vielleicht liegt eine Antwort schon lange auf dem Postamt? Der Gedanke beunruhigt sie. Dass ihr Alexander geschrieben haben könnte und auf eine Reaktion wartet.

Gleichzeitig fühlt sie sich so weit fort von ihm. Vielleicht ist das der Grund, warum sie Riccardo so nahe an sich heranlässt? Weil sie Sehnsucht nach Alexander hat? Würde sie sich in Riccardos Gegenwart auch wohlfühlen, wenn sie ihn unter anderen Umständen, z.B. als Kellner in seinem Restaurant, getroffen hätte? Wenn Alexander dabei wäre? Fühlt sie sich zu Riccardo nur hingezogen, weil ihre Gefühle für Alexander nicht mehr stark genug sind? Hat der Tod ihres Kindes ihre Beziehung zu Alexander zerstört? Haben die beiden Beziehungen, die zu Riccardo und die zu Alexander, überhaupt etwas miteinander zu tun?

Tina seufzt leise und weiß nicht, wo sie Antworten auf diese Fragen finden soll. Sie spürt, dass sie Antworten braucht, damit sie weiß, wie sie sich Riccardo gegenüber weiterhin verhalten soll. Oder soll sie alles einfach nur dem Zufall, der Stimmung, dem Schicksal überlassen? Das passt ihr gar nicht. Sie gibt die Kontrolle nicht gerne aus der Hand. Es hat ihr genug zu schaffen gemacht, dass sie die letzten zwei Monate nicht hat kontrollieren können, dass sie eine Marionette ihrer Gefühle gewesen ist. Sie hat gerade die Illusion gehabt, wieder Herrin ihrer selbst zu sein, und nun taucht Riccardo tiefer in ihr Leben ein, als ihr lieb ist.

Sie merkt, dass sie nicht weiterkommt. Müde dreht sie sich zur Seite und schließt die Augen. Riccardos Gesicht erscheint vor ihrem inneren Auge, und sie spürt seine weichen Lippen auf ihrer Haut. Sie scheucht die Erinnerung nicht fort, aber sie schläft mit schlechtem Gewissen ein.

11

„Zehn Kilo Getreide, neun Gläser Sauerkraut, fünfmal Zucchini, fünfzehn Kilo Kartoffeln, sechs Kürbisse, acht Gläser saure Gurken mit Paprika und vier mit eingelegten Karotten." Marias Blick gleitet von einem kleinen Notizblock in ihrer Hand zu Sebastian.

„Mh. Das reicht nicht." Vor ihm liegt ein unübersichtliches Durcheinander an Schraubenschlüsseln, Schrauben und Kabeln, davor ein grauer Plastikkasten.

„Was ist los?" Tina tritt neben ihn.

„Der Wechselrichter liefert keinen Strom mehr. So können wir das Fleisch in der Tiefkühltruhe nicht mehr kühlen." Maria seufzt leise und lässt sich neben Sebastian auf einen Stuhl sinken.

„Und was machen wir jetzt?"

„Es muss schon eine ganze Weile her sein, dass er nicht mehr funktioniert. Ein Großteil des Fleisches ist bereits verdorben. Weil wir in den letzten Tagen kein Fleisch gegessen haben, habe ich es erst heute bemerkt, als ich die Weißwürste holen wollte." Maria faltet die Hände und legt sie in den Schoß.

Sebastian beugt sich weit hinunter über die graue Plastikbox, kneift die Augen zusammen und klopft mit einem Schraubenzieher gegen das Gehäuse. „Mhm." Er brummt unwillig, dann richtet er sich langsam auf. „Hier. Ein dünnes Kabel im Innern des Wechselrichters ist durchgebrannt. Wird wohl Feuchtigkeit reingekommen sein." Unwillig schiebt er das Gerät von sich fort. „Diese Ware heute ist aber auch billig gebaut. So klein und fistelig, dass man es nicht mehr selbst reparieren kann. Sicher wieder so ein billiger China-Schrott!"

„Sebastian!" Marias empörter Blick trifft ihn von der Seite.

„Ist doch wahr." Er steht auf, fegt mit einer einzigen Handbewegung sämtliche Elektroteile fort. „Das ist alles Müll."

Wortlos geht Tina in die Küche, zieht eine Handschaufel mit Feger unter der Kommode hervor und sammelt die Teile ein, die auf dem Fußboden verstreut liegen.

„Was ist ein Wechselrichter?"

„Hier, dieser billige Mist, den du gerade aufsammelst!" Sebastians Wut macht sich in einem unbeherrschten Ausruf Luft. Tina lässt sich davon nicht beirren.

„Und welche Funktion hat er?"

Ihr Großvater unterbricht sein lautes Schnauben und blickt sie an. „Unser Strom hier kommt von den beiden Solarpanelen, die unter dem Dach an der Hauswand montiert sind. Er wird von zwei Batterien gespeichert, die ihn an die Lampen hier in der Hütte und an die Tiefkühltruhe im Anbau abgeben. Sie liefern aber nur eine Spannung von 12 Volt, während die angeschlossenen Geräte 230 Volt benötigen. Der Wechselrichter wandelt die tiefere Spannung in höhere um."

„Verstehe. Und weil er nun kaputt ist, funktionieren auch die Lampen und der Tiefkühler nicht mehr."

„Richtig. Und der Kühlschrank auch nicht."

„Das ist doch aber gar nicht so schlimm." Riccardo, der bisher schweigend auf seiner Matratze gesessen ist, erhebt sich. „Draußen ist es kalt genug, um die Lebensmittel zu kühlen. Wir können kleine Gruben ausheben, die wir je nach Tiefe als Kühlschrank oder Tiefkühler benützen."

„Klar, gute Idee!" Tina lacht ihm erleichtert zu, und er grinst zurück.

„Das stimmt schon. Das Problem ist bloß, dass zu viel Fleisch bereits verdorben ist." Sebastian hält inne.

„Und ohne das Fleisch werden die restlichen Vorräte nicht reichen." Maria steht auf und streckt sich.

Betroffen blicken sich Riccardo und Tina an.

„Was können wir tun?" Riccardos Blick wandert von Maria zu Sebastian. Auf seiner Stirn steht eine feine Falte, die Tina zum ersten Mal entdeckt.

Sebastian wendet sich ab und durchmisst mit großen Schritten die Stube. Maria lehnt sich an eine Stuhllehne und verfolgt ihn mit den Augen. Nach drei Runden bleibt er vor ihr stehen.

„Ich werde jagen gehen." Ihre Blicke verfangen sich ineinander. Dann nickt Maria langsam.

„Nimmst du Tina mit?"

Tina spürt den fragenden Blick ihrer Großmutter auf ihrem Gesicht.

„Magst du?" Sebastian dreht den Kopf in ihre Richtung.

Sie zuckt die Schultern. „Klar. Warum nicht? Früher hast du mich ja auch mitgenommen. Ich bin mir nur nicht sicher, ob ich mich an alles erinnere. Es ist lange her."

„Darf ich auch mitkommen?" Erwartungsvoll knetet Riccardo seine Finger.

„Ja." Damit wendet sich Sebastian ab und verlässt die Hütte.

Zwei Tage später lässt der Schneefall ein wenig nach und die Sicht klart soweit auf, dass ein Jagderfolg zumindest nicht ganz aussichtslos erscheint. Dick eingepackt in mehrere Kleiderschichten machen sich Sebastian, Riccardo und Tina auf den Weg. Sie kommen langsam voran, sinken bei jedem Schritt knietief ein. Sebastian und Riccardo stapfen abwechselnd voraus. Stille hüllt sie ein und wird nur durch das gleichmäßige Knirschen ihrer Schritte im Schnee durchbrochen.

Bereits nach kurzer Zeit ist Tina außer Atem. Die kalte, klare Winterluft füllt ihre Lungen, aber trotz der Anstrengung fühlt sie sich stark und lebendig. Kleine Dampfwölkchen schweben vor ihrem Gesicht, und die Kälte lässt die Härchen in ihrer Nase gefrieren.

Wider Erwarten führt Sebastian sie nicht in Richtung Waldgrenze, sondern steigt schräg nach Osten den Berg hinauf. Als er anhält und sich umdreht, fragt Tina keuchend: „Gehen wir nicht zum Wald?"

Das bärtige Gesicht ihres Großvaters ist unter einer dünnen Schicht Schneeflocken fast vollständig verborgen, die Kapuze seines grünen Wintermantels hat er tief in die Stirn gezogen.

„Doch. Aber fühl mal. Der Wind kommt aus Westen. Wenn wir direkt auf die Waldgrenze zusteuern, wittern uns die Tiere. Wir werden uns dem Wald von oben, von Süden her nähern."

„Und warum nehmen wir nicht den direkten Weg und steigen erst kurz vor dem Wald ein wenig höher?" Riccardo steht neben Tina, einen schwarzen Thermohandschuh in die Hüfte gestemmt. Er wirkt kein bisschen müde.

Sebastian schüttelt den Kopf. „Ein Tier riecht unsere Spur auch im Nachhinein. Es merkt, welche Stellen wir passiert haben und wird unseren Weg nicht kreuzen, wenn es nicht muss."

Riccardo zieht die Augenbrauen in die Höhe, und Tina erkennt die Verblüffung in seinem Blick.

„Wir sollten jetzt schweigen und uns auf unsere Umgebung konzentrieren. Achtet auf Bewegungen und Spuren." Sebastian wendet sich ab.

„Eine Frage noch." Riccardo hält ihn am Oberarm fest. „Was suchen wir?"

Ohne sich umzudrehen antwortet Sebastian: „Wenn wir Glück haben, treffen wir auf Gämsen. Zur Not tut's auch ein Schneehuhn oder ein Schneehase." Er entzieht sich Riccardos Griff und nimmt den Marsch wieder auf.

Der Himmel bleibt wolkenverhangen, aber nach einer halben Stunde fallen nur noch vereinzelt Schneeflocken vor Tina auf den Boden. Sie lässt den Blick über die steilen Felswände zu ihrer Rechten schweifen. Bald dürften sie an der Stelle vorbeikommen, an der sie mit Riccardo vor einigen Wochen gesessen ist.

Plötzlich stutzt sie. Mit einem leisen Zischlaut macht sie die Männer auf sich aufmerksam. „Dort!" Ihre Hand zeigt an Riccardo vorbei auf einen hervorstehenden Felsblock, auf dem deutlich erkennbar ein schwarzes Tier sitzt. Auf einem weiteren Felsen, ein wenig zurückversetzt, entdeckt sie zwei weitere Gämsen.

Sebastian schüttelt den Kopf. „Die sind zu weit oben, da kommen wir nicht hin." Das leise Murmeln seiner dunklen Stimme wird vom Schnee verschluckt. Er wendet den Kopf und richtet die Augen hinunter zur Waldgrenze. Tina nimmt wahr, wie sich seine Hand fester um den Lauf des Gewehrs schließt, das über seiner Schulter hängt, und folgt seinem Blick. Ihr Herz klopft rascher, als sie in unmittelbarer Nähe zum Wald vier weitere Gämsen erspäht. Die Tiere stehen in etwa 200 Metern Entfernung und zupfen Flechten von den tiefhängenden Ästen der Fichten.

Dann spürt sie Riccardos warmen Atem an ihrer Wange. Er steht dicht hinter ihr, die Augen ebenfalls auf die Tiere gerichtet. Seine Finger krallen sich durch den Wollpullover hindurch in ihre Oberarme. Er muss mindestens so aufgeregt sein wie sie selbst.

Sebastian dreht den Kopf in ihre Richtung und legt den Zeigefinger an die Lippen. Seine Augen sind zu schmalen Schlitzen zusammengekniffen und verschwinden fast unter den buschigen Brauen. Geräuschlos beginnt er, den Schnee vor sich ein wenig aufzuhäufen. Er drückt ihn fest und legt den abgewetzten Lederrucksack, den er auf seinem breiten Rücken getragen hat, darauf. Dann zieht er sich den Trageriemen des Gewehrs über den Kopf und kauert nieder. Seine

Bewegungen sind klein, langsam und beherrscht. Mit dem linken Ellbogen stützt er sich auf dem Rucksack ab, seine linke Hand umfasst den Vorderschaft des Gewehrs.

Tina hält den Atem an. Wie auf ein stummes Kommando hin rucken die Köpfe der Tiere plötzlich umher. *Was ist geschehen? Hat der Wind gedreht, und sie haben uns gewittert?* Sie zählt. 28, 29, 30, 31. Die Gämsen verharren starr, die Köpfe in ihre Richtung gewandt. Tinas linker Fuß beginnt zu kribbeln, vorsichtig bewegt sie die Zehen in den klobigen Bergschuhen. Ihr Atem geht flach, sie wagt kaum, den Brustkorb zu heben. Obwohl ihre Wangen vor Kälte taub sind, bricht ihr der Schweiß aus den Poren.

Doch dann äsen die Tiere weiter, scharren den Schnee weg und suchen nach Futter. Erleichtert gleitet Tinas Blick über die Tierkörper. Dicht neben einer gedrungenen Fichte steht ein besonders schönes Tier, kräftig und anmutig. *Sein Fleisch würde für einige Wochen reichen.* Ohne den Kopf zu bewegen, richtet sie die Augen auf Sebastian. Er schiebt den Sicherungsknopf nach vorne und ist schussbereit. Sein rechter Zeigefinger legt sich an den Abzug, während sich sein Kopf nach vorne neigt, um die Gämsen durch das Zielfernrohr beobachten zu können.

Laut pocht das Blut in Tinas Ohren. Als Kind hat sie ihren Großvater oft auf der Jagd begleitet, meistens im Wald, wo Rehe oder hin und wieder auch ein Hirsch sein Ziel gewesen sind. Obwohl so viel Zeit seither vergangen ist, sind ihr Sebastians Handgriffe noch immer vertraut. Mit einer langsamen, fließenden Bewegung richtet er den Lauf aus, der in seiner ruhigen Hand liegt. Kein Zucken verrät Erregung. Ihr Großvater ist vollkommen in den Akt des Zielens versunken.

Sie zuckt zusammen, als der Schuss die Stille zerreißt. Ein Schwarm schwarzer Dohlen fliegt aufgeschreckt aus den Bäumen auf, und mindestens vier Gämsen verschwinden im Schnee. Ein Tier wird von der Wucht der Kugel von den Läufen gerissen und bleibt reglos liegen. Es ist das stolze

Tier, das gerade eben noch vor Kraft gestrotzt hat. Der Schuss hallt in den Felsen des Wettersteinmassivs wider.

Riccardo stößt zischend die Luft aus. Sein Mund ist dicht an Tinas Ohr, und sie hört, wie er schluckt. Er hält sie noch immer fest umklammert, bis sie den Kopf wendet und ihm direkt in die Augen schaut. Sein Blick streift sie kurz, dann lässt er sie los und macht einen Schritt auf Sebastian zu.

„Alle Achtung, Sebastian!" Er schlägt dem alten Mann anerkennend auf die Schulter.

„Mh." Sebastian rappelt sich auf und klopft sich den Schnee von den Knien. Seine Wangen sind gerötet, und in seinem Gesicht liegt ein zufriedenes Lächeln. „Es klappt also noch."

Aufmerksam blickt Tina ihn an.

„Warum?"

Unwillig schüttelt er den Kopf. „Das Alter. Irgendwann macht der Körper nicht mehr das, was du willst. Schau." Er hält ihr die linke Hand hin, in der gerade eben noch das Gewehr geruht hat. Sie zittert heftig. „Aber wenn's drauf ankommt, funktioniert noch alles." Ein lautes Lachen verrät seine Erleichterung.

„Ich glaube nicht, dass das eine Frage des Alters ist!" Lachend deutet Riccardo auf seine Knie, die so heftig zittern, dass er sich an Tina festhalten muss, um nicht zu stürzen.

„Das Adrenalin lässt nach." Sebastian grinst. „Kommt." Er wirft sich den Rucksack auf den Rücken und schultert das Gewehr.

„Ein junger, starker Bock." Behutsam schiebt Sebastian seine Hand unter den Kopf des Tieres und hebt ihn an.

„Schade um das schöne Tier." Tinas Fingerspitzen fahren über die hübsche Zeichnung des Fells. Der Geruch nach Feuchtigkeit und Wald hat sich darin verfangen. Im Gegensatz zum fast vollkommen schwarzen Körperfell ist der

Kopf hell mit einem schwarzen Streifen, der sich von den Ohren über die Augen zur Nase zieht.

„Ja. Aber es liefert uns Nahrung für einige Wochen."

„Woran erkennst du, dass es ein Bock ist?"

„In dieser Lage an den Hörnern. Die der Weibchen sind dünner, und die Spitzen sind nicht so stark gehakelt, das heißt nach unten gebogen."

Tina beugt sich über ein Horn und lässt die Finger über den Ansatz gleiten.

„Er ist drei Jahre alt, richtig?" Sebastian nickt. „Schau", wendet sie sich an Riccardo, „an den Hörnern findest du die Jahresringe. Gämsen werfen ihre Hörner nicht ab wie das Rotwild."

Sebastian dreht das Tier auf den Rücken. „So siehst du natürlich auch den Pinsel und erkennst daran den Bock." Er zieht ein Jagdmesser aus dem Rucksack. Mit einem geraden Schnitt öffnet er den Bauchraum.

„Ist das Fett?" Riccardo zeigt auf eine weiße Schicht direkt unter der Haut.

Sebastian nickt. „Ende Winter wird das Fett fast völlig verschwunden sein. Vorsorge der Natur für die Zeit, in der wenig Futter zur Verfügung steht." Dann öffnet er vorsichtig die Bauchdecke, um den Pansen nicht zu verletzen. Er schiebt den Ärmel seines Mantels zurück und greift tief ins Tier hinein.

„Was machst du jetzt?" Aufmerksam beobachtet Riccardo jede seiner Handlungen.

„Ich hole die Innereien heraus. Dazu muss ich Luft- und Speiseröhre durchtrennen. Vorsicht, sobald ich das Zwerchfell durchstoße, wird es blutig werden." Nach und nach holt er die Innereien heraus und legt sie neben sich in den Schnee. „Tina, gibst du mir bitte aus dem Rucksack einen Plastikbeutel? Wir werden Herz, Lunge und Leber mitnehmen. Wer weiß, wie lange dieser Winter dauern wird." Tina bemerkt, wie Riccardo zusammenzuckt. „Wie kalt sind eure Finger?"

„Warum?" Irritiert blickt Riccardo ihren Großvater an.

„Wenn sie sehr kalt sind, solltet ihr sie im Tier aufwärmen." Auffordernd blickt er sie an. Tinas Versuch, die Handschuhe auszuziehen, misslingt, so steif sind ihre Finger. Mit den Zähnen zerrt sie die gefrorenen Wollhandschuhe weg. Sie kennt das Gefühl, das ihre Hände erwartet, von früher. Die sogenannte „rote Arbeit", das Ausnehmen des Wildes, kann im Winter Erfrierungen verhindern. Langsam führt sie ihre rechte Hand in den Bauch des Gamsbockes ein. Es dauert einige Minuten, bis ihre Finger auftauen und die feuchte Wärme wahrnehmen. Sie wiederholt den Vorgang mit der linken Hand, dann schaut sie zu Riccardo.

Er schüttelt den Kopf. „Nein, danke. Meine Hände sind nicht kalt." Um die Richtigkeit seiner Worte zu beweisen, zieht er einen Handschuh aus und berührt ihre Wange. Seine warme Hand verharrt kurz auf ihrem Gesicht.

Im Schnee reibt sich Sebastian das Blut vom Arm, dann holt er einen Strick hervor. „Wir binden den Bock auf den Rucksack. So kann er auslüften und lässt sich am einfachsten heimbringen."

„Wie schwer wird er etwa sein?"

„30 Kilo, vielleicht ein bisschen weniger."

Riccardo packt das Tier an den Hinterläufen, während Sebastian den Kopf über den Rucksack zieht. Tina bindet die Glieder an den Lederriemen so fest, wie sie es früher bei ihrem Großvater beobachtet hat. Der ruckelt am Rucksack und wuchtet ihn sich mit Riccardos Hilfe zufrieden auf den Rücken. Bevor er den Rückweg antritt, wendet er sich Riccardo und Tina zu und hält ihnen die Hand hin.

„Gut gemacht, danke."

Während die Männer hinter der Hütte dem Gamsbock das Fell abziehen und das Fleisch portionieren, sitzt Tina bei Maria vor dem Kamin und wärmt sich die Finger, die auf dem Rückweg bereits wieder kalt geworden sind. Zitronenmelissenduft erfüllt die Stube, und das Feuer erscheint Tina nach dem anstrengenden Marsch durch den Winter noch lebendiger als gewöhnlich.

„Was machen wir mit dem Fleisch?"

Sie dreht die Teetasse zwischen ihren Fingern und blickt versonnen in die Flammen.

„Was meinst du genau?"

„Ich erinnere mich, dass ihr früher Würste geräuchert habt."

Maria lacht leise auf. „Das ist lange her. Früher, als wir nicht wussten wohin mit unserer Energie, haben wir uns einen Spaß daraus gemacht, uns als Selbstversorger durchzuschlagen."

„Ich weiß. Wir hatten Hühner und Ziegen, und aus der Ziegenmilch hast du Joghurt und Butter gemacht."

„Und Schafe hatten wir. Erinnerst du dich an die Schafe? Es waren drei Stück, zwei Zippen und ein Bock."

„Ja, und ich erinnere mich insbesondere daran, dass ihr mir einmal einfach so ohne Vorwarnung Lammfleisch vorgesetzt habt!" Tina kann die erlebte Empörung darüber noch heute nachfühlen.

„Dabei hat dir das Fleisch sehr gut geschmeckt." Maria lächelt milde.

„Das schon. Trotzdem." Tina schüttelt den Kopf und spürt, wie Gänsehaut über ihren Rücken kriecht.

„Wenn du möchtest, können wir aus einem Teil des Gamsfleisches Wurst machen", nimmt Maria den Faden wieder auf.

„Ja, gerne!"

Die Tür wird geöffnet und Riccardo tritt ein. In einer Hand trägt er einen großen Eimer, den er mit leisem Poltern neben der Tür abstellt.

„Mann, ich hätte nicht gedacht, dass so ein relativ kleines Tier so viel Fleisch hergibt!" Er streift die Jacke ab und streckt sich. Tina steht auf und wirft einen Blick in den randvollen Eimer.

„Klein? Ich fand den Bock eher groß."

„Naja, im Vergleich zu einem Hirsch ..." Riccardo grinst sie an.

„Magst du mir helfen, aus einem Teil des Fleisches Wurst zu machen?"

„Geht das denn hier oben?"

„Warum nicht?"

Er zuckt die Schultern. „Ich stelle mir das furchtbar kompliziert vor."

„Ach was, Wursten ist noch viel einfacher als Apfelstrudl backen!" Tina knufft ihn in die Seite und flüchtet sich rasch in die Küche.

„Wer will Wursten?"

Sebastian betritt die Stube und klopft sich den Schnee vom Mantel.

„Tina." Maria steht auf und nimmt ihm den Mantel ab.

„Warum nicht? Wir haben rund zwölf Kilo Fleisch aus dem Bock rausgeholt, da ist es gut, wenn wir einen Teil davon konservieren."

„Also los, an die Arbeit! Worauf warten wir noch?" Tina krempelt die Pulloverärmel über die Ellbogen und blickt sich um. „Maria, wo finde ich den Fleischwolf?"

„Magst du dich nicht zuerst ein wenig ausruhen?"

„Das Fleisch muss so frisch wie möglich verarbeitet werden", brummt Sebastian. „Tina ist noch jung, sie braucht keine Pause. Nicht wahr?" Er zwinkert Tina zu. Maria seufzt.

„Den Fleischwolf findest du in der Vorratskammer."

„Und die Wurstpresse?"

„Auch."

„Haben wir noch Saitlinge?"

„Die waren eigentlich in der Tiefkühltruhe. Sebastian, hast du sie dort gesehen?"

Er nickt. „Du findest sie in einem Plastiksack in einer Grube hinter der Hütte. Riccardo kann dir die Grube zeigen." Er wendet sich Riccardo zu. „In der tieferen."

„Komm!" Sie packt Riccardo am Arm, und bevor er antworten kann, zieht sie ihn aus der Tür hinaus.

„Was sind Saitlinge?" Ungelenk stolpert Riccardo hinter ihr her. In der Hast, mit der sie ihn aus der Hütte hinauskatapultiert hat, ist es ihm nicht gelungen, ganz in seine Schuhe zu steigen. Angestrengt versucht er nun, keinen der Schuhe zu verlieren, um mit dem Strumpf nicht im Schnee zu landen.

„Schafsdärme. Sie werden mit dem Fleisch befüllt und dienen als Wursthülle."

Eine Viertelstunde später riecht es nach frischem Fleisch, Knoblauch, Pfeffer, Bärlauch und Majoran, und Tina stehen Schweißperlen auf der Stirn. Kräftig verkneten ihre Hände das gewolfte Fleisch mit den Gewürzen und den Kräutern, bevor sie es Riccardo weiterreichen. Er füllt es vorsichtig in den Trichter der Wurstpresse, von wo aus es in den aufgezogenen Darm gelangt.

Als alles vorbereitete Fleisch verarbeitet ist, wischt sich Tina mit der Hand über die Stirn. „Können wir sie auch räuchern?"

Sebastian nickt. „Der Räucherofen steht im Schuppen. Räuchermehl solltest du auch dort finden. Weißt du noch, wie es geht?"

Tina nickt, zieht sich den Wollpullover über und tritt zur Tür. Diesmal ist Riccardo vorbereitet und öffnet ihr zuvorkommend. Mit einer rund zehn Meter langen Wurstkette machen sie sich auf den Weg zum Schuppen. Tina stößt die Tür auf und macht einen Schritt zur Seite, um ihn eintreten zu lassen. Als er direkt neben ihr ist, dreht er ihr den Kopf zu und berührt mit den Lippen ihre Stirn. Sie blickt ihn an und spürt, wie das Blut in ihre Wangen schießt.

„Was war das?"

„Ein Kuss?"

„Warum?"

„Ich mag dich?"

Lächelnd steht er in der Mitte des Schuppens. Die Wurstkette baumelt an seinen ausgestreckten Armen und verströmt auch ungeräuchert einen verführerischen Duft.

Tina grinst. „Du siehst zum Anbeißen aus!" Sie schiebt sich an ihm vorbei und zerrt den Räucherofen aus der Ecke. Er besteht aus einem hüfthohen Blechkasten. Sie bläst den zentimeterdicken Staub von der Oberseite des Ofens und hustet, als er sich im kleinen Raum ausbreitet. Dann zieht sie quietschend die Tür auf.

„Du kannst die Würste hier über diese Stangen ganz oben im Ofen hängen. Achte darauf, dass sie sich nicht berühren, damit der Rauch sich überall gleichmäßig verteilen kann."

„Aye-aye, Ma'am!" Der Versuch zu salutieren misslingt, weil sich die Wurstkette selbstständig zu machen droht. Im letzten Augenblick fängt Tina das eine Ende auf, bevor es auf dem Boden landet.

„Hey, pass auf unsere Würste auf!"

„Unsere Würste!" Riccardo bricht in schallendes Gelächter aus, und nur mit Mühe gelingt es ihm, seine kostbare Fracht sicher auf den Stangen im Räucherofen zu verteilen. „Ich hätte mir nie träumen lassen, dass ich eines Tages mitten in den Bergen selbst gemachte Würste räuchern würde!"

„Siehst du, das Schicksal ist immer für eine Überraschung gut!" Sie zwinkert ihm zu.

„Du bist immer für eine Überraschung gut, nicht das Schicksal." Er legt die Hände um ihre Taille und zieht sie zu sich heran.

„Kommt ihr klar?"

Sebastian steht in der Tür. Tina hat ihn nicht kommen gehört. Rasch lässt Riccardo sie los und fährt sich mit den Händen durchs Haar.

„Ja. Nur das Räuchermehl haben wir noch nicht gefunden." Betont suchend blickt sie sich um.

„Dort, auf dem obersten Regal." Sebastian tritt hinter sie und greift nach einem schwarzen Plastikbeutel. Er öffnet den Klammerverschluss und reicht ihn Tina. Sie schnüffelt.

„Fichte?"

„Nein. Fichte eignet sich nur für Schinken. Das ist Erle."

Tina hält Riccardo den Beutel unter die Nase. Er greift mit einer Hand hinein und holt ein wenig von dem stark duftenden Holzmehl heraus.

„Streu es auf die Lade dort unten." Sebastian deutet auf den Räucherofen. Sorgfältig verteilt Riccardo das Mehl. Der alte Mann nickt zufrieden. „Nun zündest du dieses Stück Holz an." Er reicht ihm einen dünnen Ast. „Damit gehst du ans Mehl. Es darf aber nicht brennen, sondern muss verglühen. Sonst wird die Temperatur im Räucherofen zu hoch und das Eiweiß im Fleisch gerinnt."

Zu dritt beobachten sie, wie die Flamme von Riccardos Feuerzeug aufflackert und auf das Holz übergeht. Vorsichtig hält er es ans Mehl, das erst zaghaft, dann kräftiger zu glühen beginnt. Riccardo zieht das Ästchen zurück.

„Gut. Nun schließt du die Tür. In etwa zehn Stunden müsst ihr neues Mehl nachgeben, damit die Glut nicht erlischt."

„Wie lange bleiben die Würste da drin?"

Riccardo beobachtet die Glut durch die kleine, verrusste Glasscheibe in der Ofentür.

„Nach drei Tagen schmecken sie am besten. Ach ja, ich sollte euch zum Essen holen."

Sebastian wendet sich ab und verlässt den Schuppen.

Tina ergreift Riccardos Hand, drückt sie sanft und geht mit ihm gemeinsam zurück in die Hütte.

12

„Autsch!"

Hastig zieht Tina die Hand zurück und lässt dabei fast das Blech mit dem Zwetschgendatschi fallen. Maria kommt ihr mit einem Küchentuch zu Hilfe, und gemeinsam platzieren sie das heiße Blech über dem Spülbecken.

„Hast du dich verbrannt?" Forschend gleitet Marias Blick über Tinas rechten Arm.

Tina mustert die Haut am Unterarm. „Ein wenig, hier." Sie deutet auf einen roten, länglichen Flecken unterhalb des Handgelenks.

„Leg eine Essigkompresse darauf. Das nimmt den Schmerz und verhindert eine Brandblase." Ohne Tinas Antwort abzuwarten, tränkt sie ein Blatt Küchenpapier in Weißweinessig und reicht es Tina. Die drückt das Papier auf die schmerzende Stelle und jault sogleich auf. Die Haut brennt wie Feuer. „Das wird gleich besser, du wirst sehen."

Vorsichtig schiebt Maria eine flache Holzkelle unter den Hefeteig und zieht den Kuchen vom Blech. Verführerische Dampfschwaden breiten sich in der Stube aus mit dem Duft nach Zwetschgen, Zimt und Butter. Ganz in den Schmerz ihrer Brandwunde vertieft, bemerkt Tina nicht, wie Riccardo zu ihnen in die Koch-nische getreten ist. Sie erschrickt, als sie seine Stimme neben sich vernimmt.

„Was ist das?"

Seine Stimme klingt anders als sonst. Genervt.

„Das ist ein Zwetschgendatschi."

Sie ärgert sich über das leise Zittern in ihrer Stimme.

„Dieser verschissene Schnee."

Sie zuckt zusammen, und ihre Nackenhärchen richten sich auf.

„Was ist denn mit dir los?"

Prüfend blickt sie ihn an. Dunkle Ringe liegen unter seinen Augen, und seine zusammengepressten Lippen sind weiß. Seine aggressive Haltung macht Tina Angst. Rasch wendet sie ihm den Rücken zu und hilft Maria, den Kuchen in gleichmäßige Rechtecke zu schneiden. Dann verteilt sie vier Stück auf vier Teller. Sie kann nicht widerstehen, die Nase ganz dicht an den Kuchen zu halten, um möglichst viel des süßen Duftes aufzufangen.

Sie richtet sich auf und hält Riccardo einen Teller unter die Nase.

„Riech."

Er weicht mit dem Kopf zurück und blickt sie verärgert an.

„Das rieche ich auch, wenn du mir nicht mit dem Kuchen die Nase verbrennst." Feindselig funkelt er sie an.

Schweigend und lauter als nötig, stellt Tina den Teller vor ihn auf die Kommode, nimmt die restlichen drei Portionen und geht damit zum Tisch.

Sie ist verwirrt. *Was ist los? Was geschieht mit ihm?* Die vergangenen Tage sind so schön gewesen. Vier Tage sind seit seinem Ausbruch vergangen. Vier Tage, die Tina vorkommen wie eine kleine Ewigkeit. Eine Ewigkeit, in der es nur Riccardo und sie gegeben hat. Nicht, dass sie sich seit dem Wursträuchern merklich nähergekommen wären oder gar über sich oder ihre Gefühle gesprochen hätten. Seine Gegenwart allein hat gereicht, um Tina vollkommen auszufüllen. Sie haben viel gelesen, jeder für sich und doch auf wunderbare Weise gemeinsam. Haben sich angeschaut, wie sich Verliebte anschauen, um jede Regung des Gesichts zu erhaschen, um sich jedes Muttermal, jeden Altersfleck und jeden zuckenden Mundwinkel einzuprägen. Haben gemeinsam den Tisch gedeckt, die Teller gespült und Tee getrunken. Haben Maria beim Spinnen zugeschaut und Sebastian beim Holzschleppen geholfen. Haben das Räuchermehl erneuert und sich über die fertigen Würste gefreut. Haben sich ab und zu flüchtig berührt, seine Hand an ihrer Wange, ihre Hand in seiner. Ihre Lippen haben sich nicht wiedergefunden, vielleicht, weil sie die Erinnerung an das erste Mal möglichst lange erhalten wollen.

Und nun ist er plötzlich wieder verärgert, scheinbar ohne äußeren Grund. Tina spürt, dass Wut in ihr hochkriecht wie eine heimtückische Schlange. Seine intensiven Gefühlsschwankungen machen ihr zu schaffen, denn sie ist zu durchlässig, um sich genügend abgrenzen zu können.

Immerhin gelingt es ihr trotz des Ärgers, den warmen Zwetschgendatschi zu genießen. Die Zwetschgen, die Maria im Herbst eingefroren hat, schmecken leicht säuerlich und passen vorzüglich zum süßen Hefeteig, auf dem sie in kleinen Einbuchtungen liegen, überstreut mit einer Prise Zimt.

Als ihr Teller leer ist, blickt Tina auf und bemerkt, dass Riccardo sein Stück noch nicht angerührt hat. Stattdessen glotzt er auf seine Hände, die sich langsam öffnen und schließen. Sein Kiefer bewegt sich malmend, und seine Kieferknochen treten markant hervor.

Sie wirft einen hilfesuchenden Blick zu ihrer Großmutter, aber Maria zuckt nur ratlos die Schultern. So steht sie auf, stellt ihren Teller in die Spüle und tritt neben ihn. Sie legt die rechte Hand an seinen Oberarm. Er zuckt zusammen.

„Riccardo. Was ist los?"

„Was los ist? Morgen ist Heiligabend, und ich sitz hier fest, anstatt mit meinem Team Gäste zu bedienen." Seine Faust kracht auf die Kommode. Der Teller mit dem Kuchen klappert. „Ich hab' sie im Stich gelassen."

Tina betrachtet sein Gesicht. Seine Augenbrauen berühren sich fast, werden nur durch eine scharfe Falte getrennt. Die Wut glüht in seinen Wangen, und in seinen Augen brennt Verachtung, als er den Blick auf Tina legt. „Ich hab' mein Team versetzt."

Ihre Hand liegt noch immer an seinem Oberarm.

„Glaubst du an das Schicksal?"

„So ein Quatsch. Wir Menschen tragen die Verantwortung für unser Leben und für unsere Entscheidungen. Schicksal ist nur die Ausrede derer, die ihre Verantwortung nicht wahrnehmen wollen."

„Ich gebe dir Recht, dass wir vieles in unserem Leben beeinflussen können. Aber beim Wetter scheitern wir nun mal." Sie will ihn trösten, aber er widerspricht ihr. Verärgert schüttelt er ihren Arm ab.

„Natürlich können wir das Wetter nicht bestimmen. Aber genau darum habe ich die falsche Entscheidung getroffen, das hat nichts mit Schicksal zu tun."

„Du konntest ja nicht wissen, dass es so heftig schneien würde. Es hätte ja auch funktionieren können. Du hast halt einfach Pech gehabt."

„Ich hätte auf Sebastian hören sollen. Er hat mich vor dem Schnee gewarnt, aber ich habe mich über seine Warnung hinweg-gesetzt. Max ist klüger gewesen. Wäre ich mit ihm mitgegangen, säße ich jetzt nicht hier fest. Ich allein trage die Verantwortung für mein Versagen."

„Du machst dir das Leben ganz schön schwer. Was hält dich davon ab, an das Schicksal zu glauben? Wenn du davon ausgehst, dass das Schicksal es so wollte, dass du für einige Zeit hier auf der Alm bist, dann geht es dir doch gleich viel besser, als wenn du dir die Schuld daran gibst. Du hast mir selbst gesagt, dass du froh darüber bist, dass dich Sebastian zurückgehalten hat, weil du sonst diesen schönen Flecken Erde nie kennengelernt hättest."

„Damals wusste ich ja nicht, dass es schneien würde." Wütend funkelt er sie an. Hilflos hört Tina zu, wie er sich immer weiter in Rage redet, anstatt sich von ihr beruhigen zu lassen. „Weißt du, was mich an deiner Schicksaltheorie am meisten stört? Vom Schicksal kann man nicht lernen, denn es ist willkürlich. Aus meinen Fehlern kann ich aber lernen."

„Vom Schicksal kannst du genauso lernen. Hier beispielsweise würde es dich lehren, eine Situation anzunehmen, die du nicht ändern kannst. Du könntest deine Zeit hier genießen, anstatt dir die gute Laune durch Selbstvorwürfe zu vermiesen."

„Ach, lass mich doch in Ruhe! Weißt du, was ich mit dieser Fehlentscheidung aufs Spiel gesetzt habe? Meinen Job und damit auch die Freundschaft meiner Kumpel aus dem Restaurant. Ich habe sie in der strengsten Zeit des Jahres sitzen lassen, und das, ohne mich auch nur in irgendeiner Form bei ihnen zu melden oder mich bei ihnen zu entschuldigen. Meinst du noch immer, dass das Schicksal ist? Das ist einfach nur Blödheit!" Er stampft mit dem Fuß auf.

Tina fasst ihn am Arm und zwingt ihn, ihr in die Augen zu schauen.

„Weißt du denn sicher, dass du deinen Job los bist? Und, falls es so ist, weißt du, wozu das gut ist?" Sie hat eindringlich gesprochen, und die Tatsache, dass er nicht sofort aufbraust, ermutigt sie weiterzureden. „Irgendetwas in dir hat dich an diesem Nachmittag im Dezember dazu veranlasst, nicht mit Max ins Tal zurückzukehren. Du nennst es Blödheit. Ich nenne es Intuition. Nicht immer verstehen wir unsere Entscheidungen sofort. Oft ergibt sich ihr Sinn erst viel später."

„Worin soll denn der Sinn liegen, wenn ich meinen Job verliere? Es ist das Einzige, was ich habe!"

Er reißt sich von ihr los, und ohne ein weiteres Wort stampft er zur Tür, steigt in seine Schuhe, zieht sich die Jacke über die Schultern und verschwindet im Schneegestöber. Frische, kalte Schneeluft weht in den Raum.

13

Obwohl es noch immer schneit und sich ihre Gedanken während der halben Nacht in einer Endlosschleife um den Begriff Schicksal gedreht haben, wacht Tina in einer besonderen Stimmung auf. Das Licht in der Kammer ist nicht anders als sonst, und auch die Kälte hat sie trotz dicker Socken, langem Nachthemd und doppelter Wolldecke wie immer fest im Griff.

Aber heute ist Heiligabend. Es ist ihr bereits feierlich zumute, als sie aus dem Bett steigt und mit klappernden Zähnen ihre klammen Finger in die Waschschüssel taucht, um sich das eiskalte Wasser ins Gesicht zu spritzen. Japsend schnappt sie nach Luft und rubbelt ihr Gesicht so lange mit dem rauen Handtuch, bis ihre Wangen glühen. Sie zieht ihren schwarzen Lieblingsrollkragenpullover an, steigt in die bordeauxrote Plüschhose und kämmt sich die blonden Haare so lange, bis sie in geraden Bahnen über ihre Schultern fallen. Dann wirft sie sich eine Kusshand im Wandspiegel zu und schlüpft auf den Flur.

Auf der Treppe bleibt sie überrascht stehen und lauscht. Nicht das vertraute Knistern des Holzes im Kamin begrüßt sie, sondern Trompetenklänge. Leise und in schlechter Qualität zwar, aber es sind unverkennbar Trompetenklänge. Sie schleicht zwei Stufen weiter hinab und lauscht angestrengt.

Es ist eine Instrumentalversion von „Jingle Bells". Sie erkennt die Melodie deutlich. *Woher kommt die Musik?* Hier oben gibt es keinen Radioempfang, und ihre Großeltern besitzen weder einen Plattenspieler noch ein Kassetten- oder CD-Gerät. Sie biegt um die Ecke und bleibt erneut stehen.

Maria, Sebastian und Riccardo sitzen am Tisch, und in der Mitte zwischen ihnen liegt ein Handy. Es muss Riccardo gehören. Gebannt starren sie zu dritt auf das Smartphone, aus dem die Weihnachtsmusik klingt. Leise steigt Tina die letzten beiden Stufen hinunter und setzt sich zu ihnen. Maria hebt den Blick, und Tina entdeckt ein verzücktes Lächeln in ihrem Gesicht.

Nach „*Jingle Bells*" folgt „*Oh du fröhliche*" und danach „*Kling, Glöckchen, klingelingeling*". Tina verspürt den Drang mitzusingen, aber weil die anderen schweigen, schweigt auch sie und hört zu. Es fühlt sich seltsam an, Musik in dieser Stube zu hören. Sie kann sich nicht daran erinnern, es jemals erlebt zu haben. Sebastian hat wohl als junger Mann Saxofon gespielt, Tina hat vor vielen Jahren das Instrument verstaubt und zerbeult im Schrank ihrer Großeltern entdeckt. Sie hat ihn aber nie darauf spielen hören.

Als die letzten Takte von „*Ein Schiff wird kommen*" verklungen sind, steht Maria auf und geht zum Herd.

„Woher hast du diese Lieder?" Neugierig blickt Tina Riccardo an. Ein Lächeln erscheint auf seinem Gesicht. Überhaupt wirkt er heute wieder entspannt.

„Ich habe sie für meine Neffen und Nichten heruntergeladen. Sie wollen zu jedem Weihnachtsfest die alten Lieder singen, aber weil niemand von uns die Strophen alle auswendig kennt, brauchen wir die Texte. Wir singen dann quasi Karaoke." Sein Lächeln vertieft sich.

Sebastian steht auf und verlässt die Hütte.

„Hast du keine eigene Familie?" Die Frage rumort schon seit einiger Zeit in Tina, und sie hofft, dass es nicht der falsche Moment ist, sie zu stellen.

Riccardo blickt sie an.

„Nein."

„Warum nicht? Du bist ein attraktiver Mann und hast doch sicher für jeden Finger eine Frau." Erschrocken beißt sie sich auf die Lippen. Diese Offenheit bei ihr selbst ist ihr fremd.

„Nein. Aber danke für dein Kompliment." Sein Blick wird so intensiv, dass Tinas Herz unvermittelt rascher schlägt.

„Ich habe keine Zeit für eine Freundin."

„Wie – keine Zeit?"

„Ich arbeite rund zehn Stunden täglich im Restaurant, und meine Freizeit verbringe ich entweder im Fitnessstudio, auf der Finnenbahn oder in der Kletterhalle. Hin und wieder begleitet mich eine Frau eine Weile lang auf meinem Weg, aber noch keine Beziehung hat länger als einige Monate gehalten."

Tante Christine fällt ihr ein. Sie hat ihr Leben der Freiheit verschrieben gehabt, und Riccardo lebt offensichtlich für den Sport. Aber irgendetwas fühlt sich nicht ganz stimmig an. Tina runzelt die Stirn.

„Sehnst du dich denn nicht nach einer festen Partnerschaft?"

„Ich habe den Sport und meinen Körper. Die sind verlässlicher als jede Partnerin."

„Warum ist dir der Sport so wichtig?"

„Wenn ich Sport treibe, so richtig, ich meine, wenn ich an meine Grenzen gehe, fühle ich mich lebendig. Dann spüre ich, dass ich lebe."

Er lehnt sich zurück, als Maria Brotbrettchen verteilt. Seine Worte klingen in Tinas Kopf nach. *Wann fühle ich mich lebendig?*

Die Tür wird aufgestoßen, und mit Sebastian wirbelt eine Schneeflockenwolke herein. Riccardo springt auf und schließt rasch die Tür. Er nimmt dem alten Mann die Holzscheite aus der Hand und trägt sie zum Kamin. Als sich Sebastian hinknien möchte, um Feuer zu machen, dreht Riccardo den Kopf und blickt ihn an.

„Darf ich?"

Sebastian zuckt die Schultern. „Klar." Schlurfenden Schrittes geht er zum Herd und zieht Maria an sich.

Tina beobachtet, wie Riccardos schlanke Finger drei Holzscheite zu einer Pyramide im Kamin aufstellen und geschickt Reisig dazwischenschieben. Dann entzündet er das Kleinholz und bläst vorsichtig hinein. Sofort lecken die Flammen an den Scheiten, und der Lichtschein tanzt in seinen Pupillen. Tina wird heiß, bevor die Wärme des Feuers sich in der Stube ausbreitet.

Nach einem ruhigen Tag, an dem Riccardos Handy noch dreimal die Weihnachtslieder abgespielt und Tina gemeinsam mit Maria die Stube festlich geschmückt hat, senkt sich der Abend über die Alm, still und unaufgeregt. Die Dunkelheit breitet sich aus und verschluckt das Licht des Tages, während die Schneeflocken davon unbeeindruckt lautlos zur Erde fallen.

In der Hütte haben sich Sebastian, Maria, Tina und Riccardo zum Heiligabend-Mahl zusammengefunden. Im Kamin verglüht ein Holzscheit, und in der Luft vermischen sich die Düfte nach Zwetschgen, Kräutern, Harz, Zwiebeln und altem Holz.

Mit der Gabel zerteilt Tina einen Semmelknödel. Die Konsistenz ist gut gelungen, nicht zu trocken, aber auch nicht matschig. Schön elastisch, gerade so, dass sich die Stücke gut aufspießen lassen. Sie bedeckt das Stück mit Pfifferlingen in Kräuterrahmsauce und schiebt sich die Gabel in den Mund.

„Tina, die Semmelknödel sind ein Gedicht!" Maria strahlt ihre Enkelin an. „Ich freue mich, dass das Familienrezept bei dir in so guten Händen ist."

„Danke. Ich bin ja froh, dass sie mir so gut gelungen sind. Ich koche sie nur hier auf der Alm, in München fehlt mir die Ruhe."

Maria nickt. „Ja, Semmelknödel fühlen sich in einer rustikalen Umgebung am wohlsten."

Tina lässt den Blick durch den kleinen Raum schweifen. Auf dem einzigen Platz, auf dem ein Weihnachtsbaum stehen könnte, liegt dieses Jahr Riccardos Matratze. Stattdessen hat sie mit Maria aus Tannenzweigen Wand- und Tischdekorationen angefertigt. Kleine Strohsterne, die in den ungezählten Winterabenden der vergangenen Jahre unter Marias damals noch geschickten Fingern entstanden sind, stecken zusammen mit rotglänzenden Weihnachtskugeln zwischen den Ästen. Mit Blumendraht haben sie Lärchenzapfen daran befestigt, und auf jedem Zweig sitzt ein kleiner, gehäkelter Engel aus der selbst gesponnenen Wolle. Über dem groben Holztisch liegt die weiße Weihnachtsdecke, die Maria als junge Frau im Handarbeitsunterricht mit goldenen Sternen und grünen Tannenbäumchen bestickt hat. Gemeinsam mit den vielen Kerzen, die Tina in jedem freien Winkel der Stube verteilt hat, strahlt der Raum eine feierliche Atmosphäre aus.

Sie essen schweigend, und Tina achtet die Stille, die in der Hütte herrscht. Sie erinnert sich daran, wie sie mit ihren Großeltern Jahr für Jahr den Weihnachtsbaum geschmückt hat, und an ihre Freude, wenn der Baum dann abends im Kerzenlicht erstrahlt ist. Der Weihnachtsbaum ist für sie immer das Wichtigste und Schönste gewesen an Weihnachten, wichtiger als die Geschenke. So sind sie irgendwann dazu übergegangen, auf Geschenke zu verzichten und die Aufmerksamkeit stattdessen auf den Baum, das Essen, das gemeinsame Singen und aufs Geschichtenerzählen zu legen. Das Geschichtenerzählen blickt inzwischen auf eine zwanzigjährige Tradition zurück und hat damit begonnen, dass Maria es leid war, die Weihnachtsgeschichte bis zu viermal am Heiligabend zu erzählen, weil Tina immer noch eine Geschichte hören wollte. Stattdessen hat sie andere Geschichten erzählt, anfangs frei erfunden, später dann auch Nacherzählungen klassischer Literatur. Manchmal haben sich die Geschichten über viele Tage hingezogen, und Tina hat sich einen Spaß daraus gemacht, Maria zu bremsen, um noch einen Tag mehr hinausschinden zu können.

„Maria, erzählst du eine Geschichte?"

Das Essen ist beendet, und Tina räkelt sich wohlig auf ihrem Stuhl. Sie bemerkt, dass Riccardo, der sich bereits auf seine Matratze zurückgezogen hat, überrascht den Kopf hebt und seinen Blick für zwei Sekunden zu ihr führt, bevor er ihn wieder auf die Hände in seinem Schoß lenkt. Maria lächelt.

„Was möchtest du hören? Die Weihnachtsgeschichte?"

„Nein!" Sie reißt erschrocken die Augen auf, und ihr wird heiß. Dann fällt die Spannung genauso rasch von ihr ab, wie sie gekommen ist, und sie stammelt: „Nein, nein, das muss nicht sein, die hast du schon oft erzählt."

Sie knetet ihre Finger, bis sie knacken, dann hebt sie den Kopf.

„Erzähle die Weihnachtsgeschichte von Charles Dickens."

„Ebenezer Scrooge?" Maria nickt langsam. „Diese Geschichte habe ich lange nicht mehr erzählt. Gib mir ein wenig Zeit, bis ich sie in meinem Geist zusammengesetzt habe." Ihre rechte Hand berührt ihre Nasenspitze und reibt daran.

Sebastian steht auf, gibt ihr einen Kuss auf die Stirn, räumt leise ab und schlurft zum Kamin. Er bläst so kräftig in den Rest Glut, dass die Asche in die Luft wirbelt. Dann legt er drei dünne Stöckchen hinein, bläst erneut, bis sich das Holz entzündet. Für wenige Minuten wabern Rauchschwaden durch die Stube. Er legt Holzscheite nach und lässt sich in den Schaukelstuhl sinken. Mit der linken Hand ergreift er seine Pfeife, mit der rechten stopft er Tabak hinein.

Kurz darauf kitzelt der vertraute Tabakgeruch Tinas Nase. Von Maria weiß sie, dass er schon als junger Mann Pfeife geraucht hat. Maria hat es angeblich nicht versäumt, ihm die Risiken dieser Tätigkeit bild- und wortreich aufzuzeigen, aber er hat sich davon nie beeindrucken lassen. Tina ist froh, dass er nicht auf Maria gehört hat. Der Tabakgeruch gehört genauso zu ihrem Großvater wie sein lockiges, immer wirres Haar, seine breiten Hände und sein verwegenes Grinsen.

Maria räuspert sich und strafft die Schultern. Rasch setzt sich Tina aufs Lammfell vor dem Kamin. Hinter ihr sitzt

Riccardo, den Rücken an die Wand gelehnt, die Knie angezogen.

„Marley war tot. Scrooge wusste es, aber er strich Marleys Namen nicht von seinem Türschild, denn die Leute kannten die Firma als *Scrooge und Marley*. Fremde, die Scrooge nicht kannten, nannten ihn mal Scrooge, mal Marley, aber er hörte auf beide Namen."

Leicht und klar schwebt Marias Stimme durch die Stube. Sie formt ihre Worte mit Aufmerksamkeit und Liebe, und Tina ist sich sicher, dass sich selbst eine Horrorgeschichte aus ihrem Mund anhören würde wie ein Liebesgedicht. Sie wirft einen Blick auf Riccardo, der mit dem Rücken noch immer an der Wand lehnt. Seine Augen sind geschlossen, und er scheint zuzuhören.

„„Darum sammeln wir Nahrungsmittel und Feuerholz für die Armen, denn besonders in dieser Zeit wiegt die Not am schwersten, und nur die Reichen freuen sich. Welchen Betrag darf ich bei Ihnen aufschreiben?' ,Nichts', antwortete Scrooge."

Tina verspürt das intensive Bedürfnis nach Nähe. Unauffällig rutscht sie an Riccardo heran, hebt die rechte Hand und legt sie auf sein Knie. Kurz darauf legt sich seine Hand auf ihre, während ihr Blick in den Flammen festhängt. Sie wendet den Kopf, und seine Augen lachen ihn versonnen an.

Während der nächsten Abschnitte der Geschichte verharren sie so, dann umfassen seine Finger ihre Hand und ziehen Tina sachte zu sich auf die Matratze. Ohne Widerstand lehnt sich ihr Rücken an seine Brust, und ihre vier Hände legen sich ineinander verwoben über ihren Bauch. Ihr Körper beginnt zu glühen, aber es ist keine sexuelle Erregung, die sich in ihr ausbreitet.

Lange, nachdem Marias Erzählung geendet hat und sich die beiden alten Menschen in ihre Kammer zurückgezogen haben, verharren Tina und Riccardo noch ihrer Umarmung.

Ohne etwas an seiner Stellung zu verändern, beginnt Riccardo zu sprechen. Seine leisen Worte legen sich über den Weihnachtsschmuck und dringen in die dunklen Ecken der Stube.

„Ich habe mich noch nie zuvor in meinem Leben so innig verbunden gefühlt mit einem Menschen wie in dieser Nacht mit dir. Ohne die berauschende und enthemmende Wirkung des Alkohols, ohne die süchtig machende Droge Sex, ohne den Adrenalinschub einer sportlichen Grenzerfahrung. Dabei will ich gar nicht hier sein. Ich weiß nicht, was mit mir los ist."

Tina starrt in die letzte tapfere Flamme im Kamin.

„Es ist die stille Geborgenheit dieser Hütte. Sie öffnet die Herzen."

„Du meinst, sie lässt die Energie frei fließen?"

Sie legt ihren Kopf zur Seite, um seine Augen zu sehen. Schatten tanzen auf seinem Gesicht. „Ja."

Seine rechte Hand löst sich aus der Umarmung und streicht über ihren Nasenrücken. „Warum bist du so verschlossen?"

Sie wendet den Blick ab, ergreift seine Hand und legt sie zurück auf ihren Bauch. Schweigend beobachtet sie die Flamme, die immer kleiner wird, bis sie ein letztes Mal am verkohlten Holz leckt, um für immer zu verschwinden.

Die Glut im Kamin ist erloschen. Tina erwacht, weil ihr Nacken schmerzt. In der trägen Luft hängt ein Hauch Zimtduft. Riccardos Atem streichelt ihre Wange, und sie spürt das regelmäßige Heben und Senken seines Brustkorbs.

Vorsichtig richtet sie sich auf, bewegt unter Schmerzen ihren Kopf. Dann tastet sie sich auf Knien zum Kamin. Die Dunkelheit ist vollkommen, wie immer, wenn es schneit und das Licht von Mond und Sternen von den Wolken verschluckt wird. Ihre Finger gleiten über das Kaminsims und bekommen das gesuchte Feuerzeug zu Fassen. Sie entzündet es. Die geschmückten Tannenzweige erinnern an den wundervollen Abend, der ihr geschenkt worden ist.

Dann durchfährt sie jäh ein Stich, der ihren Körper bis in die Fingerspitzen lähmt. Alexander. Sein Name hämmert in ihrem Kopf. Übelkeit steigt in ihr hoch und treibt Schweißperlen auf ihre Stirn. Sie wischt sie weg und starrt auf das Tischbein vor sich.

Alexander.

Sie hat keinen Augenblick lang an ihn gedacht, an diesem Fest der Liebe. Das schlechte Gewissen baut sich so übermächtig vor ihr auf, dass sie zu zittern beginnt. Wie er wohl diesen Abend verbracht hat? Ob er zu seinen Eltern gefahren ist? Wohl eher nicht, denn dann hätte er erklären müssen, warum er nicht mit ihr Weihnachten feiert. Vielleicht mit Peter?

Tina bemerkt, wie sie von einer großen Unruhe ergriffen wird, weil sie nicht weiß, wo und mit wem Alexander den vergangenen Abend verbracht hat. Ihre Fußsohlen beginnen zu kribbeln, sie kaut auf ihrer Unterlippe. Weihnachten – es ist ihnen immer heilig gewesen, von Beginn ihrer Beziehung an. Den Heiligabend haben sie immer miteinander verbracht und die beiden Weihnachtstage danach mit seiner Familie geteilt. Plötzlich fühlt es sich an wie Verrat, dass sie diese geliebte Tradition gebrochen hat.

Ihre Daumenkuppe beginnt zu schmerzen. Rasch lässt sie die Flamme des Feuerzeugs ausgehen und überlässt der Dunkelheit die Stube.

Sie steht auf, tastet sich zur Treppe. Leise schleicht sie hinauf, gerade so, als versuche sie vor sich selber zu verheimlichen, dass sie in Riccardos Umarmung glücklich gewesen ist. Ohne sich umzuziehen rollt sie sich auf der Seite liegend zusammen und zieht die Bettdecke bis zur Nasenspitze hinauf. Dann wartet sie auf den Schlaf, der nicht kommen will und der sie mit ihren aufwühlenden Gedanken und verwirrenden Gefühlen allein lässt.

14

Tina erwacht geblendet nach wenigen Stunden Schlaf, der keine Erholung gebracht hat.

Es hat aufgehört zu schneien.

Sie weiß es, bevor es ihr gelingt, die Augen zu öffnen. Das Licht in der Kammer ist unnatürlich hell, dringt in jeden Winkel und schafft harte Konturen.

Tina schlägt die Decke zurück und taumelt ans Fenster. Sie stößt die Flügel auf. Die kalte Schneeluft verschlägt ihr sekundenlang den Atem, dann füllt sie damit ihre Lungen. Schützend hält sie sich die Hand vor die Augen und kneift sie zusammen. Durch den schmalen Spalt ihrer Lider versucht sie einen Blick auf die Landschaft zu erhaschen.

In gleißendem Sonnenlicht liegt die Bergwelt vor ihr, so hell und strahlend, als werde sie mit einem riesigen Scheinwerfer ausgeleuchtet. In der Ferne zeichnet sich unter der zartblauen Himmelskuppel wie ein zierliches V der Taleinschnitt ab.

Tina lässt das Fenster offen, schlüpft in ihre Kleider, greift nach ihrer Sonnenbrille und geht nach unten. Ihrer Großmutter, die vor einer Schüssel voller Kartoffeln am Tisch sitzt, wirft sie ein „guten Morgen" zu und reißt die Tür auf.

Vor ihr erheben sich Schneemauern, die höher sind als sie selbst. Barfuß klettert sie auf einen Hügel, unter dem sie den Tisch und die Sitzbänke vermutet, und nimmt das belebende Kribbeln ihrer Füße wahr. Als sie auf dem Hügel steht und ihre Augen über die weiße Pracht Purzelbäume schlagen, stößt sie einen langen, durchdringenden Schrei aus. Sie schreit, bis sich die Spannung in ihrem Innern löst.

Ihre Füße beginnen zu schmerzen. Sie rutscht von ihrem Hügel hinunter und stößt vor der Hüttentür mit Riccardo zusammen, der soeben ins Freie tritt. Sie kann das Leuchten seiner Augen durch die Gläser der Sonnenbrille sehen, und seine Mundwinkel zucken erwartungsvoll.

Doch je länger sein Blick über die Schneemassen schweift, desto schwächer wird die Flamme in seinen Augen, bis sie schließlich erlischt. Seine Lippen pressen sich aufeinander und werden weiß. Unwillkürlich weicht Tina zurück, bis sie die Schneemauer in ihrem Rücken spürt. Sie schaut zu, wie sich sein Körper verkrampft und er zu schwanken beginnt.

„Verdammt! Hier komme ich so schnell nicht mehr weg. Es wird Wochen dauern, bis sich der Neuschnee soweit gesetzt hat, dass keine Lawinengefahr für den Abstieg ins Tal mehr besteht." Sein Fuß kickt in die Schneemauer und hinterlässt ein tiefes Loch.

Seine Stimme kommt Tina vor wie leises Donnergrollen, als er die Sätze abgehackt und begleitet von weiteren Fußtritten vor sich her stößt. „Hier oben bin ich vergessen von der Welt, die irgendwo dort unten, hinter unzähligen weißen Bergen und ebenso weißen Hügeln vor sich hin pulsiert, nichts ahnend, dass ich hier oben im Nirgendwo darauf warte, wieder dazuzugehören. Zu diesem Leben, in dem man sich in die U-Bahn setzt und ins Kino geht, in dem man auf staubigem Asphalt laufen kann, bis die Füße schmerzen, in dem man indisches Curry, türkischen Kebab und natürlich italienische Pasta isst und in der einem die Autos ihre Abgase ins Gesicht blasen. Dieses Leben, in dem man in Supermärkte geht und Geld ausgibt, in dem man Nächte vor dem Fernseher und im Internet abhängt, in dem es kreischende Kinder gibt und sinnliche Frauen, die mir Kusshände zuwerfen und mir reichlich Trinkgeld zustecken. Das Leben, in dem es Gäste gibt, die ich bedienen kann. In dem meine Freunde auf mich warten. Diese Welt ist irgendwo dort unten, unerreichbar für mich."

Tina sieht die Wut in seinen Augen, die in ihm hochkocht und ihn blind macht für die Vollkommenheit der Natur. Seine Augen hetzen ziellos über die weiße, unendliche Fläche, die hinter ihm im Fels des Wettersteingebirges gipfelt und sich vor ihm in der Ferne im Zartblau des Himmels auflöst.

„Wasser. Das alles ist nur Wasser, simples, gefrorenes Wasser, das mich von meinem Leben trennt. Es ist unfassbar. Ich bin allein in acht Wochen in einem kleinen Ruderboot über die gewaltige Wassermasse des Atlantiks, des zweitgrößten Ozeans der Welt, gerudert, über haushohe Wellen gerast und habe eine Kenterung meines Bootes überlebt. Ich habe 400 Kilometer durch die älteste Wüste der Welt auf meinem Mountainbike zurückgelegt, habe der sengenden Hitze des Tages und der klirrenden Kälte der Nacht getrotzt, habe die Natur immer und immer wieder bezwungen. Ich, Riccardo Salvatore, soll an so winzigen, unscheinbaren Elementen wie Schneekristallen scheitern?“

Während er gesprochen hat, habt sich sein Blick in Tinas Gesicht gegraben, und sie hat sich gefühlt, als würde er sie aufspießen. Sein Schmerz drückt schwer auf ihrer Brust. Sie hebt die Hand und legt sie auf seine Schulter.

Riccardos Blick streift Tina nur flüchtig, dann spürt sie die Kälte der Schneewand wieder in ihrem Rücken. Mit einer harten Bewegung hat er sie von sich gestoßen.

„Rühr mich nie wieder an!“

Seine zischenden Worte schneiden sich in ihr Bewusstsein und brennen in ihrem Innern. Ihr Mund öffnet sich, sie will ihm die schlimmsten Flüche ins Gesicht werfen, die sie kennt, aber alle Worte bleiben hinter einer Mauer unerreichbar verschlossen. Sie spürt, wie ihr Tränen in die Augen schießen. Sie lässt es zu. Die Kälte dringt durch ihre Kleider.

Seine Zurückweisung schmerzt so sehr, dass sich ihr ganzer Körper anfühlt wie eine einzige wunde Stelle. Warum lässt er sie nicht mehr an sich heran? Der Abend gestern ist wunderschön gewesen, auch für ihn, sie hat es deutlich gespürt. Zudem ist er es doch gewesen, der sie umgarnt hat, der ihr die schönsten Komplimente gemacht hat, der sie geküsst hat. Ist das alles bloß Zeitvertreib für ihn gewesen? Ein bisschen Flirt, ein bisschen Romantik auf einer Almhütte, um später vor seinen Kumpels damit angeben zu können? Ist das alles gewesen? Aber selbst, wenn es so wäre, warum zieht er sich jetzt so plötzlich von ihr zurück? Tina versteht gar nichts mehr.

Sie kommt sich benützt vor, und dieses Gefühl ist noch schlimmer als die Zurückweisung. Sie empfindet mehr für Riccardo. Vielleicht ist es ein kleines bisschen Liebe. Gibt es ein bisschen Liebe? Oder muss es gleich die richtige, große Liebe sein? Was ist denn überhaupt die große Liebe? Schmetterlinge, Sehnsucht, ein Sich-Verzehren, Nicht-mehr-schlafen-Können? Muss Liebe immer so extrem sein? Ist nicht auch das zarte Gefühl, dem anderen nahe zu sein, innerlich nahe, bereits Liebe? Sich wohlzufühlen in seiner Gegenwart, seinen Duft zu mögen und seine Haut gerne unter den Fingerspitzen zu spüren? In seinem Blick zu versinken und zu spüren, wie er eine innere Musik zum Klingen bringt?

Die Gedanken stürmen auf Tina ein. Sie zittert, und durch den Schleier ihrer Tränen, die unter ihrer Sonnenbrille hervorquellen und über ihre Wangen laufen, sieht sie die Kälte in seinem Blick.

„Du fieses, egoistisches Arschloch!"

Sie schleudert ihm die Worte ins Gesicht und bemerkt mit Genugtuung, dass er zusammenzuckt. Dann stürmt sie zurück in die Hütte und knallt die Tür hinter sich zu.

15

Eine dicke Wollmütze tief in die Stirn gezogen, zwischen den Händen eine dampfende Kaffeetasse, sitzt Tina in Marias orangerotem Wollpullover auf der Bank vor der Hütte und lässt ihre Gedanken kreisen. Die Sonne scheint in ihr Gesicht, ihr Kopf lehnt an der Hüttenwand, die Augen sind geschlossen.

Sie denkt an Silvester. Fast unbemerkt hat auf der Alm das neue Jahr das alte abgelöst. In manchen Jahren sind Sebastian, Maria und sie mit Fackeln so weit wie möglich in die Höhe gestiegen und haben ein brennendes Kreuz in den Schnee gesteckt. Um dem alten Jahr zu danken und das neue zu begrüßen. Durch den späten und anhaltenden Schneefall ist es diesmal nicht möglich gewesen. Stattdessen haben sie den Abend in der Hütte verbracht. Sie haben Fotoalben aus Tinas Kindheit angeschaut, sich gegenseitig an lustige, bange oder glückliche Momente erinnert und dadurch die Bande, die zwischen ihnen bestehen, erneuert. Sebastian und Tina haben Schach gespielt, bis Maria sie kurz vor Mitternacht aus der Hütte gescheucht hat. Gemeinsam sind sie im hellen Mondlicht im Schnee gestanden, die Augen auf die silbern schimmernde Landschaft gerichtet, haben der Stille gelauscht und sich gegenseitig in die Arme geschlossen, als Tinas Handywecker die Ankunft des neuen Jahres verkündet hat. Riccardo hat sich nach dem Abendessen, dem traditionellen Silvester-Zwiebelkuchen nach dem Rezept von Uroma Grete, auf seine Matratze zurückgezogen und in starrer Haltung, die Beine hochgezogen und den Kopf in die Hände gestützt, den Jahreswechsel vorbeiziehen lassen. Er ist zu nichts zu bewegen gewesen, weder zu einem gemeinsamen Kartenspiel noch zum Anstoßen mit Glühwein.

Tina seufzt und öffnet die Augen. In dünnen Schlieren auf dem rechten Brillenglas brechen sich Sonnenstrahlen.

Riccardo.

Seit der Heiligen Nacht ist er wie verwandelt. Er verlässt seine Matratze nur zum Essen, dazu zweimal täglich, um im

Anbau hinter der Hütte zu verschwinden. Meistens schläft er, und wenn er wach ist, versenkt er seinen Blick entweder in den Flammen, oder seine Füße stampfen über den Stubenboden, hin und her, manchmal stundenlang. Dabei flucht er mehr oder weniger leise auf Italienisch vor sich hin. Von ihm geht eine Aura aus, die sich wie ein zäher Film drückend und düster über die gemütliche Stube legt. Das warme Holz der Wände und Möbel schimmert nicht mehr braun, sondern grau, die abgegriffene Oberfläche des Tisches hat seinen Glanz verloren, und sogar das kleine Jesuskreuz, das über der Tür hängt, wirkt kraftloser als gewöhnlich. Die Luft ist trotz täglichen Lüftens muffig und legt sich klebrig auf die Lunge.

Tina flieht so oft wie möglich nach draußen. Sie hat begonnen, einen Pfad zum Wald zu treten, um zu den Futterstellen zu gelangen. Die Arbeit ist anstrengend, weil der Schnee noch locker ist und sie bis über die Knie einsinkt, und die monotone Bewegung ihrer Beine lässt allzu oft auch ihre Gedanken stagnieren.

Sebastian verschwindet immer gleich nach dem Frühstück. Tina weiß nicht genau, wohin, aber sie hat seine Fußspuren hinter der Hütte den Hang hinaufführen gesehen. Wenn er in der Hütte ist, verkriecht er sich in seinem Schaukelstuhl hinter Büchern und bewirft Riccardo mit niederschmetternden Blicken.

Einzig Maria watet mit unerschütterlicher Gelassenheit durch diesen Sumpf an negativen Emotionen, mit aufrechter Haltung und ihrem gütigen, verständigen Blick. Unermüdlich versucht sie, die Stimmung mit köstlichen Gerichten und Gebäcken aufzulockern.

Tina bemerkt, dass sich ihre Fäuste geballt haben. Es fällt ihr immer schwerer, ihre Wut auf Riccardo zu unterdrücken. Dass er sie mit seiner Zurückweisung verletzt hat, ist eine Sache, damit könnte sie vielleicht einigermaßen umgehen. Dass er aber ihre Großeltern mit seiner miesen Stimmung belastet, das kann sie nur schwer akzeptieren. Sie sehnt sich nach den Wochen zurück, als sie mit Maria und Sebastian allein auf der Alm gewesen ist – nach der Zeit, bevor Riccardo Salvatore in ihr Leben getreten ist.

„Tina? Mittagessen ist fertig!"

Tina zuckt zusammen. Sie hat Maria nicht gehört, die plötzlich in der Tür steht. Sie reckt die verspannten Schultern und lächelt ihrer Großmutter zu.

„Danke, Maria, ich komme."

„Wie geht es dir?"

Tina schweigt und öffnet die Fäuste. „Und dir?" Sie rutscht zur Seite, als sich ihre Großmutter neben sie setzt.

„Gut."

„Ehrlich?"

„Ja."

„Und Riccardo?"

„Ich kann weder etwas dafür, dass es ihm so schlecht geht, noch kann ich es ändern. Warum soll ich mich mit seiner Aggression belasten? Viel lieber wüsste ich, was dich umtreibt."

Tina senkt den Blick und schließt die Hände erneut. Das Sonnenlicht schmerzt plötzlich in ihren Augen. Sie streckt den Rücken durch.

„Lass uns Essen gehen." Ihr bittender Blick streift Maria, die nickt und langsam aufsteht.

In der Hütte empfängt sie ein Duftgemisch aus angeschwitzten Zwiebeln, Knoblauch und Kümmel. Tina hängt ihre Jacke an den Kleiderhaken, steigt aus den Schuhen und tritt an den Tisch. Der bauchige Suppentopf steht darauf. Riccardo sitzt bereits auf seinem Platz. Die Ellbogen scheinen sich in die Tischplatte zu bohren, so verkrampft sitzt er da. Sebastian schlurft herbei. Er wirkt müde. Sein Gesicht ist zerknittert, und Tina entdeckt eine Falte um sein Kinn, die ihr bisher noch nie aufgefallen ist.

Hungrig lässt sich Tina auf ihrem Stuhl nieder. Sie reibt die Handflächen aneinander, die trotz der Sonne kalt geworden sind. Mit einem großen Schöpflöffel verteilt Maria dampfende Suppe.

Riccardo beugt sich über den Teller und verzieht den Mund.

„Was ist das?"

„Bayerische Brotsuppe. Guten Appetit." Maria lächelt in die Runde und beginnt zu essen.

Riccardo blickt noch immer auf die Suppe vor sich. Er nimmt einen Löffel, lädt etwas von der cremigen, braunen Flüssigkeit darauf, in der Karottenscheiben und Zwiebelstückchen schwimmen, und lässt sie langsam in den Teller zurückfließen.

„Sieht unappetitlich aus."

Tina verschluckt sich. Fassungslos hebt sie den Blick und fixiert Riccardo. Mit gerümpfter Nase und angewidertem Gesichtsausdruck sitzt er vor seinem Teller und stochert mit dem Löffel in der Suppe herum. Sebastians Augen verengen sich, und Maria hält für zwei Sekunden in ihrer Bewegung inne. Langsam legt Tina ihren Löffel zur Seite.

Sie schiebt ihren Stuhl zurück, steht auf und bleibt vor Riccardo stehen. Sie wartet, bis er den Kopf hebt um sie anzuschauen.

Dann landet ihre offene Handfläche laut klatschend an seiner linken Wange. Sie spürt das Ziehen auf ihrer Haut und ist sich sicher, dass es ihm auch wehgetan hat.

Es vergehen fünf Sekunden, bis Riccardo den Löffel fallen lässt, der spritzend in die Suppe fällt. Vorsichtig berührt er seine Wange.

Tina kehrt zu ihrem Stuhl zurück. Als sie sich setzt und einen raschen Blick auf Riccardo wirft, breitet sich lähmende Angst in ihr aus. Seine Augen nageln sie fest, und in seinem Blick wechseln sich Wut, Hass und Aggression ab. Ihre

Finger krampfen sich um den Stiel ihres Löffels, und sie spürt, wie ihr rechter Mundwinkel zu zucken beginnt und ihre Füße über den Holzboden schaben.

Er sitzt reglos und starrt sie an. Der Löffel, den sie zum Mund führen will, ist schwer wie Blei, Suppe tropft hinunter. Ihr Magen rollt sich zusammen. Ihre Großeltern essen schweigend.

Nach dem Essen schiebt Sebastian polternd seinen Stuhl zurück und geht nach draußen. Tina folgt ihm. Sie findet ihn hinter der Hütte, wo er Holz hackt. Die Härte seiner Schläge verrät ihr, wie wütend er ist. Er holt weit aus, viel weiter als gewöhnlich, um die Axt unter Einsatz seines ganzen Oberkörpers ins Holz zu treiben. Den lauten Knall und das splitternde Geräusch des Holzes verschluckt der Schnee, der sich mannshoch neben ihr auftürmt.

Als er Tina erblickt, hält er inne und lässt die Axt sinken. Er blickt ihr direkt in die Augen.

„Danke, Tina."

Seine Stimme klingt rau. Er räuspert sich und fährt sich mit der rechten Hand durchs Haar.

„Das war mutig, aber auch gefährlich."

Sie lehnt sich an den Spaltblock.

„Gefährlich?"

„Du weißt, dass wir hier oben gefangen sind." In seinen Worten liegt so viel Gewicht, dass Tina unwillkürlich in sich zusammensackt. „Wir kennen ihn nicht. Wir wissen, dass er hochemotional ist, aber wir wissen nichts über seine Vergangenheit, nichts über die Gründe, warum er so aggressiv reagiert." Er macht eine Pause, um Atem zu schöpfen. Sie spürt Nervosität in sich aufsteigen, ihre Finger zupfen unruhig am Saum des Wollpullovers. „In unserer Situation ist es meistens besser, den Tiger zu zähmen, statt ihn zu reizen. Aber trotzdem: Ich danke dir. Du hast Marias Kochkunst verteidigt und ihr damit deine Liebe gezeigt. Das hat sie in dieser schwierigen Zeit dringend nötig."

Er schlägt die Axt dicht neben ihr in den Block und tritt auf sie zu. Sekunden später findet sie sich in seinen starken Armen wieder, die sie fest umschlingen. Sein Bart kratzt an ihrer Wange. Sie riecht kalten Rauch, der sich in dem grauen Haar verfangen hat, und spürt das Pochen des alten Herzens an ihrer Brust. Die Unsicherheit verfliegt. Sie fühlt sich stark.

Sebastian lockert die Umarmung. Seine Hände legen sich an Tinas Oberarme, und er schiebt sie gerade so weit von sich weg, dass er ihr Gesicht sehen kann. In seinen Augen liegt eine bedeutungsschwere Ernsthaftigkeit, die sich wie eine kalte Hand um ihr Herz legt und die soeben gewonnene Sicherheit erstickt.

„Selbsthass ist ein unberechenbarer Motor. Sei vorsichtig."

„Selbsthass?"

Das Wort trägt die ganze Dunkelheit der Welt in sich. Und es rührt etwas in Tina an, das ihr den Boden unter den Füßen zu entziehen droht. Ihr Mund wird trocken, und ihr Blick verengt sich. Angestrengt fixiert sie die grauen Augen ihres Großvaters.

Sebastian nickt langsam. „Hast du ihn nicht auch gespürt?"

Tina zögert. Das Blut rast durch ihren Körper und pocht laut in ihren Ohren. „Doch. Doch." Ihr Blick verlässt sein Gesicht, fließt über die Axt und bleibt an seinem Schuh hängen. Leise, mit einem kaum merklichen Zittern in der Stimme, sagt sie: „Aber da ist noch was anderes. Da ist eine Sehnsucht. Und Liebe." Ihr Kopf ruckt hoch und ihre Augen suchen wieder seinen Blick. „Sebastian, da ist Liebe in ihm."

Seine Hände umfassen ihr Gesicht. Die Wärme seiner Haut legt sich auf ihre kalten Wangen. Aufmerksam forscht er in ihren Augen.

„Dann solltest du versuchen, ihn zu seiner Liebe zu führen, anstatt seinen Hass zu schüren. Liebe ist stärker als Hass."

Sie wartet. Er hat seine Stimme nicht gesenkt. Er lässt seine Hände sinken und lehnt sich an den Holzstamm. Seine Finger verweben sich ineinander, und Tina betrachtet die tiefen Kerben, welche die Jahre auf der Alm und die tägliche harte Arbeit in seine Haut geschnitten haben.

Sein Blick unter den buschigen Augenbrauen schweift in die Ferne und scheint sich über den verschneiten Berggipfeln zu verlieren, als er ruhig zu sprechen beginnt.

„Dein Urgroßvater war ein begnadeter Musiker. Er spielte Saxofon wie kein anderer. Anfangs spielte er auf der Straße, doch rasch wurde er in Bars und später auf Konzertbühnen geholt. Bis der Zweite Weltkrieg ausbrach. Zuerst wurde er als kampfuntauglich vom Dienst suspendiert, aber als immer mehr deutsche Männer fielen, wurde er 1943 doch noch eingezogen und an die Ostfront geschickt, um unhaltbare Stellungen zu verteidigen. Er geriet in russische Kriegsgefangenschaft. Als er 1949 wieder nach Deutschland zurückkehrte, war er ein gebrochener Mann."

Sebastian fährt sich mit den Händen durch die Haare, und Tina nimmt wahr, dass seine Lippen zittern.

„Ich war neun. Ich hatte kaum Erinnerungen an ihn, aber während er im Krieg war, hat meine Mutter ohne Unterlass von ihm erzählt. Es ist ihre Strategie gewesen, seine Abwesenheit zu bewältigen. Der Mann, der dann eines Tages plötzlich in unserer Stube saß, als ich nach der Schule nach Hause kam, hatte nichts mit dem Mann gemein, von dem meine Mutter erzählt hatte."

Sebastian schweigt. Er bückt sich und ergreift ein Holzstöckchen, das neben ihm im Schnee liegt.

„Da war kein gut aussehender, charmanter Mann. Sein Körper war ausgemergelt, die Haut grau, und von seinem Haar fehlten ganze Büschel. Mein Vater hat nie über seine

Kriegserfahrungen gesprochen. Er hat überhaupt kaum gesprochen. Er hatte ein Loch in der Lunge von einem Lungenschuss. Ein Splitter konnte nicht ganz entfernt werden, er musste Medikamente nehmen. Aber er lebte. Andere Väter waren nicht zurückgekehrt."

Er zerbricht das Holzstöckchen, und leise, so als schäme er sich dafür, sagt er: „Manchmal habe ich mir gewünscht, er wäre auch nicht wiedergekommen."

Er blickt auf und schaut Tina direkt in die Augen.

„Er konnte nicht mehr arbeiten. War traumatisiert, und die Medikamente hatten wohl das Ihre dazu beigetragen, dass er sich im Alltag nach dem Krieg nicht mehr zurechtfand. Er hing den ganzen Tag rum und begann zu trinken. Dann schlug er mich und meine Mutter."

Er hält inne und Tina bemerkt, wie sich seine Hände zu Fäusten ballen. Sie tritt neben ihn und legt ihre Hand auf seine Schulter. In seinem Blick erscheint Verachtung.

„Damals habe ich begonnen, mich selbst zu hassen. Dafür, dass ich meine Mutter, die ich über alles liebte, nicht beschützen konnte. Als ich vierzehn war, fand ich eine Stelle als Knecht auf einem großen Hof. Es mangelte ja an Männern, und so wurden wir Jungen in den Ställen und auf den Feldern gebraucht. Ich hätte meine Mutter auf den Hof holen können. Die Bäuerin hatte ihren Mann im Krieg verloren und hat meiner Mutter ein Zimmer angeboten."

Sein Blick verlässt Tinas Gesicht und erklimmt die Felswand hinter der Hütte. Dann ruckt sein Kopf plötzlich herum, und er steht auf.

„Aber sie wollte nicht von ihm fort. Ist bei ihm geblieben und hat sich von ihm zusammenschlagen lassen, jeden Tag aufs Neue. Sie konnte sich nicht von ihrer Erinnerung lösen, hat bis zuletzt den Mann in ihm gesucht, in den sie sich vor dem Krieg verliebt hatte."

„Dann stammt das Saxofon in eurer Kammer von meinem Urgroßvater?" Ihr Herz klopft plötzlich heftig. Sebastian nickt.

„Er ist an einer Überdosis Alkohol gestorben. Ich lebte damals schon mit Maria hier oben auf der Alm. Ich habe meine Mutter hierhergeholt. Sie hatte nur einen kleinen Koffer dabei mit ganz wenigen Habseligkeiten. Und dieses Saxofon. Sie hing an dem Instrument, als verkörpere es ihre ganze Liebe zu meinem Vater. Wahrscheinlich hat sich ihre Seele nach ihrem Tod darin zurückgezogen."

Tina schluckt. Die Vergangenheit ihrer Familie, die sich so unerwartet vor ihr ausbreitet, drängt sie zu Fragen, die sie bisher nie gestellt hat.

„Und wann hast du Maria kennengelernt?"

„1960. Auf einer Kirmes. Ich habe sie tanzen sehen, in einem weiten, blauweiß karierten Rock und einer weißen Bluse mit Spitzenkragen. Ich habe mich sofort in sie verliebt."

Ein sanftes Lächeln erscheint auf seinem Gesicht, und seine Fäuste öffnen sich.

„Ich wäre niemals auf sie zugegangen. Mein Selbsthass hatte mir eingeredet, dass ich keine Liebe verdiente. Aber Maria hat sich nicht darum geschert. Sie hat mich hierhergebracht, auf diese Alm, und ihre Liebe hat sich in mein Herz gegraben, ohne zu fragen. Plötzlich fühlte ich mich frei. Sie hat die Selbstvorwürfe aufgelöst und den Hass vertrieben. Deine Großmutter ist eine wunderbare Frau."

Tina tritt auf Sebastian zu und schlingt ihre Arme um seinen Hals. Sie kann ihm nicht sagen, wie sehr sie ihn liebt, aber sie ist sich sicher, dass er es spürt.

„Hilf Riccardo." Seine Worte streifen ihr Ohr, und eine feine Gänsehaut läuft über ihren Rücken. Sie verharren schweigend, und Tina spürt ihre Wärme, ihre Lebendigkeit und die gemeinsame Verantwortung, die sie hier auf der Alm tragen.

Als sie die Hütte betritt, bohrt sich Riccardos Blick in ihren Rücken. Sie schält sich aus ihrem Pullover, streift die Schuhe ab. Er verfolgt sie, als sie in die Küche tritt und sich Melissentee einschenkt. Er hängt an ihr, als sie sich an die Kommode lehnt und den heißen Tee langsam schlürft. Er begleitet sie die Treppe hinauf, und sie kann ihn spüren, als sie in ihrer Kammer im Bett liegt und versucht, die Augen für ein Nachmittagsschläfchen zu schließen. Als es ihr endlich gelingt, verfolgt sie sein Blick in ihre Träume. Und er macht ihr Angst.

Nach einem kurzen Schlaf, während dem sie ihr Laken nassgeschwitzt hat, kehrt Tina in die Stube zurück. Riccardo sitzt am Tisch. Sofort heftet sich sein Blick an sie wie eine Klette, die man nicht abschütteln kann. Sie versucht ihn zu ignorieren und stellt ein Buch zurück ins Regal.

„Liest du noch immer deine hochstehenden Krimis?"

Fast spuckt er ihr die Worte entgegen, und die Verachtung in seiner viel zu lauten Stimme lässt sie erschaudern. Gleichzeitig steigt Wut in ihr hoch, die sie nicht unterdrücken kann. Abrupt dreht sie sich um und macht einen Schritt auf ihn zu.

„Meine Krimis sind genauso gut wie deine romantischen Schnulzen!" Ihr Fauchen macht jeder Katze Konkurrenz. Sebastians Blick streift sie, und seine Worte von vorhin hallen plötzlich in ihrem Kopf. Sie bleibt vor Riccardo stehen und knallt ihm sein Buch auf den Tisch. Er nimmt es in die Hand und stutzt. Darunter liegt ein kleines Büchlein. „*Ernest Hemingway. Der alte Mann und das Meer.*"

„Was soll das?"

„Eine kleine Alternative zu deinen Schnulzen. Es handelt von einem alten Fischer, der gegen jede Vernunft losfährt, um den Fisch seines Lebens zu fangen."

Riccardos Augen verengen sich zu zwei kaum sichtbaren Schlitzen. Er lässt sich Zeit. Mustert sie gründlich, bevor er zum nächsten Schlag ausholt.

„Warum bist du eigentlich hier? Findest du keinen Job? Oder keinen Mann? Kannst du keine Familie gründen, Kinder haben? So jung bist du schließlich auch nicht mehr."

Tina spürt, wie das Blut aus ihrem Gesicht weicht und seine Worte ihr die Sprache rauben. Sie beißt sich auf die Lippen, bis sie den süßen Blutgeschmack wahrnimmt.

Er hat ihren wunden Punkt getroffen und den Dolch darin herumgedreht. Der Boden unter ihren Füßen beginnt zu schwanken, und die Luft wird trocken und spröde. Ein Hustenreiz kitzelt sie. Sie schluckt hektisch, denn sie fürchtet, dass sie sich übergeben muss, wenn sie hustet. Ihr Hals fühlt sich an, als würden Splitter darin stecken. Ihre Kehle wird eng, vor ihren Augen beginnen weiße Flecken zu tanzen.

Sie stürzt in die Küche, füllt ein Glas mit Wasser und kippt es hinunter. Der Hustenreiz lässt nach, vorsichtig atmet sie ein und wartet, bis das Keuchen nachlässt. Es ist plötzlich unerträglich heiß in der Stube. Mit dem Ärmel ihrer Strickjacke wischt sie sich den Schweiß von der Stirn. Als ihr Blick auf Riccardos Gesicht fällt, durchzuckt sie ein glühender Schmerz. Siegesgewiss lehnt er in seinem Stuhl, und ein hämisches Lächeln spielt um seine Mundwinkel.

Dann holt er zum letzten Schlag aus.

„Ehrlich gesagt wundert mich das nicht. Welcher Mann will schon eine Frau mit viel zu kleinem Busen und eckigem Hintern?"

Wie ein Pfeil schießt Sebastian aus seinem Schaukelstuhl empor. In seinen Augen lodert ein vernichtendes Feuer, als er sich vor Riccardo aufbaut. Pistolengleich bohrt sich sein Zeigefinger in Riccardos Brust, während er ihm seine Worte ins Gesicht spuckt.

„Es reicht, Bürschchen! Wenn du noch ein einziges Mal ausfällig wirst gegenüber meiner Frau oder meiner Enkelin, fliegst du raus, und ich sorge höchstpersönlich dafür, dass du in dieser Schneewüste verreckst!"

Die Schüsse seiner Worte hallen im Holz der Wände nach.

Die Blicke der Männer verkeilen sich ineinander. Ihre Haltung drückt Stolz und Unnachgiebigkeit aus. Das Knistern der Holzscheite im Kamin vermischt sich mit der Spannung, die beinahe sichtbar zwischen ihnen flimmert.

Riccardo senkt den Blick in dem Moment, in dem Tina von einem Hustenanfall geschüttelt wird. Sie stürmt an den beiden vorbei, reißt die Tür auf und übergibt sich neben der Hütte in den Schnee.

Als sie mit zitternden Händen in die Stube zurückkehrt, haben sich die Männer voneinander abgewandt. Riccardo starrt aus dem Fenster, und Sebastian stochert laut klappernd in der Glut herum.

Mit raschem Schritt geht Maria auf Tina zu, packt sie am Arm und führt sie in die Kochnische. Sie drückt ihr eine weitere Tasse Tee mit einem Schuss Blutwurz in die eine Hand und legt die andere zwischen ihre Handflächen, um sie aufzuwärmen.

Tinas Blick schweift aus dem Fenster, wo der Adler wieder tiefer kreist.

16

In den nächsten sechs Tagen schweigt Riccardo. Er spricht kein einziges Wort. Zu den Mahlzeiten erscheint er je nach Gericht, das Maria kocht, und dann tötet er Tina mit seinen Blicken.

Die Angst, die Tina anfangs beherrscht hat, weicht allmählich nervöser Verzweiflung. Sie weiß, dass unter Riccardos dicken Schichten aus Wut und Hass eine weiche, einfühlsame Seele existiert. Und sie sehnt sich danach. Es kommt ihr vor, als habe sie von einer süßen Frucht gekostet, und das Verlangen nach mehr wird immer stärker. Ihre Beziehung ist vorsichtig gewesen, tastend, und genau diese zeitlose Annäherung hat ein intensives Begehren in ihr geweckt. Sie begehrt Riccardo, nicht nur seinen Körper, nicht nur seine Seele, sondern die Einheit, von der sie eine blasse Ahnung in sich trägt. Und sie fühlt sich Sebastian verpflichtet. Seine Geschichte hat sie ermutigt, sich nicht von Riccardos Verhalten abschrecken zu lassen.

Aber Tina spürt, wie sein feindliches Schweigen sie voneinander entfernt. Wie die Erinnerung an die innigen Momente verblasst und wie Ungeduld, Ärger und der Schmerz der Zurückweisung überhand nehmen. Sie hat keine Angst mehr vor ihm, glaubt nicht, dass er ihr etwas antun wird. Aber sie hört die Zeit ticken, die unaufhaltsam zwischen ihren Fingern zerrinnt und die sie nicht genießen kann. Sie fühlt sich betrogen um kostbare Wochen ihres Lebens.

Und dann taucht plötzlich ein Gedanke auf, formiert sich aus einer starken Woge aus Ärger und Verzweiflung.

Was wäre, wenn ich ihn mir vom Hals schaffen würde?

Sie erschrickt darüber, aber ihr gebeuteltes Hirn fantasiert weiter. Niemand würde es merken, und niemand würde es je herausfinden. Er hätte, wie schon viele Menschen vor ihm und wie sicher auch viele Menschen nach ihm, dem Wettersteinmassiv seinen Blutzoll bezahlt. Sie könnte ihn nachts im Schlaf erdrosseln oder ihm eines der Insektizide in den Kaffee mischen, die Maria im Garten verwendet. Und dann würde sie ihn aus dem Haus bringen und unter dem Schnee vergraben. Mit der Schneeschmelze würde sie ihn zur nächsten Schlucht ziehen und hinunterstoßen.

Sie wäre ihn los, ein für allemal, müsste sich nicht mehr ärgern und sich nicht mehr fürchten, hätte ihre Großeltern wieder für sich und könnte sie vor dem Hass und der Aggression beschützten, die so penetrant von ihm ausgehen, dass sie auf alle Hüttenbewohner überzugreifen drohen.

Und sie hätte gleichzeitig die Gefahr gebannt, dass er irgendwann und irgendwie ans Licht zerren könnte, was sie so sorgfältig in der hintersten Kammer ihre Seele verschlossen hält: die Ereignisse im letzten September in der kleinen Bucht in der Algarve.

Es beginnt wieder zu schneien. Unbarmherzig und lautlos. Die Schneeflocken fallen vom Himmel, gerade so, als hätten sie einen göttlichen Auftrag und wüssten nicht, dass sie Tina um ihre kleinen, überlebenswichtigen Fluchtmomente bringen. Um die Möglichkeit, die immer düsterer werdende Atmosphäre in der Hütte für wenige Stunden am Tag zu verlassen, um durchatmen zu können und Kraft zu tanken für die restliche lange Zeit zwischen Tagesanbruch und Nacht. Als ob sie nicht wüssten, dass sie Tina durch ihre bloße Anwesenheit zwingen, sich Riccardos tödlichen Blicken auszusetzen, die niemals von ihr ablassen, so lange sie sich in der Stube aufhält. Tödlich, weil sie täglich mehr von ihr zerstören: zuerst die Freude, die Unbekümmertheit, die Leichtigkeit und die Spontaneität, dann die Ruhe, ein Buch zu lesen oder Maria in der Küche zu helfen, und schließlich die Selbstsicherheit und ihr Selbstbewusstsein. Es gelingt ihr nicht, sich einen Panzer anzulegen, an dem die Blicke abprallen, im Gegenteil. Sie wird mit jedem Tag durchlässiger, weicher, verletzlicher, gerade so, als würde die Maske bröckeln, die sie seit Jahren trägt, als würde sich ihr Innerstes herausschälen. Nicht durch Worte, denen sie hätte parieren können, oder durch Schläge, die hätten abgewehrt werden können. Allein durch die Art, wie Riccardo sie ansieht. Sie kann ihm nicht ausweichen. Sie ist ihm ausgesetzt wie ein Fisch im Aquarium. Und sie spürt seine Genugtuung. Mit einem kalten Lächeln betrachtet er ihre fahrigen Bewegungen, die flüchtigen Blicke in seine Richtung, ihre Hände, die zitternd die Teetasse halten. Tina hat das Gefühl sich aufzulösen.

Bis sie sich eines Tages im Vorratsschuppen wiederfindet. Mit einer Flasche Insektenschutzmittel in der Hand. Im Halbdunkel des Raums kämpfen sich ihre Augen über die kleinen Buchstaben auf der Rückseite der Flasche. Sie ist nicht überrascht, als sie findet, was sie sucht: Phosphorsäureester. Als Landschaftsgärtnerin weiß sie, dass das Organophosphat in den meisten handelsüblichen Insektenschutzmitteln vorhanden ist. Der Tod erfolgt durch Atemstillstand.

Tina dreht die Flasche zwischen ihren Fingern. Ihre Augen hängen an den Sauerkrautgläsern fest, die sie vor drei Monaten hier versorgt hat. Ihre Situation kommt ihr bizarr vor, aber das Gedankenspiel gibt ihr eine Perspektive – selbst wenn sie in höchstem Grad surreal ist. Ihre Hände werden kalt, der Wind weht Schneeflocken durch die offene Tür. Es riecht nach modrigem Holz und Erde.

Plötzlich zuckt sie zusammen. Sie vernimmt ein kaum hörbares Schaben hinter sich, und dann spürt sie seinen Blick zwischen den Schulterblättern. Ihr Herz klopft im Hals, und ihr Magen drückt wie ein zentnerschwerer Ball auf ihre Blase. Sie wirbelt herum.

Riccardo steht in der Tür. Seine kräftige Statur füllt fast den ganzen Türrahmen aus und treibt das Licht in die Flucht. Tina kann seine Augen wegen des Gegenlichts nicht sehen, aber sie ist sich sicher, dass er auf die Flasche in ihren Händen starrt. Zwei Sekunden lang überlegt sie, was sie nun tun soll, dann entschließt sie sich zum Angriff. Sie stellt die Flasche zurück ins Regal, als wäre nichts Besonderes dabei, mitten im Winter mit Insektiziden zu hantieren.

Dann macht sie einen Schritt auf ihn zu.

„Was ist los mit dir?"

Ihre Stimme klingt laut in der Stille des Nachmittags.

Er rührt sich nicht.

„Ich finde, du bist mir eine Erklärung schuldig."

„Du hast mich geschlagen."

„Du hast meine Großmutter verletzt."

„Du hast mich geschlagen." Er zieht jedes Wort in die Länge wie Nudelteig. Die Härte in seiner Stimme versucht jede Hoffnung auf Annäherung zu zerstören, aber Tina weiß, dass sie nichts zu verlieren hat.

„Ja." Ihre Brust wird eng. „Das tut mir leid." Er verlagert sein Gewicht auf den rechten Fuß und lehnt sich an den Türrahmen. Graues Tageslicht fällt auf die linke Hälfte seines Gesichts. Die bärtige Wange wirkt hohl und die schwarze Augenbraue ruht drohend über seinem Auge, das im Schatten seines Wangenknochens verborgen bleibt. „Du hast meine Großmutter verletzt."

Er stößt zischend die Luft aus. „Ja."

„Warum?"

Schweigen.

Draußen ertönt ein dumpfes Poltern. Riccardo zuckt zusammen. *Eine Dachlawine wird sich gelöst haben*, denkt sie, und ihr Blick hängt an einem Wassertropfen, der an seinem Kinn glitzert.

„Tina? Bist du da?"

Sebastians Stimme.

„Ich bin im Schuppen!" Sie antwortet viel zu laut.

„Kommst du bitte mal? Du musst mir helfen."

Schwere Schritte knirschen im Schnee. Tina macht eine weitere Bewegung auf Riccardo zu. Langsam drückt er sich an den Türrahmen. Sie hält den Blick gesenkt, als sie sich an ihm vorbeischiebt. Der Duft seines Haares streift ihre Nase. Rasch tritt sie ins Freie.

Sebastian steht vor dem Eingang der Hütte, eine Schaufel in der Hand, die Augen aufs Dach gerichtet. Tina folgt seinem Blick. An der höchsten Stelle des Giebeldachs, direkt über dem Eingang, wölbt sich der Schnee weit nach vorne wie die geschwungene Krempe eines übergroßen Hutes.

„Der muss runter, bevor er abbricht. Steigst du rauf? Ich bin zu schwer für die alten Ziegel."

„Klar."

Tina ist froh über jede körperliche Betätigung. Sie ergreift die Handschuhe, die Sebastian ihr reicht, und zieht sie über die klammen Finger. Es ist ein Leichtes, über die hohen Schneemauern neben der Hütte aufs Dach zu steigen.

„Bleib möglichst weit am Rand, aber fall nicht runter", vernimmt sie die Anweisung ihres Großvaters, der jede ihrer Bewegungen aufmerksam verfolgt. Auf Knien klettert sie langsam aufwärts. Nässe dringt in ihre Trainerhose. Kleine Dampfwölkchen ziehen vor ihr vorbei, wenn sie ausatmet. Schneeflocken tanzen vor ihr und legen sich mit beneidenswerter Leichtigkeit aufs meterhoch zugeschneite Dach.

Als sie kurz vor dem Dachfirst angelangt ist, reicht Sebastian ihr die Schaufel hinauf. Vorsichtig schiebt sie den Neuschnee über die Kante, immer mehr, bis sie auf die harte Schicht des älteren Schnees trifft. Sie erhebt sich, und knirschend gräbt sich die Schaufel in die weiße Masse. Aus den Augenwinkeln erspäht sie Riccardo, der noch immer hinter der Hütte vor dem Schuppen steht. Den Kopf in den Nacken gelegt, beobachtet er sie mit zusammengekniffenen Augen.

Tina arbeitet konzentriert. Außer dem regelmäßigen Knirschen und dem dumpfen Poltern, wenn eine Schneeladung zu Boden fällt, ist nichts zu hören. Die Sicht beträgt keine zehn Meter, und die Umgebung versteckt sich in gesichtslosem Grau. Jede Bewegung verscheucht die Kälte aus ihren Knochen. Als sie mit der rechten Dachseite fertig ist, tummeln sich Schweißperlen an ihrem Haaransatz.

„Das reicht für heute. Komm runter, die andere Seite kannst du morgen machen." Sebastians Hand winkt sie zu sich.

Tina wirft ihm die Schaufel zu, dann rutscht sie über die feste, nur noch etwa zehn Zentimeter hohe Schneeschicht hinunter. Ihr Magen knurrt, und ungeachtet der Spannungen mit Riccardo freut sie sich aufs Abendessen. Die Dämmerung streckt ihre langen, dünnen Finger aus, als sie die Tür der Hütte hinter sich zuzieht.

17

Das erste, leise Knarren hört Tina nicht. Das zweite, lautere, verwebt sie in ihren Traum. Sie klettert auf einen Baum, immer höher, und dann knackt ein Ast.

Das dritte, dröhnende, berstende, knallende, pfeifende und sausende Knarren holt sie mit einer Wucht in die Realität zurück, die sie im Bett aufspringen lässt und ihr einen heftigen Schmerz in den Schädel rammt.

Holz splittert.

Schlaftrunken stößt sie mit der linken Schulter an die Wand. Sie reißt die Augen auf, aber um sie herum ist tiefschwarze Nacht. Die unheimlichen Geräusche in ihrer unmittelbaren Nähe finden ein jähes Ende in einem letzten gewaltigen Knall. Das Bett unter ihr erbebt, ihr Herzschlag setzt für fünf Sekunden aus. Dann beginnt er zu rasen.

Die Stille hämmert in ihren Ohren. Tina steht reglos, versucht zu begreifen, was geschehen ist.

Und dann weht eisige Nachtluft in ihre Kammer.

Das Dach. Wie ein Blitz trifft sie die Erkenntnis, und ihr Körper beginnt zu vibrieren. Unkontrolliert zucken sämtliche Muskeln, Schwindel erfasst sie und versucht sie umzuwerfen. Dann kehrt die Besinnung zurück und sie springt vom Bett. Sie tastet sich zur Tür, reißt sie auf und macht einen Schritt auf den Flur.

Ihr nackter Fuß tritt auf etwas Kaltes, Weiches.

Schnee.

Vorsichtig tasten sich ihre Füße vorwärts in Richtung der Kammer ihrer Großeltern. Schnee. Noch mehr Schnee. Ihre Augen irren in der Dunkelheit umher, bis sie einen kleinen, hellen Punkt über sich ausmachen.

Ein Stern.

Das Dach ist weg.

Tina wirbelt herum, als sie Schritte hinter sich vernimmt und ein tanzender Lichtkegel ihren Schatten auf den Schnee wirft. Sie blickt direkt in die kreisrunde Lichtscheibe einer starken Taschenlampe. Geblendet hält sie die Hand vor die Augen.

Als der Schein von ihrem Gesicht weicht, folgt ihm ihr Blick. Er huscht über den Schnee unter ihren Füßen, der zur Außenwand hin ansteigt, leuchtet über die Rückwand der Hütte und klettert weiter hinauf, bis er sich im Schwarz der Nacht verliert.

„Das Dach ist eingebrochen."

Riccardos Stimme klingt rau und dunkel, er muss wie sie aus einem tiefen Schlaf gerissen worden sein.

Seine Worte kämpfen sich durch die Stille, die in den Ohren schmerzt, und zerren Tina aus der lähmenden Fassungslosigkeit. Sie schüttelt sich heftig, dann fasst sie Riccardo am Arm und zieht ihn zur Tür der Kammer ihrer Großeltern – dorthin, wo die Tür gestern Abend noch gewesen ist, als sie ihnen eine gute Nacht gewünscht hat. Die leichte Tür ist zersplittert, Holz-stücke unterschiedlicher Form und Größe ragen aus dem Schnee, der aus dem Türrahmen in den Flur quillt.

„Maria? Sebastian?"

Tinas Atem droht die Enge ihrer Brust zu sprengen, als sie durch den Türrahmen in die Kammer der Großeltern stapft und ihre Namen ruft. Dicht hinter ihr folgt Riccardo. Das Knirschen ihrer Schritte wird vom Schnee verschluckt. Der weiße Lichtkegel streift über den Schnee, nichts als Schnee, durchbrochen von Holzsplittern und Dachziegeln.

„Maria? Sebastian? Wo seid ihr? Bitte sagt was!"

Tina spürt Panik in sich aufsteigen. Ihre Hände werden steif, das Blut in ihren Wangen klopft, und hinter den Schläfen pocht ein schriller Schmerz.

Dann erblickt sie die Kopfseite des Bettes, in dem Maria schläft. Das Bett steht unter dem Dachfirst und ist teilweise schneefrei. Marias weißes Haar ist eine seltsam harmonische Einheit mit dem Schnee eingegangen, aus ihrem faltigen Gesicht blicken verständnislose Augen, die sich sofort schließen, als der Lichtschein sie trifft.

„Maria!" Tina schreit auf und tritt auf den Schneehügel zu, unter dem Marias Bett bis zur Hälfte begraben ist. Der Schnee liegt bis über ihre Brust und hat Bauch und Beine unter sich begraben. „Maria!" Mit der ganzen Zärtlichkeit des Universums streicht Tina über ihre Stirn. Sie bückt sich und beginnt mit den Händen den Schnee fortzuschaufeln. „So hilf schon mit, Mann", herrscht sie Riccardo an, der noch immer hinter ihr steht.

„Wo sind die Taschenlampen?"

„Taschenlampen? Lass das und hilf, komm schon, wir können keine Zeit verlieren!" Hastig greifen ihre Hände in den Schnee, werfen ihn neben sich, wo sie den Kleiderschrank vermutet.

„Sag mir, wo die Lampen sind, wir brauchen mehr Licht."

Riccardos Stimme klingt bestimmt und ruhig.

„In der Kommode in der Küche." Die Dunkelheit verschluckt sie erneut, und sie hört seine Schritte auf der Treppe.

Ihre Hände schaufeln weiter. Ihre Finger sind taub vor Kälte. Fieberhaft arbeitet sie sich vorwärts.

Sie hätte das Dach gestern ganz freischaufeln sollen. Jetzt weiß sie, dass es ein Fehler gewesen ist, es nicht zu tun. Ein verheerender Fehler. Überhaupt, hat Sebastian nicht schon vor Weihnachten gesagt, das Dach müsse freigeschaufelt werden, damit die Last nicht zu groß wird? Warum haben sie es nicht getan? Früher ist sie oft auf dem Dach herumgeklettert und hat Sebastian geholfen, Schnee runterzuwerfen.

Wie alt ist die Hütte eigentlich? Hundert Jahre? Zweihundert Jahre? Jedenfalls ist sie seit Urzeiten im Besitz von Marias Familie. *Wann ist das Dach zum letzten Mal neu gedeckt worden? Wo bleibt Riccardo? Die Taschenlampen müsste er doch schon längstens gefunden haben!*

Da hört sie das Knarren der Treppe, und wenige Augenblicke später zuckt der Lichtschein in die zerstörte Kammer.

„Hier. Zieh an."

Riccardo steht neben ihr und hält ihr den Wollpullover und Handschuhe hin. Erst jetzt bemerkt Tina die Kälte, die in ihren Körper gekrochen ist und die Muskeln steif werden hat lassen. Ungelenk zieht sie sich den Pullover über den Kopf, aber der Versuch, die Handschuhe anzuziehen, misslingt. Zu taub sind die Finger. Riccardo, selbst in seine dicke Winterjacke gepackt, hilft ihr. Dann steigt er über den Schneehügel am Fußende des Bettes. In der Hand hält er die Schaufel.

„Wo etwa liegt Sebastian?"

Mit der Lampe leuchtet er auf Marias Brust, um sie nicht zu blenden. Ihre Hand macht eine langsame Bewegung nach links.

„Hier, gleich neben mir." Ihre Stimme klingt dünn wie ein Faden.

Ein zweiter Lichtstrahl durchschneidet die Dunkelheit. Riccardo steckt eine große Stablampe zwischen zwei Holzbohlen der Wand. Ein kräftiges, weißes Licht flutet den Innenraum der Kammer und löst eine erste Ahnung vom ganzen Ausmaß der Zerstörung aus. Zur seitlichen Außenwand hin türmt sich ein mannshohes Durcheinander aus Schnee, gebrochenen Holzbalken und Dachziegeln, das sich über die ganze Kammer bis zur Innenwand hin ausbreitet. Von der spärlichen Ausstattung des Raums ist nur das Kopfende von Marias Bett zu sehen sowie jener Teil, den Tina bereits vom Schnee befreit hat.

Tina schluckt. Ihr Blick trifft auf Riccardos Augen. Die ernste Besorgnis, die sie darin findet, lockt die Panik wieder hervor.

„Schnell, hol ihn raus!" Das Flüstern ihrer Stimme kriecht über die tödliche Schneedecke.

Ihre Blicke verharren fünf Sekunden lang ineinander, dann wendet sich Riccardo ab und stößt seine Schaufel kräftig in die oberste Schneeschicht.

Maria setzt sich mit einem leisen Stöhnen auf. Sofort stützt sie Tina und schlingt ihre Arme um den kalten Oberkörper. Sie atmet den Duft von Marias Haar ein, das sich über ihr Gesicht legt, und ist glücklich, für einen kurzen Moment etwas anderes als die eiskalte Schneeluft zu riechen. Dann richtet sie sich auf und macht sich daran, Marias Beine auszugraben.

„Kannst du deine Beine bewegen?", fragt sie mit belegter Stimme, als nur noch wenige Zentimeter Schnee darüber liegen. Maria hebt die Beine ein wenig an.

„Gott sei Dank! Komm, ich bring dich runter in die Stube. Du musst dich aufwärmen."

Widerspruchslos lässt sich Maria aus dem Bett helfen. Ihr Gesicht wendet sich Riccardo zu, der in stumpfer Gleichmäßigkeit Schaufel um Schaufel mit Schnee über seine Schulter in Richtung Schrank wirft. Hin und wieder bückt er sich, um zerbrochene Ziegel oder Holzstücke herauszuklauben, die er mit demselben Schwung zur Seite legt. Sein leises Keuchen schwebt über dem Knirschen des Schnees, und der

Dampf seines Atems liegt wie feiner Nebel über dem elenden Weiß.

„Ich bring Maria kurz runter, bin gleich wieder da."

Er unterbricht seine Arbeit nicht. Tinas Blick gleitet über seinen gebeugten Rücken, und da ist plötzlich wieder die Zärtlichkeit, nach der sie sich gesehnt hat. Sie könnte so verharren und seinen fließenden Bewegungen mit den Augen folgen - an einem anderen Ort in einer anderen Zeit. Mit einem Ruck wendet sie sich dem Türrahmen zu.

Sie ergreift die Taschenlampe, die Riccardo in einen Schneehaufen neben der Tür gesteckt hat, dann fasst sie nach Marias Hand und führt die zitternde, alte Frau langsam durch den Flur zur Treppe.

In der Stube zündet sie eine dicke Stumpenkerze an und ist erleichtert, als sich das warme Licht über den wuchtigen Holztisch, die vier Stühle, die kleine Kochnische und den Kamin ergießt und sogar ein leiser Schimmer das Bücherregal unter der Treppe trifft. Sie empfindet es als großes Geschenk, dass hier unten alles so ist wie immer, und sie spürt die Kraft, die aus jedem einzelnen Möbelstück, aus den abgetretenen Holzdielen und den dunklen Wänden strömt.

Sie führt Maria zum Schaukelstuhl, nimmt die dicke Wolldecke von Riccardos Matratze, wickelt Maria darin ein und drückt sie sachte in den Stuhl. Marias Kopf fällt sogleich an die hohe Rückenlehne. Alt und gebrechlich wirkt sie, dünn und ein wenig leblos. Tinas Hand streicht liebevoll über das schüttere Haar, und sie erntet ein müdes Lächeln.

Sie geht zum Kamin, schichtet Holz, legt einen Anzündwürfel dazwischen und entfacht Feuer. Dann geht sie zum Waschbecken, füllt einen Topf und stellt ihn aufs Gas. Mit dem Blasebalg versorgt sie die zaghaften Flammen im Kamin mit Sauerstoff, sodass sie an Größe und Kraft zulegen, und streckt ihnen ihre steifen Finger entgegen. Die Hitze legt sich über die Haut ihres Gesichts, und für einige Sekunden schließt Tina die Augen. Dann gießt sie Eisenkrauttee auf und stellt den Krug mit einer Tasse auf einen Stuhl, den sie neben Maria schiebt.

„Ich geh' wieder rauf und helfe Riccardo."

Maria nickt mit geschlossenen Augen.

„Geh nur, mein Kind." Ihre Stimme klingt müde, aber in ihren Worten liegt eine eigentümliche Kraft. *Ob sie verstanden hat, was geschehen ist?* Nachdenklich ruht Tinas Blick auf dem Gesicht ihrer Großmutter, das im Widerschein des Feuers noch viel faltiger wirkt als gewöhnlich, und auf dem Schatten tanzen. Grenzenlose Liebe erfüllt sie, und tiefe Dankbarkeit gräbt sich in ihr Herz. Mit einem Lächeln wendet sie den Blick ab und eilt die Treppenstufen hinauf zu Riccardo.

Dort krallt sich eine eiserne Hand um ihr eben noch zaghaft frohes Herz und presst es so brutal zusammen, dass ihr der stechende Schmerz den Atem raubt. Ein heiseres Röcheln verlässt ihren halb geöffneten Mund. Riccardo fährt herum.

„Tina! Alles in Ordnung?" Seiner Stimme hört man die Anstrengung der vergangenen Viertelstunde an.

Sie spürt seine forschenden Augen auf ihrem Gesicht und nickt stumm. Sie vermeidet es, ihren Blick über die Zerstörung im Raum schweifen zu lassen. Schweigend steckt sie ihre Taschenlampe in den Schnee und macht sich erneut ans Graben.

Mechanisch stoßen ihre Hände in die weiße, kalte Masse, und plötzlich ist es ihr unbegreiflich, wie sie einmal so überschäumende Freude hat empfinden können beim Anblick von Schnee. Alles Zauberhafte, Wundervolle, Magische ist weit entfernt, entschwunden in einer anderen Welt, die ihre Tore vor ihr verschlossen hat, und sie ist sich in diesem Moment nicht sicher, ob sie den Schlüssel dazu jemals wieder in der Hand halten wird. Jetzt kniet sie in dieser leblosen Masse, die keinen anderen Zweck hat, als alles mit ihrer eisigen Kälte zu zerstören.

Dieser Gedanke löst einen Energieschub aus, der Hand in Hand mit einer Panikattacke läuft. Tinas Herz beginnt zu rasen, und die Aufregung überträgt sich auf ihre Hände, die hektisch im Schnee wühlen, sich tiefer schrauben in der Hoffnung, auf etwas Weiches, Menschliches, auf ihren Großvater zu stoßen. Die Enge in der Brust, die sie beim Betreten der Kammer befallen hat, verstärkt sich, und angestrengt presst sie den Atem in die Lunge. Immer rascher arbeitet sie, und in ihr Hirn frisst sich ein einziger Gedanke: *Großvater darf nicht sterben. Großvater darf nicht sterben.* Sie öffnet den Mund, um nach Sebastian zu rufen, um ihn zu einer Reaktion zu bewegen, ihm mitzuteilen, dass er nicht allein ist und dass sie ihn da rausholen wird, aber kein Laut dringt über ihre Lippen. Ihre Zunge kribbelt, dann fühlt sie sich taub und dick an. Das Kribbeln breitet sich über die linke Seite der Lippen aus, dann über die Wange, kriecht hinunter über die linke Schulter, erfasst den Arm und hinterlässt überall Gefühllosigkeit. *Wie eine Schlange, die ihr Gift auf meinem Körper verteilt.*

Tina weiß, dass sie hyperventiliert, dass sie ihren Atem drosseln sollte, aber die Panik treibt ihr Bewusstsein vor sich her und lässt es aus ihrem Körper treten.

Sie sieht sich im Schnee knien, die Hände bis zu den Ellbogen darin vergraben, und in wilden, unkoordinierten Bewegungen ruckt ihr Oberkörper auf und ab, werfen ihre Hände Schneeklumpen und Ziegelbrocken zum Fenster, dessen Scheibe noch heil ist.

Dann verwandelt sich der Schnee in Schlamm, und sie steht im Bach, der sich im Sommer durch die Wiese neben der Hütte schlängelt. Vor ihr steht Sebastian, und sie formt schöne, runde Schlammbälle, die sie ihm gegen die Beine und an den Bauch wirft. Ihr Gesicht verzieht sich zu einem Grinsen, und aus ihrer Kehle dringt ein krächzendes, schrilles Lachen, das immer lauter wird und erst endet, als sie mit dem Gesicht hart aufschlägt.

Sie spürt einen Druck auf den Schulterblättern. Eiseskälte legt sich über ihr Gesicht, das an der linken Wange und an der Stirn schmerzt, und dringt in ihr überhitztes Hirn vor. Blutgeschmack in ihrem Mund macht ihr klar, dass sie sich auf die Zunge gebissen hat. Sie hebt den Kopf ein wenig und spuckt das Blut aus. Immerhin ist das Gefühl in ihre Zunge zurückgekehrt. Sie schmerzt.

„Geht es wieder?"

Sie zuckt zusammen, als Riccardos Stimme dicht neben ihrem Ohr erklingt. Erst jetzt nimmt sie sein Gewicht auf ihrem Körper wahr. Und seine Wärme. Sein rascher Atem streift über ihre rechte Gesichtshälfte und riecht ein klein wenig nach Pfefferminzzahnpasta. Sie möchte nicken, aber ihr Nacken ist steif und die Haut ihrer Wange brennt. Darum hält sie still und bringt mit Mühe ein heiseres „Ich glaub schon" zwischen zusammengepressten Zähnen hervor.

Riccardo erhebt sich. Sie rollt sich auf den Rücken, kneift die Augen zusammen und sucht seinen Blick. Sein Gesicht schimmert blass im weißen Licht der Taschenlampen, und der schwarze Schatten seiner Nase verbirgt den linken Mundwinkel. Die Augen liegen in dunklen Höhlen und die Wangenknochen stechen markant hervor.

„Was ist passiert?" Das Sprechen mit der geschwollenen Zunge fällt ihr schwer.

Er zuckt die Schultern. „Du hattest wohl einen Panikanfall. Auf jeden Fall hast du mich wie eine Irre mit Schnee beworfen und dabei so schaurig gelacht, dass mir angst und bange wurde."

Sie würde gerne über seine Formulierung lachen, aber der Ernst in seinen Augen schürt ihre Beklemmung und lässt sie schlucken. Sie liest in seinem Blick dieselbe Hoffnung, die sie selbst trotz der Erschöpfung weitermachen lässt, und über die sie beide nicht zu sprechen wagen aus Angst, sie durch bloßes Aussprechen zu zerstören.

Dass Sebastian noch lebt. Dass er nur bewusstlos ist oder vielleicht sogar noch schläft, und während des Schlafens nur so wenig Sauerstoff benötigt, dass er mit dem, was er ausatmet, so lange auskommt, bis sie ihn freigeschaufelt haben. Das ist die einzige mögliche Wahrheit, die einzige, die für Tina zählt, die einzige, mit der sie leben will und kann.

Riccardos Augenbrauen ziehen sich zusammen, und ohne ein weiteres Wort macht er einen großen Schritt über Tina hinweg und treibt seine Schaufel wieder in den Schneeberg, der nur langsam zu schrumpfen scheint.

Tinas Körper schmerzt. Sie fühlt sich alt und ausgelaugt, aber die Angst um Sebastian und die unerschöpfliche Energie, die von Riccardo ausgeht, fordern sie zum Weitermachen auf. Sie stemmt sich in die Höhe, um gleich darauf wieder mit den Händen im Schnee zu wühlen.

Sie arbeiten schweigend und verbissen. Außer dem unablässigen Knirschen und ihrem keuchenden Atem ist kein Laut zu hören. Die Schneeflocken, die durch das zerstörte Dach ungerührt vom Himmel fallen, leuchten kurz auf, wenn sie den waagrechten Lichtstrahl der Lampen kreuzen, um sich sogleich mit dem restlichen Weiß zu vereinen. Die Nachtluft ist so kalt, dass ihr Atem vor ihren Gesichtern schwebt und sich nur langsam aufzulösen vermag.

Tina spürt Hände und Knie nicht mehr. Die Haut über ihrem Gesicht brennt an den Stellen, auf die sie gefallen ist, und ihre Kehle ist ausgetrocknet. Sie versucht ihre Gedanken in Schach zu halten, damit sie sich nicht noch einmal verselbstständigen, aber es will ihr nichts einfallen, das sie nicht in die Nähe des Abgrundes treiben würde, aus dem sie gerade wieder herausgeklettert ist. Jeder Gedanke, der sie streift, ist von derselben düsteren Machart, die ihr den Schweiß aus den Poren treibt und ihren Magen Achterbahn fahren lässt. So versucht sie, sich auf ein Lied zu konzentrieren, auf irgendeine Melodie, die ihren überanstrengten Geist in eine monotone Ruhe versetzen soll.

Aber die einzige Melodie, die zu reproduzieren ihr Hirn in dieser Nacht in der Lage ist, will sie nicht hören.

„Would you know my name, if I saw you in heaven?"

Sie schüttelt den Kopf und flucht kurz vor sich hin, aber es ist zu spät.

„Would it be the same, if I saw you in heaven?"

Sie spürt die Unausweichlichkeit der nächsten Panikattacke und konzentriert sich auf ihre Hände. Sie blickt auf den Schnee, auf die schwarzen Handschuhe, die Riccardo ihr gegeben hat – und dann erstarrt sie.

Riccardo ist mit einem Satz bei Tina und packt sie an den Schultern, während sie schreit. Ihr Schrei ist eigentlich kein Schrei, sondern die Summe aller jemals von Lebewesen produzierten Lautäußerungen, die einen kläglichen Versuch darstellen, unfassbaren Schmerz in eine hörbare Form zu bringen. Und genau wie unzählige Leidende vor ihr scheitert auch sie daran, weshalb sie sich die Handschuhe von den Händen reißt und mit steifen Fingern ihr Gesicht zerkratzt, um wenigstens etwas zu spüren, sich lebendig zu fühlen, bevor der Schmerz sie lähmt und sie sich tot fühlt.

So tot wie Sebastian, der mit offenen Augen an ihr vorbei in den schwarzen Nachthimmel starrt.

Ihre Handgelenke werden gepackt und gegen ihre Brust gedrückt, und ehe sie sich wehren kann, findet sie sich in einer festen Umarmung wieder. Ihr Kopf schlägt an Riccardos Schulter, während sie schreit. Plötzlich hält er ihren Kopf fest, dass sie sich nicht mehr rühren kann. Sie öffnet den Mund, um ihn zu beißen, aber dann erschlaffen ihr Muskeln, und aus dem brüllenden Schrei wird ein klagendes Wimmern, dass nach und nach in ein kraftloses Schluchzen übergeht. Ihr Körper zittert. Trotz der anstrengenden und schweißtreibenden Arbeit ist ihre Haut kalt.

„Ich bin schuld."

Tina öffnet die Augen. Verschwommen nimmt sie Riccardos Gesicht wahr, das sich so dicht neben ihrem befindet, dass sie den Duft seiner Haut riechen kann. Sie bemerkt, dass sie auf seinem Schoß sitzt. Er lehnt mit dem Rücken an der Wand zu ihrer Kammer, und seine Hand streicht über ihren Rücken. Er lehnt seine Stirn an ihre und schweigt. Sie konzentriert sich auf ihren Atem, der allmählich ruhiger fließt, und spürt die Wärme, die zaghaft zwischen ihnen zu fließen beginnt.

„Ich hätte das Dach ganz räumen sollen." Ihre Stimme klingt hohl, und ihre Augen blicken ins Nichts. „Ich habe Sebastian umgebracht." Ein Beben fährt durch ihren Körper, sie spürt es zuerst in den Händen, die sich noch immer um seinen Unterarm krallen, und dann zieht es durch ihre Arme, ihre Brust, ihren Bauch und ihre Beine in die Füße, die zuckend über den Schnee schaben. „Ich habe sie beide umgebracht. Sebastian und mein Kind."

Tinas Kopf wendet sich nach links, als sie eine Bewegung aus dem Augenwinkel wahrnimmt. Maria steht im Türrahmen. Ihr Gesicht liegt im Dunkeln, weil die Taschenlampen in die Kammer gerichtet sind. Bevor sie darüber rätseln kann, ob sie weiß, dass Sebastian tot ist, treffen sie ihre Worte ins Mark.

„Kommt runter. Heute Nacht könnt ihr nichts mehr für ihn tun."

Sie spürt ein Rucken, das durch Riccardos Körper fährt, dann richtet sie sich auf. Einen Moment lang lehnt sich ihr Kopf an seine Schulter und ihr Blick trifft seine Augen. Sie sind seltsam leer. Dann steht sie auf, indem sie sich auf ihn stützt. Maria ergreift ihren Arm.

Riccardo tritt neben Sebastian. Tina sieht, dass er ihm in die Augen schaut. In die Augen des Mannes, der ihn vor dem sicheren Tod bewahrt hat. Eine Träne löst sich aus seinem Augenwinkel. Sie rollt über seine Wange und verfängt sich im Bart, der in den vergangenen Wochen zu einer stattlichen Länge herangewachsen ist, weil er vor lauter Wut vergessen hat, sich zu rasieren.

Ein heftiges Schluchzen bricht aus ihm heraus. Er beugt sich über den toten alten Mann, und unter Weinen küsst er ihn auf die Stirn.

„Verzeih mir, Sebastian."

Er weint lautlos, und seine Tränen fallen auf das stumme Gesicht, dessen Falten sich im diffusen Licht der Nacht glätten, weil Maria die Taschenlampen in den Flur richtet. Er lässt seine Finger sinken und schließt die starren Augen. Dann zieht er seine Jacke aus und breitet sie über Sebastians Gesicht.

Reglos kauert er neben dem Toten, die Arme um die Knie geschlungen. Marias Hand drückt Tinas Arm, und sanft zieht sie sie in den Flur.

18

Tina erwacht. Sie bemerkt, dass sie auf die Seite gerollt liegt und spürt unter sich das Lammfell. Obwohl ihr das Knistern des Holzes verrät, dass im Kamin ein Feuer brennt und sie die Wärme an ihrem Rücken spürt, friert sie. Die Kälte des Winters fällt nun ungebremst durchs obere Stockwerk in die Stube.

Sie wagt nicht, sich zu bewegen aus Angst, alle Muskeln würden zerreißen, sobald sie sie anspannt. Nachdem Maria sie in die Stube geführt, ihr heißen Melissentee eingeflößt und ihr den Rücken gekrault hat, ist sie in einen unruhigen Dämmerschlaf gefallen, aus dem sie immer wieder hochgeschreckt ist, schreiend und weinend und mit völlig verkrampftem Körper, der sich nun anfühlt, als wäre sie durchs Feuer gegangen.

Ihr Mund ist trocken. Sie zwingt sich, den Oberkörper in die Höhe zu stemmen und setzt sich mit einem leisen Stöhnen auf. Maria hält ihr eine Tasse Tee hin, und Tina trinkt gierig. Noch nie hat Tee so gut geschmeckt, sie trinkt, als könne sie alles Geschehene darin ertränken. Als sie ihrer Großmutter die Tasse zurückreicht, greift die alte Frau nach ihrer Hand und blickt ihr fest in die Augen.

„Es gibt hier keine Frage nach Schuld."

Tina zuckt zusammen und öffnet den Mund, um ihr zu widersprechen, aber Maria drückt ihre Hand. Tinas Mund schließt sich wieder. „Es gibt keine Schuld und kein Versagen."

Obwohl ihre Augen auf Tina gerichtet sind, fährt Riccardo neben ihr auf seiner Matratze in die Höhe. Sein Gesicht ist schmerzverzerrt, aber auch er schweigt, als ihn Marias Blick trifft.

„Meint ihr im Ernst, Gott würde eine so existenzielle Entscheidung über das Leben und den Tod eines anderen Menschen in unsre Hände legen? Würde einem von uns die Verantwortung übertragen?"

Ihre leisen, aber klaren Worte dringen in jede Ritze der Stube und kämpfen sich in Tinas Bewusstsein.

„Aber warum – warum hat er dann ..." Ihre Stimme bricht. Sie kann nicht weitersprechen, kann das Unfassbare nicht in Worte kleiden.

„Gott oder das Schicksal oder woran auch immer ihr glaubt, überlässt jedem Menschen selbst die Verantwortung. Für sein Leben wie für sein Sterben."

Tina entzieht ihr die Hand. Dumpfe Wut ballt sich in ihrem Bauch zusammen und steigt glühend auf. Ihre Kiefer bewegen sich malmend, bevor sie herauspresst: „Du glaubst doch selbst nicht, dass ein ungeborenes Kind die Verantwortung für seinen Tod übernehmen kann? Dass es freiwillig wieder geht, noch bevor es überhaupt das Licht der Welt erblickt hat? Wo ist da der Sinn? Wenn Gott die Entstehung dieses Menschen zugelassen oder erwirkt oder was weiß ich hat, warum soll es dann gleich wieder sterben?" Ihre Stimme ist immer lauter geworden, und den letzten Satzteil hat sie mit Wucht durch den Raum geschleudert. Die ganze Verzweiflung, die sie seit Monaten in ihrem Innersten verborgen gehalten hat, bricht hervor. Es ist keine Panikattacke, die sie auf sich zurollen sieht.

Es ist schlimmer.

Es ist ein schwarzer Abgrund, auf den sie sich unaufhaltsam zubewegt, in dessen Sog sie sich begeben hat und dem sie nicht mehr entfliehen kann. Es ist ein schwarzes Loch, in das sie fällt. Der Geruch des brennenden Holzes steigt ihr in die Nase, sie hört ihren eigenen lauten Atem, die Kälte der Nacht liegt auf ihren Schultern. Sie spürt Marias Blick auf ihrem Gesicht und Riccardos Nähe an ihrem Rücken. Ihr Kopf ruckt umher, ihre Augen suchen Halt an Maria, die ihre Hände in ihre legt, dann an Riccardo, der näher rutscht und sie von hinten umfasst.

Und dann lässt Tina los.

Die Gefühle, die aus ihrem Innern heraufquellen, überspülen sie immer und immer wieder, lassen sie weinen, bis sie in erschöpfte Bewusstlosigkeit versinkt.

„Kennst du Tinas Mann?" Undeutlich dringen Riccardos Worte in ihr Bewusstsein, und Tina registriert, dass Riccardo Maria mit *Du* angesprochen hat.

„Vielleicht. Ein junger Mann hat sie im Herbst hier besucht. Sie hat uns aber nicht erzählt, dass sie in einer festen Beziehung lebt."

„Dann habt ihr auch nichts von dem Kind gewusst? Ich kann mir nicht vorstellen, dass ein Mensch in der Lage ist, einen solch erschütternden Verlust für sich zu behalten, ohne daran zu zerbrechen."

„Nein. Wir haben ihre Trauer gespürt, natürlich. Aber wir wollten sie nicht drängen, und von sich aus hat sie nichts erzählt."

„Ich wollte euch nicht mit meinem Schmerz belasten." Tinas Stimme schält sich kaum wahrnehmbar aus dem Knistern und Knallen des Feuers heraus, das tapfer gegen die Kälte kämpft. „Und ich wollte mich selbst davor schützen." Sie liegt auf der Seite, die Beine angewinkelt wie ein Säugling. Ihre Augen sind auf die Flammen gerichtet, aber ihr Blick ist nach innen gekehrt.

„Und der Vater? Der Vater des Kindes? Wo ist der?" Riccardo kann das Unverständnis nicht ganz unterdrücken.

„In München. Alexander ist Tanzlehrer und muss arbeiten."

„Und warum bist du nicht bei ihm geblieben? Warum habt ihr euch nicht gegenseitig unterstützt in dieser schwersten aller Situationen, die ein Paar treffen kann?" Er ist nun so aufgebracht, dass seine Stimme sich überschlägt.

Tina setzt sich auf. Ihre Schultern hängen schmerzend an ihrem Körper. Als ihr Blick seine Augen sucht, zuckt er zusammen. Sie erkennt, dass er in ihren Augen liest. Dass er die Reue darin erkennt. Die Reue, geflüchtet zu sein.

Die Empörung fällt von ihm ab. Er steht auf, kniet neben ihr nieder und nimmt sie in den Arm. Unbeweglich kauert sie auf dem Boden, den Blick starr auf den Punkt gerichtet, auf dem er eben noch gesessen ist. Die Arme schlackern unmotiviert, und jede Spannung ist aus ihrem Körper gewichen. Er hält sie fest, vergräbt das Gesicht in ihrem Haar, und sie hört, wie er ihren Duft in sich aufsaugt. Behutsam streicht seine Hand über ihren Rücken.

„Du hast alles richtig gemacht. Du bist den Weg gegangen, der für dich gut gewesen ist. Den Weg, den das Schicksal dir gezeigt hat."

Sie blickt auf. Er hat leise gesprochen, und sie ist sich nicht sicher, ob er tatsächlich *Schicksal* gesagt hat. In seinen Augen findet sie zärtlichen Trost, und die Wärme seines Körpers findet langsam den Weg zu ihr.

Maria erhebt sich und schreitet auf die Treppe zu. Ihre Haltung ist aufrecht, einzig die Schultern hängen ein wenig vornüber, wie gewöhnlich. Riccardo lässt Tina sachte los und steht auf.

„Warte, ich komme mit."

Für einen kurzen Moment wendet sie sich ihm zu. „Danke, ich möchte allein gehen." Ihr Lächeln ist bestimmt. Dann ergreift ihre Hand das Geländer, und langsam steigt sie die knarrenden Stufen hinauf.

Tina hält den Atem an, als sie sich Stunden später hinter Riccardo die Treppe in den oberen Stock hinaufschleppt. Der linke Teil des Daches ist vollständig intakt, aber rechts ragen nur noch die dicken Querbalken wie ein hölzernes Skelett in den wolkenschweren Himmel. Im Türrahmen der großelterlichen Kammer bleiben sie stehen.

Das Bild, das sich ihnen bietet, ist wüst. Überall ragen Ziegelsplitter und abgebrochene Holzlatten aus dem tödlichen Weiß. Die Kälte hat Eiskristalle an die Fensterscheiben geklebt. Tanzende Schneeflocken schaffen eine bizarre Atmosphäre, indem sie sich mit spöttischer Leichtigkeit über das Bild der Zerstörung legen. Kleine, unscheinbare, federleichte Schneeflocken, die in ihrer Gesamtheit die Macht besessen haben, Sebastian zu töten.

„Schneeflocken sind heimtückisch."

Tina sagt es mit Verachtung in der Stimme, während sie grimmig auf den fünf Zentimeter dicken Flaum schaut, der ihre gestrige Arbeit zuzudecken versucht.

Riccardos Gesicht wendet sich ihr zu.

„Das Gleiche habe ich auch gedacht, als mir klar geworden ist, dass ich wegen ein paar Milliarden winziger Schneeflöckchen die Zugspitze nicht würde besteigen können. Es ist wie mit den Mücken: Die kleinsten Tiere können einen Menschen durch tödliche Infektionskrankheiten umbringen. Manchmal ist das Kleine größer, als man denkt."

„Und umgekehrt."

„Wie meinst du das?" Sein fragender Blick hängt an ihren Lippen, die sich durch die Kälte bereits ein wenig taub anfühlen. Tina spürt, wie das Blut in ihren Kopf schießt.

„Naja. Anfangs habe ich gedacht, dass du groß und stark und unbesiegbar bist. Ein Mann, dem alles gelingt, der alles schafft, was er sich vorgenommen hat, der keinen Schmerz und keine Niederlage kennt. Aber seit heute Nacht weiß ich, dass auch du zerbrechlich bist. Und verletzlich."

Verlegen scharrt Tinas rechter Fuß im Schnee, und flüchtig streift ihn ihr Blick. Seine Augen schauen leer. Er wirkt gedankenverloren, als er seine Schaufel anhebt und in die Schneemasse stößt.

Eine Weile lang arbeiten sie schweigend. Tina hält die Gartenschaufel in der Hand, die Riccardo aus dem Schuppen geholt hat, und befördert den Schnee durchs geöffnete Fenster. Nach kurzer Zeit brennen Blasen an ihren Fingern, und ihre Schultern schmerzen von der Last des Schnees, dessen Gewicht mit jeder Schaufel zuzunehmen scheint. Die kalte Luft presst ihre Lunge zusammen.

Als sie sich keuchend auf ihre Schaufel lehnt, um sich auszuruhen, stellt sich Riccardo neben sie. Sein Blick ist auf seine Jacke gerichtet, die noch immer über Sebastians Gesicht liegt, während er leise und in abgehackten Sätzen zu sprechen beginnt.

„Ich bin das jüngste von vier Geschwistern. Alles Jungs. Vater Maschinenbauingenieur, Mutter Gynäkologin. Alle meine Geschwister haben studiert. Rechtsanwalt, Ingenieur, Unternehmensberater. Meine Eltern sind mächtig stolz auf sie." Er schlägt die Schaufel in den Schnee. „Nur ich hab' mich ihrem Wunsch nach einem Universitätsstudium widersetzt. Hat mich nie interessiert. Konnte nie stillsitzen, auch mit zwanzig nicht. Wollte schon als kleiner Junge Kellner werden. Hab' das auch durchgezogen, aber bei meiner Familie bin ich der Versager. Der, der zu dumm ist, um zu studieren. Dass ich glücklich und gut in meinem Job bin und mich täglich auf meine Arbeit freue, ist ihnen egal. Ebenso, dass der Rechtsanwalt unter Burn-out leidet, der Ingenieur seine Familie kaum sieht und der Unternehmensberater unmoralisch viel Geld scheffelt. Alles egal. Aber ich, der kleine Kellner, hab' ihnen ihr akademisches Familienidyll versaut. Ich war schon immer der große Versager der Familie."

Er nimmt das Schaufeln erneut auf, und die Stille legt sich wieder über sie, nur unterbrochen vom regelmäßigen Knirschen und Klatschen des Schnees.

Tina betrachtet seinen muskulösen Körper und die Bewegungen, die auch nach den Strapazen der vergangenen Nacht noch immer geschmeidig und weich sind.

„Woran misst du Versagen?"

Er hält mitten im Schwung inne und der Schnee fällt neben ihm zu Boden. Langsam dreht er sich zu ihr um. Auf seiner Stirn erscheint eine steile Falte.

„Wenn ich etwas nicht leisten kann, das von mir erwartet wird."

„Etwas, das du selbst von dir erwartest, oder das jemand anderes von dir erwartet?"

„Das ist nicht so einfach. Anfangs war es sicher meine Familie, die mehr von mir erwartet hat, als ich leisten wollte oder vielleicht auch konnte. Als ich älter geworden bin, haben meine eigenen Erwartungen ihre abgelöst."

„Sind es wirklich deine eigenen Erwartungen?"

„Worauf willst du hinaus? Dass ich mein Leben nicht im Griff habe?" Seine Stimme klingt gepresst.

„Beruhige dich. Ich will dich nicht ärgern." Die Spitze ihrer Schaufel verschwindet im Schnee. Sie nimmt die Arbeit wieder auf. Sie spürt seinen Blick noch einige Sekunden in ihrem Nacken und hört sein Schnauben, das sie auf Empörung zurückführt.

Irgendwie tut es ihr leid. Sie will ihn nicht provozieren. Und doch hat sie das Gefühl, dass das Eis, mit dem er sich umgibt, dünner geworden ist. Vielleicht sollte sie noch einmal kräftig mit dem Fuß darauf treten, damit es einbricht. Aber sie hat keine Kraft für Auseinandersetzungen. Sie braucht alle Energie, um die Schaufel zu heben, sie in den Schnee zu stoßen und voll beladen über ihre Schulter zu wuchten.

Nach zwei schweigsamen Stunden ist die Kammer großflächig freigeschaufelt. Einzig über Sebastians Bett türmt sich ein letzter weißer Haufen. Sorgfältig haben sie beide darum herum gearbeitet, um nicht auf ein Körperteil zu stoßen.

Nun liegt das Unausweichliche vor ihnen.

„Wir sollten besser mit den Händen arbeiten." Tina hört ein leises Zittern in seiner Stimme. Wortlos nickt sie und kniet neben der Leiche ihres Großvaters nieder.

Sie zieht Riccardos Jacke von seinem Gesicht und schluckt. Die Augen sind geschlossen, und seine Gesichtszüge wirken entspannt.

„Er muss rasch tot gewesen sein."

Erschrocken lauscht sie dem Klang ihrer Worte, den die dicken Holzwände verschlucken.

Sie zieht ihre Handschuhe aus. Es ist ihr unmöglich, seine Haut nicht zu spüren.

Sie ist kalt.

Vorsichtig befreit sie seinen Haaransatz vom Schnee. Ihre Finger berühren seine buschigen Augenbrauen, die eingefallenen Wangen und die zarte Haut der Lippen, die sich nie wieder öffnen werden, um sie *Kind* zu nennen. Sie wischt Schnee vom eckigen Kinn und schiebt ihn vom Hals fort.

Riccardo beobachtet ihre zärtlichen Bewegungen. Dann kniet er ebenfalls nieder und gräbt mit den Händen am Fußende des Betts.

Eine weitere halbe Stunde später liegt Sebastians Körper vor ihnen. Er trägt einen dicken, grau-rot gestreiften Schlafanzug, in dem Tina ihn noch nie gesehen hat. Die Schlafanzüge aus ihren Kindheitserinnerungen sind blau oder grün gewesen. Sie erinnert sich daran, weil sie immer morgens zu ihm ins Bett gekrochen ist und er sie dann, wenn er ganz wach gewesen ist, mit seinen kräftigen Armen in die Luft geworfen hat.

Ihre Augen suchen Riccardos Blick. Er antwortet auf ihre stumme Frage. „Ich grabe hinter der Hütte eine Grube, in die wir ihn hineinlegen bis zur Schneeschmelze."

Tina tritt zum Schrank und zerrt an den Türen. Sie klemmen. Die Feuchtigkeit hat das Holz verzogen.

„Darin sind Marias Kleider. Wir sollten sie rausholen."

Riccardo hört sie nicht mehr. Er hat die Kammer verlassen.

Sie rüttelt so lange an den Türen, bis sich erst der rechte, dann der linke Flügel öffnen lässt. Ein wenig ratlos betrachtet sie die Kleidung. Links liegen Marias Sachen, rechts Sebastians. Die oberste Ablage füllen Bettwäsche und Handtücher aus. Die kann sie mit hinunter in die Stube nehmen. Ihr Blick wandert nach unten und stolpert über einen schwarzen Kasten, der auf Sebastians Seite unter einem Stapel Socken verstaut ist.

Das Saxofon.

Ein Beben erfasst ihren Körper. Rasch lehnt sie sich an die Wand. Der Instrumentenkasten zieht ihren Blick an und lässt ihn nicht mehr los. Sie erinnert sich daran, wie das Saxofon aussieht. An seine goldene, an vielen Stellen matte Farbe, die unzähligen Klappen mit und ohne Perlmuttknöpfen und die Beulen, die von intensivem Gebrauch und manch roher Behandlung erzählen. Trotzdem hält sie etwas davor zurück, sich zu bücken und den Kasten aus dem Schrank zu holen.

Sie steht noch immer an die Wand gelehnt, als Riccardo in die Kammer zurückkehrt. Sie hört seine Schritte auf dem Holz-boden. Als er neben ihr stehen bleibt und seine Hand ihre Schulter berührt, zuckt sie zusammen.

„Alles in Ordnung?"

Sie antwortet nicht, sondern starrt nur auf den schwarzen Kasten. Er muss ihrem Blick folgen, denn er macht einen Schritt auf den Schrank zu und bückt sich. Langsam zieht er ihn heraus.

„Ein Instrument?"

„Ein Saxofon. Es hat meinem Urgroßvater gehört." Ihre Stimme kommt ihr fremd vor, dünn und zittrig.

„Soll ich ihn öffnen?"

Sie schüttelt den Kopf. Er steht auf, nimmt ihn behutsam unter den Arm und streckt ihr die andere Hand hin. Sie legt einen Stapel von Marias Pullovern darauf. Riccardo dreht sich um und verschwindet im Flur.

In der einigermaßen warmen Stube empfängt Tina der Geruch nach Zwiebeln und einer würzigen Suppe. Fassungslos bleibt sie am Fuß der Treppe stehen und starrt auf ihre Großmutter, die vor dem Herd steht. Wie schafft es Maria, unter diesen Umständen den Alltag fortzuführen? Woher nimmt die sie Kraft, einfach so weiterzuleben und nicht am Schmerz, der Tina aus jedem Möbelstück, jeder Bodendiele, jeder Spinnwebe anspringt, zu verzweifeln?

Maria dreht sich um und stellt den Kochtopf auf den Tisch, aus dem es kräftig dampft.

„Setzt euch. Gemüsebrühe mit Backerbsen, damit ihr euch richtig aufwärmen könnt."

Wortlos legt Tina einen Stapel Kleider auf den Boden neben dem Bücherregal und setzt sich auf ihren Stuhl. Der Dampf, der über ihrem Teller schwebt, legt sich auf ihr Gesicht und hinterlässt einen feuchten Film kleinster Wassertröpfchen. Sie löffelt die Suppe in sich hinein, ohne etwas zu schmecken. Sie isst so langsam, dass sich die Backerbsen, die sie sonst am liebsten zwischen den Zähnen knacken lässt, auflösen und in kleinen Stückchen in der gelben Brühe schwimmen.

„Bist du damit einverstanden, in Tinas Kammer zu schlafen? Wir haben deine Kleider in ihre Kommode geräumt."

Maria schaut überrascht von ihrer Suppe auf, und ihr Blick legt sich auf Riccardo. „Das ist nicht nötig. Ich kann hier unten bleiben."

„Wie du möchtest. Wir dachten bloß, dass es dir bequemer ist, in einem Bett als auf dem Boden zu schlafen. Tina liegt gerne auf dem Lammfell", fügt er rasch hinzu, als sie zögert.

Langsam nickt Maria. „Einverstanden. Ich danke euch."

Nach dem Essen erhebt sich Riccardo und zieht sich Jacke und Handschuhe an. Als er die Hand auf den Türgriff legt, hält ihn Tina zurück.

„Wohin gehst du?"

„Ich werde hinter der Hütte eine Grube schaufeln."

Marias Augen suchen seinen Blick, dann nickt sie. „Im Frühling, nach der Schneeschmelze, werden wir ihn zu der obersten Futterstelle bringen. Er hat diese Stelle geliebt."

„Warte." Tina verschwindet im oberen Stock. Als sie zurückkehrt hält sie das Eichhörnchen in der Hand, das sie gemeinsam mit Sebastian ausgestopft hat. Es sieht täuschend echt aus. Das rotbraune Fell schimmert silbern, und große, schwarze Knopfaugen blicken auf die kleinen Pfoten, zwischen denen eine Haselnuss klemmt. Die feine Naht, mit der sie das Fell am Bauch zusammengenäht hat, ist von Auge kaum zu erkennen.

„Hier. Ich möchte, dass es bei ihm bleibt."

Ihre Hand zittert, als sie Riccardo das federleichte Tierpräparat reicht. Bewundernd betrachtet er das Kunstwerk von allen Seiten, dann steckt er es vorsichtig in seine linke Jackentasche.

„Ich werde euch holen, wenn die Grube vorbereitet ist." Er dreht sich um und zieht die Tür hinter sich zu.

Als sich die Dunkelheit über die Landschaft senkt und sich Maria in ihre Kammer zurückzieht, streckt sich Tina auf dem Lammfell aus. Eine dicke, graue Wolldecke liegt schwer auf ihrem erschöpften Körper. Die Wärme des Feuers, das unentwegt flackert, breitet sich langsam über ihr aus, und die Flammen zeichnen zuckende Muster an die Stubendecke.

Riccardo hat mit übermenschlicher Energie eine tiefe Grube hinter der Hütte gegraben, und zu dritt haben sie Sebastians Leichnam hinuntergetragen und hineingebettet. In der Hütte hat Riccardo den Durchgang im Flur zwischen den beiden Kammern provisorisch mit einer schweren Plastikplane abgeklebt, um die ärgste Kälte davon abzuhalten, in die Stube hinab zu sinken.

Tina dreht den Kopf zu ihm und betrachtet sein Profil. Weich hebt sich sein gerader Nasenrücken im Halbdunkel vor der schwarzen Holzwand ab.

Er ist schön.

Der Gedanke durchzuckt sie erneut, und wieder schämt sie sich dafür. Wie kann sie wenige Stunden nach dem Verlust ihres Großvaters, der ihr wie ein Vater gewesen ist, den sie über alle Maßen geliebt und der ein tiefes Loch in ihr Herz gerissen hat, über die Schönheit eines fremden Mannes

200

nachdenken? Aber trotz des inneren Tadels gelingt es ihr nicht, ihren Blick von Riccardos Gesicht zu lösen.

Er dreht den Kopf und lächelt sie an. Seine Hand streift über die Matratze und berührt ihren Ellbogen, der auf der Wolldecke liegt. Sie rollt sich zur Seite, ergreift die Hand, und lautlos rinnen Tränen über ihre Wangen.

19

Die folgende Zeit versinkt für Tina in einem grauen Einerlei aus Schlafen, Essen und stundenlangem Vor-sich-Hinstarren. Die Tage verlieren ihre Konturen, und ihr Körper büßt an Wahrnehmungsfähigkeit ein. War er anfangs nach der anstrengenden Schaufelarbeit verkrampft und verspannt, fühlt sie nun nicht einmal mehr das Ziehen im Rücken vom vielen Liegen. Die Gedankenstürme, die sie wieder und wieder heimgesucht haben, werden immer seltener und hinterlassen eine sinnlose Leere.

Dagegen kommt ihr Riccardo vor wie ein Schmetterling, der aus einem Kokon geschlüpft ist und nun in seiner ganzen Lebenskraft erstrahlt. Er sammelt die zerbrochenen Holzlatten ein und nagelt in einer halsbrecherischen Aktion die längeren Stücke wieder auf die dicken Dachbalken. Dazu sucht er im Wald nach abgebrochenen Ästen, als die Sonne den Schneefall ablöst, und schließt damit die Lücken im Dachgerüst. Dann beginnt er, mit den heruntergefallenen Ziegeln das Dach wieder zu decken. Während dieser gesamten Zeit, angefüllt mit harter körperlicher Arbeit, strahlt er Zufriedenheit aus, die nur hin und wieder von leiser Trauer überschattet wird, wenn er in Tinas verweinte Augen schaut.

Tina hat im Geist unzählige Anläufe genommen, um mit Maria über den Tod zu sprechen. Sein Wesen ist für sie ein

Rätsel, das sie lösen muss, um mit ihm leben zu können. Denn dass er sich nicht länger ignorieren und sich aus ihrem Leben aussperren lässt, das hat sie inzwischen begriffen. Doch sie empfindet eine unerklärliche Scheu davor, Maria direkt anzusprechen. Das Verhalten ihrer Großmutter befremdet sie aufs Tiefste. In ihren Augen verhält sich die alte Frau so, als habe Sebastians Tod nichts mit ihr zu tun.

Wie kann sie bloß weiterleben, als wäre nichts geschehen? Als hätte es diese grausame Nacht nie gegeben? Als wäre Sebastian noch immer hier und komme gleich zur Tür herein?

In Tinas Hirn, das nichts anderes zu tun hat, als Gedanken zu produzieren, sie herumzuwirbeln, sie wieder zu verwerfen, um gleich darauf neue hervorzubringen, formt sich eine Überlegung besonders aufdringlich.

Hat sie ihn gar nicht geliebt?

Dieser Satz verstört sie. Er nagt in ihr und lässt sie nachts schweißgebadet aufwachen. Er zehrt so sehr an ihrer Lebenskraft, dass sie beschließt, Maria darauf anzusprechen. Doch dann kommt ihr ein Gespräch zuvor.

Sie ist draußen im kleinen Anbau gewesen und schlüpft gerade zurück in die Stube, als sie Maria sprechen hört.

„Ich weiß nicht recht, was ich mit deinen Kleidern anstellen soll. Du hättest es mir eigentlich noch sagen können, bevor du dich aus dem Staub gemacht hast. Tina wird sie nicht gebrauchen können, und Riccardo ist wohl auch noch ein wenig zu jung dafür. Obwohl ihm deine braune Strickjacke stehen könnte. Erinnerst du dich daran, als ich sie gestrickt habe? Es ist in jenem Sommer gewesen, als Tina laufen gelernt hat. Sie hat unermüdlich versucht, sich an den kleinen Zicklein hinaufzuziehen, aber die Tierchen waren zu flink und sind ihr immer wieder entwischt. Es ist ein heißer Sommer gewesen, und du hast gelacht, wenn ich mit meiner dicken, braunen Wolle vor der Hütte gesessen bin. Näh mir lieber ein neues Hemd, hast du zu mir gesagt, obwohl ich nie

Hemden genäht habe. Deine Hosen könnte ich im Frühling zur Caritas bringen. Sicher gibt es auch dann noch Flüchtlinge aus Syrien, die sich darüber freuen. Und aus deinen T-Shirts könnte ich Putzlappen schneiden. Bist du mir böse, wenn ich aus deinen T-Shirts Putzlappen schneide?" Schweigen. „Grüß unser Enkelkind von mir. Hast du es schon getroffen? Ich wüsste zu gern, wie es aussieht. Ob es dieselben Augen hat wie du und Tina. Und ob es blond ist oder schwarzhaarig."

Die Stube beginnt sich zu drehen. Maria wendet den Kopf, als Tina über ihre Bergschuhe stolpert beim Versuch, sich an der Hüttenwand festzuhalten.

„Tina. Was ist passiert? Bist du in Ordnung?" Sofort ist die alte Frau bei ihr. Ihre Hand streicht ihr eine Strähne aus der Stirn, dann packt sie sie am Oberarm und drückt sie auf einen Stuhl. „Du siehst aus, als könntest du einen Blutwurz gebrauchen."

Abwehrend hebt Tina die Hand. „Nein, bloß nicht. Davon bekomme ich Kopfschmerzen." Entschuldigend zieht sie die Schultern ein wenig in die Höhe.

„Lass das bloß deinen Großvater nicht wissen!" Maria zwinkert ihr zu und schenkt ihr eine Tasse starken Kaffee ein. Tina nippt am Tassenrand und hat keine Lust auf Kaffee.

„Hast du mit Sebastian gesprochen?"

„Ja."

„Warum? Er kann dich doch sowieso nicht hören."

„Warum nicht?"

„Weil er tot ist."

„Sein Körper ist tot, aber weißt du, was mit seiner Seele geschehen ist?"

Schweigen.

„Nein."

„Dann spreche ich mit seiner Seele."

„Und wenn die auch tot ist?"

„Dann spreche ich trotzdem mit ihr."

Schweigen.

„Warum?"

„Weil meine Wirklichkeit so ist, wie ich sie sehe. Für mich ist Sebastians Seele nicht tot. Darum spreche ich mit ihr."

„Bekommst du Antwort?"

„Was glaubst du?"

„Ich weiß nicht?"

„Ich auch nicht. Aber es geht mir gut, wenn ich mit Sebastian spreche. Das ist eine unmittelbare Reaktion. Geht das als Antwort durch?"

„Ich denke schon. Trotzdem. Du belügst dich doch selbst, wenn du so tust, als wäre er noch hier."

„Ich tue nicht so. Ich spreche nur mit ihm. Ich koche ihm keinen Kaffee, schöpfe ihm kein Essen und schlafe nicht mit ihm."

Tina räuspert sich.

„Was ist? Meinst du, wir haben nicht mehr miteinander geschlafen? Bloß, weil wir alt sind?"

„Naja. Dein Rücken ..."

„Natürlich haben wir nicht mehr dieselben verrückten Verrenkungen gemacht wie ihr Jungen. Aber der männliche und der weibliche Körper sind füreinander geschaffen, auch mit Rheuma, Rückenschmerzen und steifen Beinen. Ganz ohne Anstrengung."

„Du bist vom Thema abgekommen."

„Welches Thema?"

„Dass du seinen Tod ignorierst."

„Das tue ich nicht."

„Doch. Du lebst weiter, als sei nichts geschehen."

„Oh, es ist sehr viel geschehen. Der obere Stock ist zur Hälfte verwüstet, ich schlafe in deiner Kammer, es ist kälter geworden in der Hütte, Riccardo geht es wieder gut, ich habe erfahren, dass ich ein Enkelkind habe und ich decke nur noch für drei Personen den . Und ich werde aus Sebastians T-Shirts Putzlappen schneiden. Ist das nichts?"

„Du hast kein Enkelkind."

Schweigen.

„Willst du es nochmal hören?"

„Was?"

„Das mit der Seele."

„Nein." Abrupt steht Tina auf und stellt ihre Tasse ins Waschbecken.

„Habe ich dir wehgetan?" Marias Blick in ihrem Rücken zwingt sie, sich zu ihr umzudrehen. Sie zuckt die Schultern und verwebt ihre Finger ineinander. „Ich ignoriere den Tod nicht." Maria betont das *ich*, und Tina fröstelt. „Der Tod ist ein Teil des Lebens. Jeden Tag stirbt ein Teil von uns. 50 Milliarden sterbende Zellen täglich ist ein ganz schöner Haufen, findest du nicht?" Tina antwortet nicht. Sie knetet weiter ihre Finger. „Hast du Lust auf Apfelkücherl?"

Tina runzelt die Stirn, überfordert vom plötzlichen Themawechsel. „Ich weiß nicht."

„Gut, dann backen wir welche." Maria steht auf, nimmt vier Äpfel von der Obstschale und legt sie gemeinsam mit einem Schneidebrettchen, einem Sparschäler und dem Kernhausausstecher auf den Tisch. „Äpfel oder Teig?"

„Äpfel." Das Rezept für den Teig hat Tina vergessen, obwohl sie sich daran erinnert, dass er ganz einfach zuzubereiten ist. Sie setzt sich und zieht die Augenbrauen in die Höhe. „Vier?"

„Riccardo isst für zwei, seit er körperlich arbeitet." Maria grinst. Tina malträtiert die Äpfel mit dem Kernhausausstecher. Das Holz knistert im Kamin, und das runde Metall in Tinas Hand bohrt sich schmatzend durch das saftige Apfelfleisch.

„Es hat dunkle Haare."

Über den Haufen mit den Kernhäusern schichtet Tina lange Streifen rotgrüne Apfelschale. Maria lässt zwei Eigelbe in die Teigschüssel gleiten. Dann schlägt sie die Eiweiße mit dem Schneebesen. Ohne in der gleichmäßig scheppernden Bewegung innezuhalten, fragt sie: „Wie heißt es?"

Tina schluckt und schneidet sich in den Finger.

„Autsch."

„Wie bitte?"

Mit dem blutenden Finger im Mund sagt sie: „Ich hab' mich geschnitten."

„Schlimm?"

Sie schüttelt den Kopf. Es kommt ihr ungeheuerlich vor, den Namen ihres Kindes auszusprechen. Sie hat ihn ein einziges Mal gesagt. Als sie es von der Klippe hinunter den Wellen überantwortet hat.

„Ich war im siebten Schwangerschaftsmonat, als es gestorben ist." Fast flüstert sie. Noch nie hat sie darüber gesprochen, nie mehr gesagt als die drei trostlosen Worte: *Es ist tot.* Damals, zu Alexander, am Nachmittag im September.

„Auch Tote brauchen einen Namen. Du willst den Tod doch nicht länger ignorieren, oder?" Durchdringend blickt Maria Tina an. Sie hält dem Blick ihrer Großmutter stand.

„Sie heißt Laura."

„Laura mit den dunklen Haaren." Versonnen schlägt Maria das Eiweiß, das so steif ist, dass der Schneebesen tiefe Furchen darin hinterlässt. Sie stellt die Schüssel zur Seite und widmet sich dem Eigelb, dem sie eine Prise Salz und ein Glas Bier beimengt. Dann streut sie Mehl darüber und rührt erneut klopfend mit dem Schneebesen. „Woher kommen die dunklen Haare? Alexander ist doch auch so blond wie du. Oder ist er nicht der Vater?"

Im ersten Moment will Tina aufbegehren, aber dann besinnt sie sich darauf, dass sie ihren Großeltern Alexander ja nie als ihren festen Freund vorgestellt hat. „Doch. Und ja, er ist auch blond. Laura hat ihre Haarfarbe wohl von Sebastian."

Ein Lächeln huscht über Marias Gesicht. Sorgfältig zieht sie den Eischnee unter die Eigelb-Bier-Mehlmischung und schaut Tina auffordernd an. Die deutet mit einer ansatzweise theatralischen Geste auf den Teller mit zwei Zentimeter dicken Apfelscheiben. Maria nickt wohlwollend.

Tinas Blick hängt an ihrem Rücken, als sie in die Kochnische geht. *Warum habe ich bloß so lange geschwiegen?* Es fällt ihr zwar nicht leicht, über Laura zu sprechen, aber es öffnet sich kein Abgrund vor ihr, und die Welt hört auch nicht auf, sich zu drehen. *Ich hätte es früher tun sollen.*

Es zischt laut, als die mit Bierteig bedeckten Apfelringe ins heiße Fett gleiten. Bereits nach wenigen Minuten beginnt es zu duften, und Tina fragt sich, warum sie in München nie auf die Idee kommt, diese leckere Nascherei für sich und Alexander zu backen.

Alexander.

Plötzlich denkt sie voller Sehnsucht an ihn. Ob er wohl klüger gewesen ist als sie und mit Peter über Lauras Tod gesprochen hat? Sie bemerkt, dass sie ihm gar nicht gesagt hat, dass es ein Mädchen ist. Überhaupt hat sie nichts anderes gesagt als die drei Worte, die sie unmittelbar danach aus ihrem Bewusstsein verbannt hat.

„Mensch, riecht das lecker bei euch!"

Riccardo poltert die Treppe herunter und wirft seine Jacke über eine Stuhllehne. Schnüffelnd tritt er hinter Tina, die vorsichtig goldbraun gebackene Apfelringe aus dem Fett zieht. Maria zerstößt Zimtstangen im Mörser, und der Duft, der aus den verschiedenen Quellen aufsteigt, ist betörend.

Tina spürt seine Wärme an ihrem Rücken. Sie würde gerne einen Schritt nach vorne machen, um die Distanz zu vergrößern, aber vor ihr steht der Herd. Ihre Gedanken und Gefühle sind in diesem Augenblick zu stark mit Alexander verwoben, als dass sie Riccardos Nähe ertragen könnte.

„Kannst du hier bitte weitermachen? Ich muss mal kurz austreten." Ohne seine Antwort abzuwarten, drückt sie ihm die Gabel in die Hand, mit der sie die Apfelkücherl wendet, und verschwindet im Freien.

Sebastian. Ach, Großvater.
Tinas Rücken gleitet an der Holzwand ab, und sie kauert sich in den Schnee. Ihre Hände wühlen sich in ihr Haar und klammern sich daran fest. *Ich habe dir deine Enkelin verschwiegen. Jetzt wirst du nie von ihr erfahren. Davon, dass es sie gibt. Irgendwo. Dort oben.*
Ihr Blick schweift über die Berggipfel, die im letzten Tageslicht rot glühen.

20

„Wie geht es Sebastian heute?"
Tina begrüßt Maria, als sie zu ihr an den Herd tritt, auf dem in einer Eisenpfanne drei Spiegeleier brutzeln.
„Du machst dich über mich lustig." Marias Tonfall klingt streng.
„Nein." Tina dreht sich zu ihr um und schlingt die Arme um ihre Großmutter. „Ich fühle mich leichter bei dem Gedanken, mit Sebastian sprechen zu können. Obwohl ich weiß, dass der Abschied endgültig ist, gibt es mir Zeit, ihn loszulassen."
Maria nickt. „Genau darum geht es. Wir haben so lange zusammengelebt, dass ich nicht von einem Tag auf den anderen ohne ihn sein kann. Genau das aber verlangt der Tod, der physische. So lange ich mit seiner Seele spreche, verschaffe ich ihm Raum in meinem Leben und mir Zeit, um mich von ihm zu verabschieden. Vielleicht wird er eines Tages ganz verschwinden, aber dann habe *ich ihn* gehen las-

sen." Tina nickt und schmiegt sich eng an Maria. Sie versteht.

Der Geruch nach Verbranntem steigt in Tinas Nase. Sie lässt Maria los und wendet sich rasch ihren Spiegeleiern zu, die glücklicherweise nur an den dünnen Rändern ein wenig schwarz sind. „Und, hat er Laura getroffen?" Sie wirft die Frage über die Schulter, während sie die Eier auf drei vorbereitete Brotscheiben gleiten lässt.

„Das kann ich dir nicht sagen. So direkt antwortet er mir nicht." Während Tina die Teller balanciert, entdeckt sie ein zufriedenes Grinsen auf dem Gesicht ihrer Großmutter.

„Sprecht ihr über Sebastian?" Irritiert wandert Riccardos Blick zwischen den beiden Frauen hin und her.

„Ja." Tina stellt einen Teller vor ihn hin.

„Und wer ist Laura?"

Sie zögert, dann sagt sie leise: „Das ist meine Tochter." Sie senkt den Blick und lässt sich auf ihrem Stuhl nieder. Riccardo ergreift ihre Hand und drückt sie. Überrascht schaut sie ihn an.

„Magst du über ihre Geburt sprechen?"

„Nein." Heftig steckt sie ihre Gabel ins Eigelb, das sofort ausläuft. „Das heißt – ich habe noch nie darüber gesprochen. Ich glaube, ich habe Angst davor."

„Angst ist ein schlechter Lehrmeister." Maria reicht einen Korb mit Brotscheiben herum und setzt sich. „Guten Appetit."

Sie frühstücken schweigend.

Dann schiebt Tina ihr Besteck zusammen und lehnt sich zurück. Sie schließt die Augen und lässt die Erinnerung an jenen Nachmittag im September aufsteigen. Sie spricht langsam, lässt den Worten Zeit, sich zu formen.

„Es ist am dritten Tag meines Urlaubs gewesen. Ich bin allein nach Portugal geflogen, um vor der Geburt nochmal eine Woche für mich zu sein. Ich habe mein Zelt in einer

kleinen Bucht direkt am Sandstrand aufgestellt, allein und
unbehelligt von den zahlreichen Touristen. Am dritten Tag
habe ich gemerkt, dass etwas mit dem Baby nicht gestimmt
hat. Es hat sich nicht mehr bewegt. Nicht während des Früh-
stücks, nicht während der Mittagspause und auch nicht nach
dem Schwimmen, als ich in der Sonne am Strand gelegen
bin. Sonst hat es jede Gelegenheit zur Bewegung genutzt,
sobald mein Körper in Ruhe gewesen ist. Ich habe es zuerst
nicht wahrhaben wollen, habe mir eingeredet, dass ich
einfach zu wenig genau darauf geachtet habe und das Baby
vielleicht durchs Fliegen und die Wärme weniger aktiv sei
als sonst. Aber im Grunde meines Herzens habe ich bereits
gewusst, dass ich es verloren habe." Eine Träne löst sich aus
ihrem rechten Augenwinkel und rinnt über ihre Wange.

Riccardo steht auf, stellt sich hinter sie, und seine Hände
legen sich auf ihre Schultern. Erleichtert über seine Nähe
lehnt sie den Kopf an seine Brust. Mit geschlossenen Augen
fährt sie fort.

„Ich habe bis zum nächsten Morgen gewartet, dann bin
ich per Autostopp nach Lagos gefahren und habe mir in einer Apotheke Rizinusöl gekauft. In der Bucht neben meinem
Zelt habe ich mir einen Wehencocktail gemischt. Vier Stunden später haben die Wehen eingesetzt, und im Morgengrau-
en habe ich Laura geboren. Es ist ganz leicht gegangen. Die
Wehen sind im Rhythmus der Wellen gekommen, und eigentlich wäre es die perfekte Geburt gewesen."

Es ist still in der Hütte. Das Feuer will an diesem Morgen
Ende Januar nicht so richtig brennen, schwarzer Qualm
quillt aus dem Kamin und verteilt sich im Raum. Riccardo
hustet, Maria öffnet lautlos das Fenster.

„Sie war klein, so klein. Und leicht. Aber sie war perfekt.
Ein vollständiger kleiner Mensch. Schwarze Locken sind in
ihrer winzigen Stirn geklebt, und die Lippen waren blutrot.
Winzige Augenbrauen über einem Hauch von Wimpern, die
Nase kleiner als mein Fingernagel. Es waren Fingerchen an

den Händen und Zehen an den Füßchen, es war alles da. Sie war wunderschön."

Tinas Kehle zieht sich zusammen, sie ringt nach Atem.

„Ich weiß nicht, wie lange ich mit ihr am Strand gesessen bin. Ich habe sie in meinen Armen gehalten und den Duft der leblosen Babyhaut geatmet. Ich werde ihn nie vergessen." Ihre Hände verkrampfen sich. „Irgendwann bin ich mit ihr auf die Klippen am Ende der Bucht gestiegen. An der Stelle, an der sie am steilsten ins Meer abfallen, habe ich Lauras Körper auf die Reise geschickt."

Tina weint lautlos. Riccardo nimmt sie auf seine Arme, trägt sie zur Matratze und lässt sie darauf nieder. Sie rollt sich zusammen. Ihr Kopf liegt in seinem Schoß, und ihre Tränen tränken den Stoff seiner Jeans. Behutsam streichen seine Hände über ihr Haar. Als sie aufschaut, um ihn um ein Taschentuch zu bitten, bemerkt sie nasse Spuren auf seinen Wangen.

„Du hast Laura ganz allein in einer Bucht geboren?" Tina hört eine Mischung aus Furcht und Bewunderung in Marias Stimme. Sie hat sich aufgesetzt, lehnt an Riccardos Brust und reibt sich die Wangen trocken. „Warum hast du keine Hebamme geholt?"

„Ich hab doch niemanden gekannt. Ich hätte ins Krankenhaus gehen müssen, und dann wäre ich dort nie mehr rausgekommen. Ich habe keine fremden Menschen ertragen, ich wollte allein sein."

„Du hast Glück gehabt."

Der ernste Tonfall in Marias Stimme lässt Tina aufhorchen. Sie betrachtet das Gesicht der alten Frau, in dem eine Spur von Trauer liegt. Sie spürt, dass jetzt der Moment gekommen ist, in dem Maria über ihre, Tinas, Geburt sprechen wird. Sie tastet nach Riccardos Händen, die neben ihr auf der Matratze liegen, legt sie auf ihre Knie und hält sie fest.

Marias Blick hängt an Sebastians Schaukelstuhl. Dann steht sie auf und lässt sich darauf nieder. Sie spricht langsam, und ihre Stimme klingt noch weicher als gewöhnlich.

„Du hast mich nie nach deiner eigenen Geburt gefragt und nach dem Tod deiner Mutter, darum habe ich dir nie etwas erzählt." Sie hält inne, das Sprechen scheint sie anzustrengen. Das schwächelnde Feuer im Kamin ist nun vollständig erloschen, und die Kälte kriecht schlangengleich durch die Stube. „Aber heute ist es Zeit, dass du weißt, wo du herkommst. Du bist hier geboren."

„Hier?!?" Tina reißt die Augen auf.

Maria nickt. Ihre Stimme klingt heiser, als sie weiterspricht, und sie räuspert sich mehrmals. Ihre Augen wandern unruhig durch den Raum, als würden sie Halt suchen, damit sie das, wovon sie gleich erzählen wird, nicht aus der Fassung bringt.

„Sibylle ist 22 Jahre alt gewesen. Sie hat in München Germanistik studiert und wollte Bibliothekarin werden. Sie hat mit Büchern und für Bücher gelebt – das Regal unter der Treppe ist ihr Nachlass." In Tina breitet sich eine Mischung aus Freude, Überraschung und Beklemmung aus. Bevor sie etwas sagen kann, fährt Maria fort: „Sie hat sich in einen französischen Austauschstudenten verliebt, der dich gezeugt hat. Er mag in Sibylle verliebt gewesen sein, aber als er von seinem Kind erfahren hat, ist er nach Frankreich zurückgekehrt. Er war halt noch so jung. Dein errechneter Geburtstermin war am 14. August. Sibylle hätte dich gerne hier auf der Alm zur Welt gebracht, aber es war unmöglich, eine Hebamme zu finden, die rechtzeitig hätte hier sein können. Darum ist vereinbart gewesen, dass sie den letzten Schwangerschaftsmonat in ihrer Wohnung in München verbringt."

Maria hält inne, um Atem zu schöpfen.

Aufmerksam betrachtet Tina das zerfurchte Gesicht. „Der Tod meiner Mutter ist 32 Jahre her. Hast du jemals darüber gesprochen?"

Ihre Großmutter schüttelt den Kopf. Als sie weiterspricht, klingt ihre Stimme, als ob ihre Kehle mit Schleifpapier behandelt worden wäre. „Es war ein heißer Sommer, und in ihrer kleinen Wohnung mitten in der Stadt ist die Hitze unerträglich gewesen. Eines Nachmittags ist sie dann plötzlich dagestanden, mit hochrotem Gesicht, schweißgebadet, aber glücklich. Sie hat versprochen, gleich am nächsten Tag wieder hinunter zu gehen, sie hat nur für kurze Zeit der Hitze entfliehen wollen. Zudem war Christine für einige Tage zu Besuch. Sie hat ja damals in Italien als Hausmädchen gearbeitet, und die beiden Schwestern haben sich nur selten gesehen. Christine, der Zugvogel, ist mit den seltenen Treffen zufrieden gewesen, aber Sibylle hat darunter gelitten. Ich bin mir sicher, dass sie vor allem Christines wegen an diesem Dienstag auf der Alm erschienen ist."

Marias Stimme bricht. „Auch ich habe unter der Abwesenheit von Christine gelitten. Aber wir, Sebastian und ich, sind der festen Überzeugung gewesen, dass es wichtig ist, einem heranwachsenden Menschen nicht die Flügel zu stutzen, sondern ihm Fliegen beizubringen, damit er aufbrechen kann, um sein Glück zu finden. Christines Entwicklung hat uns in dieser Einstellung bestätigt. Sie ist zu einer selbstbewussten, tatkräftigen Frau herangewachsen, die mit offenen Augen durchs Leben gegangen ist und die ausgeglichen und zufrieden gewirkt hat bei ihren seltenen Besuchen auf der Alm. Sie ist zwar bei deiner Geburt erst siebzehn Jahre alt gewesen, aber sie hat die Reife einer Fünfundzwanzigjährigen besessen." Ihre Hände falten sich im Schoß, und leise sagt sie: „Das ist auch der Grund gewesen, warum ich mit Sebastian an dem Nachmittag, an dem deine Mutter uns besucht hat, ins Dorf hinuntergelaufen bin, um an einer Hochzeit teilzunehmen."

Tinas Kehle zieht sich zusammen, als würde ein Strick darum liegen. Sie ahnt, dass sie in dieser Nacht geboren worden ist, als ihre Großeltern im Tal gewesen sind. Wie schwer muss die Schuld auf Marias Schultern gelastet haben! Plötzlich versteht sie, warum die alte Frau nach Sebastians Tod so eindringlich versucht hat, ihr und Riccardo Gedanken an Schuld und Versagen auszureden. Sie muss selbst jahrelang unter der Geißel genau dieser Gefühle gelitten haben.

„In dieser Nacht, in der Sibylle mit Christine allein auf der Alm gewesen ist, haben die Wehen eingesetzt. Deine Mutter muss wohl noch überlegt haben, den Rückweg ins Dorf zu versuchen, aber Christine hat sie davon abgehalten. Einerseits hat sie in ihrer Zeit in der Schweiz Erfahrungen mit Hausgeburten gemacht, andererseits hat sie begriffen, dass das Risiko, das Kind unterwegs zu gebären, zu groß gewesen wäre. Das war dein Glück."

Tina zuckt zusammen, und Maria ergreift ihre Hand.

„Was ist geschehen?" Tina flüstert.

Die alte Frau lässt die Hand los und lehnt sich zurück. „Sibylle ist wenige Minuten nach deiner Geburt an einer Fruchtwasserembolie gestorben. Dabei gelangt Fruchtwasser in den Blutkreislauf der Mutter."

„Und wäre sie im Krankenhaus auch ..."

„Wahrscheinlich ja." Maria schöpft hörbar Atem, dann fährt sie fort. „Als wir nach Hause gekommen sind, ist Christine auf dem Boden vor dem Kamin gesessen, das kleine Bündel Mensch im Arm, eingewickelt in eine leichte Baumwolldecke, weil die Wärme des Sommers auch nachts nicht ganz hat weichen wollen. Neben ihr ist Sibylle gelegen. Schön in ihrer Weiblichkeit, aber mit erstarrtem, schmerzverzerrtem Gesicht von den Krämpfen der Embolie. Christine hat die Nabelschnur bereits durchgeschnitten gehabt aus Angst, dass das Böse, das in ihrer Schwester gewütet hat, auch auf ihre Nichte übergreifen könnte."

Tina schließt die Augen. Bilder stürmen auf sie ein, Bilder, die sie zwar nie gesehen hat, die aber durch Marias Erzählung in ihr lebendig werden. Plötzlich überlagern sich zwei Realitäten. In Christines Armen liegt nicht sie selbst, sondern Laura. Deutlich erkennt sie die winzigen Nasenflügel, die nie gebebt haben und die zarten, blutroten Lippen.

„Was will der Tod von mir? Erst nimmt er mir meine Mutter, dann mein Kind, und nun meinen Großvater." Ihre leise Stimme bleibt klar, als sich eine Träne aus dem rechten Augenwinkel stiehlt.

„Der Tod will gar nichts von dir, sonst hätte er dich mitgenommen – und nicht deine Mutter und dein Kind. In dir pulsiert das Leben, und es ist stark. Du entscheidest selbst, wie viel Macht du dem Tod geben möchtest. Er ist nur ein Moment der Transformation, nicht mehr und nicht weniger. Zudem bist du nicht die Einzige, die geliebte Menschen verloren hat."

Maria schließt die Augen. Die Erschöpfung hat die Farbe aus ihrem Gesicht verdrängt, und wenige Minuten später ist sie eingeschlafen.

Tina sitzt reglos und starrt auf die verrußten Wände des Kamins.

„Deine Großmutter ist eine wunderbare Frau."

Sie nickt stumm. Weiße Asche bedeckt ein halb verbranntes Holzscheit.

„Sie erinnert mich an meine Nonna. Sie war der einzige Mensch in meinem Leben, der mich bedingungslos geliebt hat."

Sie wendet den Kopf. Die Dunkelheit des Kamins spiegelt sich in seinen Tränen.

Tina tritt vor die Hütte. In ihrem Kopf hämmern tausend Trommeln. Obwohl sie den ganzen Vormittag in der kalten Stube gesessen ist, weil niemand die Energie aufgebracht hat, das Feuer zu schüren, ist ihr heiß. Ihr Blut jagt durch ihren Körper, und ihr Gesicht glüht. Die Schneeflocken, die inzwischen nur noch spärlich vom wolkenverhangenen Himmel fallen, schmelzen augenblicklich auf der heißen Haut und zeichnen die Spuren der Tränen nach.

Unschlüssig blickt sie sich um. Sie würde gerne in den Wald laufen, um nach der Eichhörnchenfamilie zu sehen. Die Sicht ist nicht so schlecht, wie sie erwartet hat. Verlaufen würde sie sich nicht. Aber in den letzten Tagen wieder ist so viel Neuschnee gefallen, dass sie bis zu den Knien einsinken würde, und dazu fehlt ihr heute die Kraft.

Die Stille verschluckt Tinas Seufzer. Sie sehnt sich nach Geborgenheit, nach Armen, die sie halten, und Händen, die sie streicheln. Die ihr zu spüren geben, dass alles in Ordnung ist. Dass das Leben gut ist, trotz des Schmerzes, der sich so tief in ihre Seele eingebrannt hat, dass sie daran zweifelt, jemals wieder ohne ihn leben zu können. Wo sind die unbeschwerten Tage ihrer Kindheit geblieben, die sie hier auf der Alm verlebt hat? Der Ort, der ihr bisher Ruhe und Kraft gegeben hat, erscheint ihr plötzlich bedrohlich dunkel und kalt. Der Wind pfeift durchs teilweise reparierte Dach, und in ihm meint Tina die Schreie ihrer Mutter und das Schluchzen von Christine zu hören sowie ihr eigenes dünnes Wimmern.

Ihr Körper beginnt zu kribbeln, und unruhig scharrt sie mit den Füßen im Schnee. Sie muss etwas tun, sich bewegen, irgend-etwas, um die vielen intensiven Emotionen und aufwühlenden Gedanken, die in den letzten Stunden auf sie eingestürmt sind, zum Schweigen zu bringen.

Einem inneren Impuls folgend, läuft sie hinter die Hütte. Rauch und der Geruch nach verbranntem Holz wehen vom Dach herunter. Riccardo muss eingefeuert haben. Vor dem runden Scheitblock bleibt Tina stehen. Sie schlüpft aus ihrem Wollpullover, streift die Strickjacke ab, zieht sich das Sweatshirt über den Kopf und steigt aus den Schuhen. Sie legt die Kleider auf den Baumstumpf. Hose, Slip und BH folgen.

Als sie vollkommen nackt ist, reckt sie die Arme gen Himmel und schließt für einen Moment die Augen. Der kalte Wind streift über ihre Haut, und die Schneeflocken berühren sie wie kleine, kalte Küsse. Gänsehaut breitet sich über ihren Körper aus, beginnt zwischen den Schulterblättern und läuft über den Rücken, die Arme, den Bauch und die Beine in die Füße.

Sie bückt sich und häuft Schnee in die offenen Handflächen. Dann beginnt sie sich damit abzurubbeln. Die Kälte prickelt auf der erhitzten Haut. Mit jedem Zentimeter, den sie bearbeitet, kehrt die Lebendigkeit in ihren Körper zurück.

Plötzlich stellen sich ihre Nackenhärchen auf. Sie spürt die Anwesenheit eines anderen Menschen. Ihre rechte Hand bleibt auf halber Höhe stehen, Schnee rutscht von der Handfläche und fällt zu Boden. Langsam wendet sie den Kopf.

Riccardo steht keine zwei Meter von ihr entfernt und schaut sie an. Unbefangen wandert sein Blick über ihren Körper und bleibt in ihrem Gesicht hängen. Er verrät nichts über seine Gedanken oder Emotionen. Klar und offen laden seine Augen sie ein, in ihnen zu versinken. Tina steht reglos. Sie empfindet nichts, fühlt nur eine Spannung, die bis in die Fingerspitzen reicht.

Ohne den Blick von ihr zu nehmen, zieht sich Riccardo aus. Tina dreht sich ihm zu, und nackt stehen sie sich gegenüber. Sie betrachten ihre Körper. Streichen mit den Augen darüber, bemerken Leberflecken, Fettpölsterchen, Muskelpakete, Körperbehaarung an allen möglichen und unmöglichen Stellen, weil halt eben Winter ist. Nur eines bemerken sie nicht. Erregung.

Riccardo bückt sich und greift in den Schnee. Dann richtet er sich auf, macht zwei Schritte auf Tina zu und berührt ihren Oberarm. Behutsam reibt er über die Haut, seine Augen auf ihrem Gesicht. Sie lässt ihn gewähren. Der Druck seiner Hände wird kräftiger, als er über ihre Schultern streicht, sie sanft umdreht und den Rücken massiert. Sie spürt die Kälte auf ihren Pobacken und an den Oberschenkeln.

Dann steht er plötzlich wieder vor ihr. Als er eine Hand auf ihren Bauch legt, um ihn abzureiben, zuckt sie zusammen und hält ihn zurück. Seit der Geburt hat ihr jede Berührung ihres schlaffen Bauchs seelische Schmerzen verursacht. Die Vorstellung, dass Riccardo seine Hände darüber gleiten lassen wird, jagt ihr Schauer über den Rücken.

Er schaut sie ruhig an und wartet. Zögernd legt sie ihre Hände auf seine, und ganz langsam führt sie ihn. Das Echo aus ihrem Innern, das sie erwartet hat, bleibt aus, und langsam lässt sie seine Hände los. Gefühlvoll reibt er ihren Bauch und ihre Brüste ab. Ihre Brustwarzen stehen aufrecht, der Kälte wegen. Er legt beide Hände an ihren Hals, reibt, bis hinauf zu den Ohren, dann über die Stirn und die Wangen. Dann lässt er die Hände sinken und macht einen Schritt zurück.

Tinas Körper pulsiert wie nie zuvor. Ohne zu zögern greift sie in den Schnee. Sie tritt auf Riccardo zu und legt die Hände auf seine Schultern.

„Du hast mir den Schmerz über den Verlust meiner Liebsten aus dem Körper gerieben." Prüfend blickt sie in seine Augen. „Warum reibe ich dich ab?"

„Wo Verlust schmerzt, ist Liebe."

Verblüfft hält Tina den Atem an. Der Schnee schmilzt unter ihren Händen, und sie vergisst zu reiben. Laut hallen seine Worte in ihrem Kopf wider, geraten in die Blutbahn und erobern sich einen Platz in ihrem Herzen.

Dann fährt Riccardo fort, und Tina bückt sich, um neuen Schnee zu holen.

„Jahrelang habe ich mir einreden lassen, dass ich ein Versager bin. Von meinen Eltern und von meinen Geschwistern,

weil ich nicht studiert und damit eine Familientradition gebrochen habe. Familie ist das Wichtigste im Leben der Italiener." Tinas Hände gleiten über seinen muskulösen, unbe-
haarten Oberkörper. Sie kniet nieder, um seine Oberschenkel
zu massieren und die Unterschenkel. Dann stellt sie sich hinter ihn.

„Ich habe darunter gelitten, bis ich einen Weg gefunden
habe, ihre Achtung zu erlangen: durch den Extremsport. Wie
ein Irrer bin ich von einem extremen Event zum nächsten
gejagt, um ihre Anerkennung und Bewunderung zu bekommen." Sie massiert seinen Rücken.

„Ich bin nicht glücklicher geworden dadurch, aber der
Schmerz des Versagens ist weniger scharf gewesen." Er hält
inne, und Tina lässt die Hände sinken, um ihm in die Augen
zu schauen. Sie wirken ernüchtert, aber zufrieden. „Erst hier,
auf dieser Alm am Ende der Welt, habe ich verstanden, dass
der Wert eines Menschen nicht von seiner Leistung abhängt.
Du hast mich gefragt, ob es wirklich meine eigenen Erwartungen gewesen sind, die ich enttäuscht habe. Ich bin wütend gewesen über diese Frage. Aber heute kann ich dir antworten: Ich habe aus anderen Motiven gehandelt als der Fischer. Ich bin nicht losgezogen, weil es mein innerer
Wunsch gewesen ist, mit dem Fisch zu kämpfen, sondern
um meine Umgebung mit meinem Fang zu beeindrucken."

„Du hast Hemingway gelesen."

„Ich habe die Erwartungen meiner Familie zu meinen eigenen gemacht." Seine Gesichtszüge werden weich. „Du
reibst mir das Hirngespinst des Versagens aus meinem Körper."

Mit wenig Schnee unter den Fingern massiert sie seine
Wangen und seinen Nasenrücken. Dann glätten ihre Zeigefinger die tiefen Furchen auf seiner Stirn.

„Nur, wer sich selbst liebt, kann von andern geliebt werden." Tina steigt auf die Zehenspitzen, die sie schon lange

nicht mehr spürt, und ihre Lippen berühren seinen Mund wie die Schneeflocken sein Haar.

Dann dreht sie sich um und zieht sich an. Mehrmals entgleiten die Kleidungsstücke ihren tauben Fingern, und sie beobachtet, dass es Riccardo nicht besser ergeht. Mit gefühllosen Füßen tasten sie sich zurück zur Hüttentür, sich gegenseitig stützend, um durch die ungelenken Bewegungen ihrer vor Kälte steif gewordenen Glieder nicht zu stolpern.

In der Hütte umfängt sie wohlige Wärme, und ihre Wangen beginnen zu glühen. Maria sitzt vor einer Ansammlung von Schneidebrettchen, Schüsseln, Messern und Lebensmitteln. Es riecht nach Schnittlauch und gekochten Kartoffeln, und im Kamin flackert wie immer ein Feuer. Plötzlich fühlt sich Tina wieder geborgen. Die Schatten der Vergangenheit haben sich in die dunklen Ecken des Raumes zurückgezogen, und Tina beschließt, sie vorerst zu meiden, bis sie genügend Kraft für weitere Begegnungen geschöpft hat.

„In der Küche steht Tee für euch." Auf Marias Gesicht liegt ein Lächeln. Tina tritt zu ihr und küsst ihre Stirn.

„Danke, Maria."

„Was wird das?" Mit gewohnter Neugier betrachtet Riccardo die Ausstellung auf dem Ess.

„Erdäpfelkas." Auf seine hochgezogenen Augen hin erläutert sie: „Ein Mus aus Kartoffeln, Zwiebeln, Schnittlauch, Rahm und Pfeffer, das als Brotaufstrich gegessen wird."

„Köstlich!", ruft ihm Tina aus der Kochnische zu.

„Tina? Hast du diesen Koffer heruntergebracht?"

Tina fährt herum. Marias Stirn deutet auf den Saxofonkoffer, der neben der Treppe steht.

„Ich war das. Hätte ich ihn oben lassen sollen?" Riccardo blickt sie fragend an.

„Nein. Ich habe bloß vergessen, dass er noch hier ist."

Tinas Augen fixieren Maria. „Hat Sebastian eigentlich auch Saxofon gespielt?"

„Nein. Er hat alles gemieden, was sein Vater geliebt hat. Die Musik, schnelle Autos und Motorräder."

„Und den Alkohol. Darum also hat Sebastian keinen Alkohol getrunken!"

„Ja. Ich habe deinen Urgroßvater nicht kennengelernt. Nur deine Urgroßmutter, aber das ist ganz am Schluss ihres Lebens gewesen."

„Wie war sie?"

„Ihr Körper war zerschunden von den jahrelangen Schlägen, die sie über sich hat ergehen lassen. Zahlreiche Narben haben die Haut übersät, Narben über Narben. Einige davon sind immer wieder aufgerissen. Er muss sie mit allem Möglichem geschlagen haben."

Tina stellt mit einem lauten Knall den Teekrug auf den .

„Ich glaube, ich kann das nicht hören."

„Tut mir leid, mein Kind. Auch das ist Teil deiner Familiengeschichte. Deine Urgroßmutter, ihr Name war übrigens Elsa, ist eine starke Persönlichkeit gewesen, auch wenn viele Menschen ihre Unfähigkeit zur Flucht als Schwäche interpretiert haben. Als sie hier angekommen ist, ist sie glücklich gewesen. Sie hat ihr Leben mit dem Menschen verbracht, den sie geliebt hat, bis zu seinem Tod. Sie ist durch alle Höhen und Tiefen des Lebens mit seiner Seele verbunden geblieben, und diese Verbindung ist stärker gewesen als die körperlichen Qualen, die sie erleiden musste."

Tina schüttelt den Kopf. „Ich kann trotzdem nicht verstehen, wie man bei einem Menschen bleiben kann, von dem man körperlich gedemütigt wird."

Maria beugt sich vor und sucht ihren Blick. Tina stutzt, denn sie erblickt in ihren Augen ein vielsagendes Funkeln. „Bist du sicher?"

„Was meinst du damit?"

„Hättest du die Hütte verlassen, wenn du hättest können?"

Verwirrt runzelt Tina die Stirn. „Wann?"

Riccardo steht auf und tritt vor sie hin. „Als ich dich, blind vor Selbsthass, mit meinen Blicken gequält habe. Das ist schlimmer gewesen als körperliche Misshandlung." Er streckt die Arme aus und hält ihr die offenen Handflächen hin. Langsam legt sie ihre Hände hinein. „Ich möchte dich um Verzeihung bitten."

Sie schaut in die hellbraunen Augen und kennt die Antwort. „Nein. Ich wäre nicht gegangen. Ich hätte versucht, dich umzubringen."

Nach dem Essen, das Tina wieder ein Stück näher an ihre glückliche Kindheit gebracht hat, sucht Maria zeitig ihre Kammer auf.

Tina gähnt. „Magst du noch etwas trinken?"

Riccardo sitzt auf seiner Matratze und lässt seine Augen unschlüssig durch die Stube gleiten. Jetzt bleiben sie an Tina hängen, die vor dem Herd steht und sich die Hände abtrocknet. „Ich weiß nicht recht. Ich hab schon so viel Tee getrunken, aber irgendwie ist mir noch immer kalt."

Sie nickt. „Mir geht's auch so. Wir sind wohl doch ein bisschen zu lange draußen gewesen."

„Naja, wohl eher in der falschen Kleidung." Er grinst ihr zu.

Tina lacht. „Trinkst du eigentlich Alkohol?"

„Ja. Eigentlich regelmäßig. Gehört irgendwie zum Job. Nach sieben Stunden ohne Pause auf den Beinen, immer zwischen Leuten, umgeben von Essen, Trinken und einem relativ hohen Geräuschpegel kann ich nicht gleich schlafen gehen. Dann hänge ich mit meinem Team ab, meistens in einer Bar. Der Alkohol hilft mir abzuschalten und rascher einzuschlafen."

„Dann hab ich was für uns, das von innen her wärmt." Sie geht zur Kommode, zieht die unterste Schublade heraus und ergreift eine schlanke, durchsichtige Flasche mit einer roten Flüssigkeit. „Blutwurz. Heilt Wunden."

Lächelnd prosten sie sich zu.

„Wolltest du mich wirklich umbringen?" Sie sitzen sich gegenüber, halten die Likörgläschen in den Händen.

Sie legt den Kopf schief und zögert. „Ich wusste mir nicht mehr zu helfen. Ich fühlte mich machtlos. Und gleichzeitig habe ich mich nach dir gesehnt. Nach deiner Zärtlichkeit." Sie bricht ab und schluckt. Es sind verschiedene Dinge, Gefühle wahrzunehmen, sie sich einzugestehen und darüber zu sprechen. Sie wird sich bewusst, dass sie nicht viel Übung darin hat, über Gefühle zu sprechen. „Aber ich glaube nicht, dass ich es tatsächlich getan hätte."

Sie spürt seinen Blick auf ihrem Gesicht. Dann wendet er sich von ihr ab und steht auf. Er geht auf den Instrumentenkoffer zu und kehrt mit ihm zum Feuer zurück. Fragend blickt er Tina an. Sie nickt. Wenn sie den Koffer noch einmal öffnet, dann nur jetzt, gemeinsam mit Riccardo.

Sie hört das Klacken der beiden Schnappschlösser und das Quietschen der verrosteten Scharniere. Der Geruch nach altem Stoff breitet sich aus. Das Saxofon ist noch genauso verbeult, wie Tina es in Erinnerung hat.

Sorgfältig hebt Riccardo es aus dem Koffer mit der roten Samtverkleidung und hängt sich den Schulterriemen um. Seine Finger drücken die zahlreichen Klappen hinunter. Einige klemmen und lassen sich nur mithilfe seines Zeigefingers wieder in die Ausgangsstellung befördern. Dann sucht er nach dem Mundstück und steckt es auf das obere Ende des Instruments. Vorsichtig legt er seine Lippen daran und bläst hinein. Ein dumpfer, wackliger Ton löst sich aus dem Schallbecher und schwebt für drei Sekunden durch den Raum, bevor er sich in der Dunkelheit verflüchtigt.

„Du spielst Saxofon?"

„Ich habe gespielt, bevor ich mich für den Sport entschieden habe." Er entlockt dem Instrument einen weiteren Ton, dann noch einen und noch einen. Zaghaft sucht sich die Melodie ihren Weg durch die Stube.

Als er die Lippen wieder öffnet, liegt ein rosiger Schimmer über seinen Wangen. „Ich habe gerne gespielt. Nur leider konnte ich damit niemanden beeindrucken." Er zieht das Mundstück wieder ab und legt das Saxofon in den Koffer zurück. „Lassen wir dem guten Stück seinen Frieden." Fast zärtlich streicht seine Hand über das alte Blech, dann schließt er leise den Koffer.

Die Wärme des Feuers und des Alkohols lassen Tinas Wangen glühen. Sie gähnt erneut. Riccardo legt sich auf den Rücken, und sie kuschelt sich in seinen Arm. Sie denkt keine Sekunde lang an Sex. Die Erlebnisse der vergangenen Tage sind zu umwälzend, zu tiefschürfend gewesen, um einem solch profanen Bedürfnis Raum zu geben.

Und trotzdem geschieht es.

Tina erwacht von einer kitzelnden Berührung an ihrem Ohr, die sich mit ihrem Traum vermischt, in dem sie an Sebastians Hand über blühende Almwiesen stürmt. Sie nimmt wahr, dass sie auf dem Rücken liegt, und spürt eine warme Hand, die ihren Pullover hinaufschiebt und ihren Bauch streichelt. Wärme und tiefe Entspannung fließt von ihrem Bauch durch Arme und Beine. Ihr Kopf wird angehoben und der Pullover abgestreift. Ihre eigenen Hände tasten über nackte Haut, ihre Fingernägel kratzen sanft über Riccardos Rücken.

Und dann sind da nur noch Hände und Lippen, gibt es nur noch Lust, Wärme, Geborgenheit, Erregung und Hingabe. Sie liebkost seinen Körper mit aller Liebe, die der erlittene Verlust sie spüren lässt, und empfängt seine Leidenschaft, die nichts mit Leistung zu tun hat. Sie lieben sich, bis sie wieder im Schlaf versinken, und ihre Liebe ist die zweier Seelen, die sich berührt haben.

21

Viereinhalb Monate nach dem ersten Schneefall besiegt der Frühling den Winter auf der Alm. Tina merkt es an den Sonnenstrahlen, die nun so viel Kraft haben, dass sie den Schnee auf dem Hüttendach zum Schmelzen bringen. Überall tropft es, und die Schneemasse klebt schwer an ihren Lederstiefeln, wenn sie gemeinsam mit Riccardo in den Wald geht, um die Futterkrippen aufzufüllen. Als an den Zweigen der Föhren die ersten zarten, hellgrünen Spitzen erscheinen, weiß sie, dass sie die Krippen zum letzten Mal füllt. Nun hält die Natur wieder Futter für die Rehe, Hirsche und Gämsen bereit. Wenngleich der Boden unter der Schneedecke noch immer gefroren ist, sprießen dennoch zarte Knospen an allen Bäumen und Sträuchern, die Vögel zwitschern lauter, und es riecht nach Frühling.

„Meine Lieben, eure Zeit hier oben neigt sich ihrem Ende zu."

Sie sitzen vor der Hütte auf den wieder freigeschaufelten Bänken. Maria spricht aus, was Tina und Riccardo nicht ansprechen wollten. Sorgfältig haben sie das Thema Frühling vermieden, denn damit verbunden ist untrennbar der Abschied. Von der Alm, von Maria, von Sebastian, der noch immer in seiner Grube hinter der Hütte liegt. Es wird noch rund zwei Monate dauern, bis der Schnee um sein Grab herum soweit geschmolzen ist, dass er ausgegraben und in den Wald gebracht werden kann, wo er seine letzte Ruhestätte finden soll. Neben der obersten Futterkrippe, die er mit so viel Liebe wieder instand gestellt hat.

Und es ist ein Abschied voneinander. Sie sind zusammengewachsen in den letzten sechs Wochen, vorsichtig, die unausweichliche Trennung immer im Bewusstsein, aber dennoch hat sich ein unsichtbares Band zwischen sie gesponnen.

„Ja."

Tina spürt einen Kloß im Hals. Maria rutscht nah an sie heran und legt einen Arm um ihre Schulter.

„Freust du dich auf Alexander?"

Tina schluckt.

„Ja."

Ja, ich freue mich.

Zaghaft wartet die Freude noch in einer Ecke ihres Bewusstseins, noch zugestellt mit anderen Emotionen, die ihren Alltag und den bevorstehenden Abschied bestimmen. Aber sie spürt deutlich, dass sie da ist und vertraut darauf, dass sie zum richtigen Zeitpunkt wieder kraftvoll und ungehindert hervorquellen wird.

Ihr Blick gleitet zu Riccardo. Er hat die Hände gefaltet und starrt darauf. Tina weiß, dass es ihm schwerfällt, nach München zurückzukehren. Er kann nicht davon ausgehen, dass er seinen Job behalten hat. Freundin wartet keine auf ihn, und seine Familie wird die gescheiterte Zugspitzen-Expedition eher mit einem Das-haben-wir-nicht-anders-erwartet-Lächeln als mit Verständnis quittieren. Sie legt ihre Hand auf seine und lächelt ihn an. Seine Mundwinkel rutschen ein wenig in die Höhe, und in seinen Augen blitzt die alte Hartnäckigkeit auf.

„Keine Angst, ich krieg' das schon hin."

Was er genau meint, bleibt offen. Er öffnet seine Hände und spielt mit ihren Fingern.

„Und was ist mit dir?"

Tinas Augen richten sich fragend auf Maria. Die alte Frau blickt sie gutmütig an. Ihr Gesicht wirkt im hellen Sonnenlicht zerknitterter als im Herbst, aber in ihre Augen ist die vertraute Ruhe zurückgekehrt.

„Was soll schon sein? Ich bleibe hier."

„Allein?", fragt Tina, und kennt im selben Moment die Antwort, die auch prompt folgt.

„Hier oben bin ich weniger allein als irgendwo anders."

„Und das Dach? Es wird einen Sturm oder auch stärkere Regenfälle nicht überstehen", wirft Riccardo ein.

„Viel Schlimmes wird nicht geschehen. Die Kammer ist ja leer, und die Plastikplane, die ihr über den Boden gelegt habt, wird den ärgsten Schaden von der Stube fernhalten."

„Ich werde auf jeden Fall sofort den Dachdecker anrufen, wenn ich im Tal bin, damit er heraufkommt, sobald die Straße frei ist", wirft Tina ein.

„Tu das, mein Kind." Marias Hand legt sich über die anderen. Sie drückt sie leicht und blickt erst Riccardo, dann Tina liebevoll an. „Danke für eure Hilfe. Es ist schön gewesen, euch hier gehabt zu haben."

In ihren Worten liegen zugleich die ganze Schwere der erloschenen Erlebnisse und die Leichtigkeit des heraufziehenden Frühlings. Tina, die zwischen Riccardo und Maria sitzt, schlingt ihre Arme um beide, und lachend und weinend zugleich nehmen sie Abschied von einem Winter, der in ihnen allen tiefe Spuren hinterlassen hat.

Als Tina und Riccardo zwei Tage später der Alm den Rücken zukehren spürt Tina, dass sie ihre Großmutter nicht wiedersehen wird.

Tränen verschleiern ihren Blick, der haltlos über die leuchtende, weiße Matte hetzt. Der Schnee unter ihren Schuhen knirscht, und auf ihrem Rücken drückt die Reisetasche, mit der sie im Herbst verstört und im strömenden Regen auf der Alm angekommen ist. Als ein tiefes Schluchzen ihre Brust erschüttert, bleibt Riccardo stehen, und dreht sich zu ihr um. Wortlos zieht er sie an sich, hält sie fest, und gemeinsam lassen sie die Woge der Trauer über sich hinwegziehen, während der Steinadler seine Kreise in den Himmel zieht.

Am Bahnhof in Elmau zieht Tina einen Picknickbeutel aus ihrer Tasche und hält ihn Riccardo hin.

„Topfenstrudl von Maria. War als Wegproviant gedacht, aber ich habe ihn vergessen."

„Topfenstrudl? Ich werde mich nie an die Namen der bayerischen Gerichte gewöhnen!" Riccardo verwirft lachend die Hände und ergreift den Beutel.

„Quark. Topfen ist Quark."

Schweigen breitet sich zwischen ihnen aus. Ihre Augen wandern über das Gesicht des andern, als wollten sie jedes Detail in ihrem Gedächtnis speichern.

„Tschüss."

„Tschüss."

„Es war schön, dich getroffen zu haben."

„Ja. Das finde ich auch."

„Ich wünsche dir alles Gute."

„Pass auf dich auf."

Ich liebe dich. Ich werde mich nach dir sehnen. Du wirst ein Teil meines Lebens bleiben, auch wenn wir uns vielleicht nie wiedersehen werden. Ihre Augen sprechen aus, was ihre Lippen nicht formulieren können, weil jetzt keine Zeit mehr für Tränen ist, sondern dafür, alles Wundervolle, Glückliche, Stärkende für immer in ihre Herzen zu brennen.

Ein flüchtiger Kuss findet seinen Weg auf Riccardos Wange, ihr Blick streift den schwarzen Instrumentenkoffer, der neben ihm steht. Dann dreht sich Tina um und wendet ihm den Rücken zu. Ein Windhauch fährt durch ihr blondes Haar. Es duftet nach Frühling.

Epilog

„Hey, warte auf uns, wir sind nicht so schnell wie du!" Keuchend jagt Alexander hinter Tina her, die soeben in einer kleinen Baumgruppe neben dem Teich verschwindet. Vor seiner Brust schaukelt der kleine Körper seiner Tochter Anna, die vor Freude quietschende Geräusche von sich gibt und die kleinen Ärmchen durch die Luft wirft.

Im Schatten der Bäume wartet Tina auf ihre Familie. Glücklich lacht sie Alexander an und streicht über den dunklen Haarflaum auf dem Kopf ihrer Tochter.

Alexander legt seinen Arm um ihre Schulter, und eng umschlungen schlendern sie durch den Park. „Heute ist unser Jubiläum."

Tina zieht die Augenbrauen in die Höhe und denkt nach. „Welches Jubiläum?"

Er bleibt stehen und dreht sie zu sich. Feierlich verkündet er: „Heute vor einem Jahr bist du zu mir zurückgekehrt." Er gibt ihr einen Kuss auf die Stirn.

Tina lächelt. So lange ist das schon her. Die Erinnerung an ihr Wiedersehen mit Alexander ist noch so frisch wie in den ersten Tagen danach. Sie ist nervös gewesen, während sie die Treppe zu ihrer Wohnungstür hinaufgestiegen ist. Als sie die Hand auf den Türgriff gelegt hat, ist die Tür bereits aufgegangen, und Alexander ist davor gestanden. Wortlos haben sie sich angeschaut, und dann haben sie sich in die Arme genommen. Sie sind ausgehungert gewesen nach ihren Blicken, ihren Berührungen, ihren Gerüchen, ihren vertrauten Handlungen, und ohne Romantik und ohne Worte sind sie miteinander ins Bett gegangen und erst am nächsten Tag wieder aufgestanden. Sie hat ihm von den Schneemassen und Sebastians Tod erzählt und er ihr davon, dass er bei Peter gewohnt und ihren Brief erst Ende Januar gefunden hat.

Ein besonders lautes Quietschen von Anna holt Tina in den Park zurück. Sie beugt sich zu ihrer Tochter hinunter und drückt ihr einen Kuss auf das schwarze Kraushaar.

„Habe ich dir eigentlich erzählt, dass Laura auch schwarzes Haar hat?", sinniert Tina.

„Ja, das hast du." Alexander drückt sie fester an sich. Tina weiß, dass er im ersten Moment irritiert gewesen ist über die Haarfarbe seiner Tochter, aber dann hat sie ihm von Laura erzählt und von Sebastian und davon, dass das Gen für dunkles Haar offenbar dominanter sein muss als das für blondes und auch über mehrere Generationen hinweg wirksam sein kann. Ein wenig glaubt sie selbst daran.

Aber eigentlich ist es unwichtig. Ihre kleine Anna lebt und hat den Schatten, der Lauras Tod auf ihre Partnerschaft geworfen hat, zwar nicht ganz ausgelöscht, aber doch immerhin so transparent gemacht, dass die Liebe zwischen ihnen wieder ungehindert fließen kann.

Arm in Arm spazieren sie durch den Park, gemeinsam mit anderen jungen Familien, Hundebesitzern und älteren Paaren, die mit Rollatoren und an Gehstöcken das Flaniertempo auf den schmalen Wegen bestimmen. Sie lassen den Frühling auf sich wirken, der kraftvoll aus den zartgrünen Blättern der Bäume, den Krokussen und den Kehlen der übermütigen Vögel in die noch kühle Märzluft dringt. Sie atmen den Duft der Schneeglöckchen ein, die den Wegrand säumen.

Plötzlich zuckt Alexander zusammen. Tina schaut ihn von der Seite her an. Er starrt auf einen Punkt vor sich. Sie folgt seinem Blick, aber sie bemerkt nichts Außergewöhnliches. Ein Hund pinkelt an ein Blumenbeet, das ihr Kollege während ihres Mutterschaftsurlaubs im Park angelegt hat, und zwischen den hohen Stämmen der Birken verschwindet eine junge Frau mit den Stoffstreifen eines bunten Tragetuchs über dem Rücken. Der Wind raschelt in den jungen Blättern der stolzen Bäume.

Und trotzdem ist etwas geschehen. Seinen Herzschlag spürt sie nicht, aber sie bemerkt die Unruhe, die plötzlich in ihm wühlt und die auch von ihr Besitz ergriffen hat, seit ihre Gedanken zur Alm und zu Riccardo zurückgekehrt sind.

Abrupt bleibt Tina stehen. Alexander stolpert und hält sich an ihr fest. Sie fängt seinen Blick und nimmt sein Gesicht in ihre Hände.

„Ich liebe dich."

„Ich liebe dich auch."

Und ihre Augen erzählen sich von den Menschen, die sie lieben und geliebt haben, und sie fühlen sich geborgen im Wissen, dass Liebe so viel mehr ist als Treue, Sex, Vertrauen, Begehren und all die anderen Begriffe, die Menschen jemals erfunden haben, um dieses in seinem Wesen doch so bestechend einfache Phänomen zu beschreiben.

Über die Autorin

Corina Lendfers, Kulturmanagerin und Staatswissenschaftlerin, wurde 1979 in der Schweiz geboren. Sie ist Mutter von fünf Kindern und lebt mit ihrer Familie seit 2013 auf ihrem Segelschiff PINUT, zurzeit in der Karibik.

Von Corina Lendfers ist bisher erschienen:

Seit ihr Freund sie vor sechs Monaten verlassen hat, sitzt Kim mit ihrem Segelboot auf den Kapverdischen Inseln in Afrika fest. Über einsame Stunden tröstet sie sich mit dem Einhandsegler Günter hinweg, der aber nicht bereit ist, sie auf ihrem Weg in die Karibik zu begleiten. Als Philipp im Hafen auftaucht, schöpft Kim neue Hoffnung auf einen Mitsegler.

Doch der ängstliche Universitätsprofessor hat andere Pläne. Von seinem Bruder Herbert hat er ein Segelboot geerbt, das er so rasch wie möglich wieder loswerden will. Er merkt jedoch bald, dass er es in Afrika nicht verkaufen kann. Zu allem Übel taucht auch noch Herberts achtzehnjährige Tochter Billy bei ihm auf, die sich fest vorgenommen hat, die Verkaufspläne ihres Onkels zu durchkreuzen. Als Philipp Kim dazu überredet, die Yacht nach Spanien zu den Kanaren zu segeln, begeben sie sich auf eine gefährliche Reise, auf der Wind und Wellen nicht unbedingt die größte Herausforderung darstellen.

Das stille Lied des Sturms; 2017, BoD: Nordersted.

233

**Unkonventionell, experimentierfreudig, fröhlich und bunt:
eine Blauwasserfamilie der besonderen Art!**

Ein Schweizer Paar mit fünf Kindern (und dem Bordhund Guia)
lebt seinen unorthodoxen Traum und zieht nach Portugal auf sein
Segelschiff. Ein neues Leben auf 42m². Auch wenn Michael immer mal wieder zum Geldverdienen zurück in die Schweiz muss
und Corina sich währenddessen darum kümmert, dass an Bord alles läuft und funktioniert – inklusive Erziehung der Zwei- bis
Neunjährigen. Gemeinsam lassen sie sich selbst dann nicht unter-
kriegen, als sie 22 (!) Löcher im alten Stahlrumpf, den sie ihr Zuhause nennen, entdecken.

Vierzig Fuss für vierzehn Füsse – Familienleben unter Segeln;
2017, Delius Klasing Verlag: Bielefeld.

CORINA LENDFERS

HAUS GEBURT

natürlich,
kraftvoll &
selbstbestimmt
durch Schwangerschaft,
Geburt &
Stillzeit

Schwangerschaft, Geburt und Stillzeit sind Naturwunder, die ihren eigenen, jahrtausendealten bewährten Gesetzmäßigkeiten folgen. Es gibt nur einen geeigneten Weg, damit richtig umzugehen: loslassen, geschehen lassen, vertrauen. Dieser Ratgeber zeigt den Weg dorthin auf, den Weg durch eine natürliche, selbstbestimmte Schwangerschaft, eine kraftvolle Geburt und eine harmonische Stillzeit.

Im Zentrum des Buches steht die Hausgeburt. Entscheidungsgrundlagen für oder gegen eine Hausgeburt werden ausführlich erläutert, ebenso die praktische Vorbereitung und Durchführung der Hausgeburt sowie einige elementare Aspekte im Umgang mit dem Neugeborenen wie Stillen, Schlafen, Tragen, Babymassage.

Hausgeburt – natürlich, kraftvoll & selbstbestimmt durch Schwangerschaft, Geburt & Stillzeit; 2014, BoD: Nordersted.